ASAHI SENSHO

朝日選書
849

歴史和解と泰緬《たいめん》鉄道
英国人捕虜が描いた収容所の真実

ジャック・チョーカー 著 ／ 根本尚美 訳
小菅信子 ／ 朴裕河 ／ 根本敬

朝日新聞出版

歴史和解と泰緬鉄道●目次

ジャック・チョーカーの航行ルート

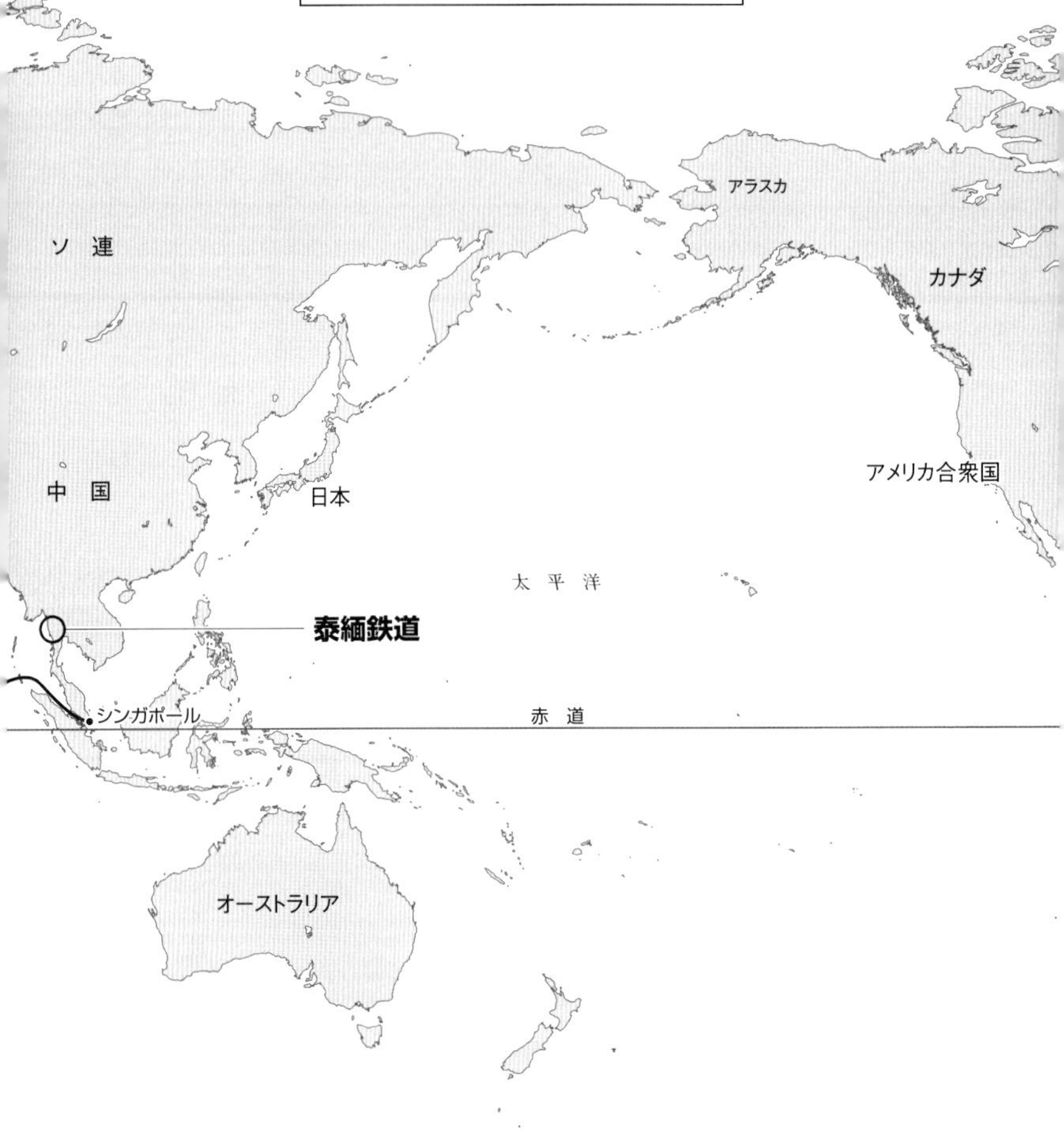

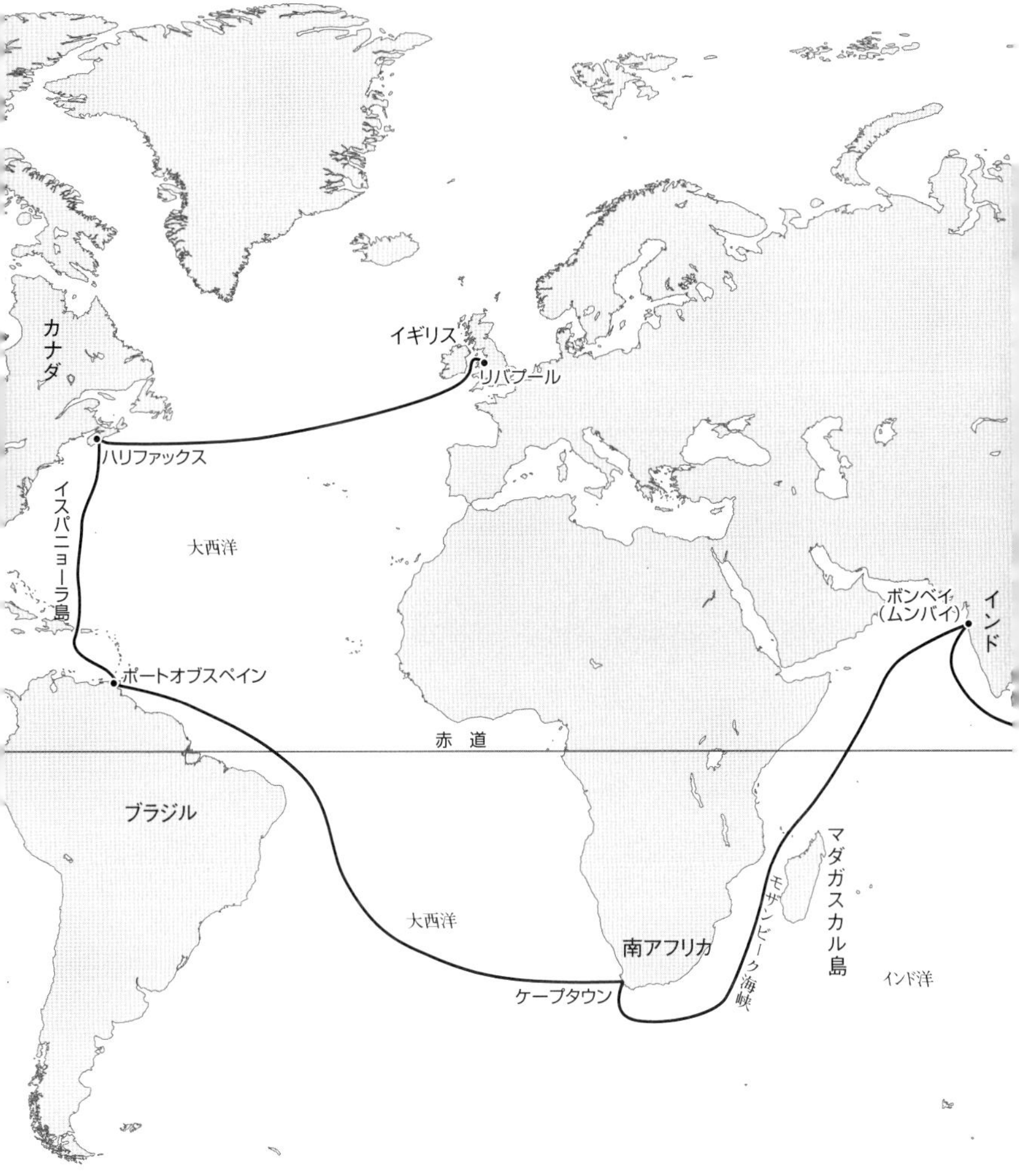

カナダ
イギリス
リバプール
ハリファックス
イスパニョーラ島
大西洋
ポートオブスペイン
赤 道
ブラジル
大西洋
南アフリカ
ケープタウン
モザンビーク海峡
マダガスカル島
インド洋
ボンベイ
(ムンバイ)
インド

歴史和解と泰緬《たいめん》鉄道
英国人捕虜が描いた収容所の真実

ジャック・チョーカー 著／根本尚美 訳
小菅信子／朴裕河／根本敬

解説

泰緬鉄道から
歴史和解へ

小菅信子

一冊の画集

「あのときのことはもう思い出したくない。思い出すと、怒りや憎しみを抑えきれなくなるから。泰緬鉄道で何があったかを知りたいのなら、あなたはこの本を見るといい」

静かな声でそう言って、大判の画集を差し出したのは、第二次世界大戦で日本軍の捕虜となったことのあるイギリスの老人だった。

促されるままに画集を開くと、東南アジアの密林、にわか造りの収容所、重労働を強いられる半裸の人びとの姿が描かれた、控えめな色調の、迫力のある水彩画が現れた。拷問の様子、やせ衰えた身体、傷だらけの手足など、絵のモチーフには見覚えのあるものもあったが、その筆づかいには独特な緻密さ、技巧、そして優雅さがあった。

優雅さといっても、その筆が描いているのは凄惨な光景である。よろめきながらこちらに向かってくる男、水腫で膨れあがった腹を抱えてあえぐ者、潰瘍《かいよう》でえぐれた下肢——医療画のような淡々とした描写ではある。だが、もしも絵に音があり、匂いを感じることができたなら、とても平静ではいられないだろう。

元捕虜だった老人は、何かを察したかのように、黙ってページをめくってくれた。すると、今度は、熱帯に咲く花々が、やはり緻密な筆づかいの中から姿を現した。鮮やかな赤いハイビスカス、繊細な紫のトケイソウ――厳しい自然と過酷な労働、いかに絶望的な状況に置かれようと、画家であることをあきらめなかった者が発見した美がそこにあった。画家の生命力とプライドが、水彩の筆跡ににじみ出ている。

「この絵を描いたのは、ジャック・チョーカーという画家なんだよ。彼も日本軍の捕虜だった。いい奴でね、同じ収容所にいたこともある。本当に勇気のある男だった。日本兵に見つかったら処刑されてしまうのに、命がけで絵を描いて、そしてイギリスに持ち帰ったんだ。ジャックの絵が、真実に最も近いと私は思う。だから、この本をあなたにあげよう」

ジャック・チョーカーという捕虜画家のことを、筆者が初めて知ったのはこのときのことだった。

捕虜画家ジャック・チョーカー

ジャック・チョーカー（Jack Bridger Chalker）は、第一次世界大戦の休戦協定が締結されるほぼ1カ月前の1918年10月10日に、イギリスのロンドンで生まれた。日本の美術に関心を持つイギリス人一家に育った彼は、第二次世界大戦ではアジア戦線に従軍し、日本軍の捕虜として収容所で3年半を過ごした。本書の中心となるのは、チョーカーが捕虜であったときに極秘裏に描いた絵と、走り書きしたメモを元に戦後まとめられた手記である。彼の捕虜体験の詳細は、チョーカー自身の絵と手記に譲るとして、ここでは彼の人生の足跡をざっと眺めてみたい。

第二次世界大戦のヨーロッパ戦線の開戦から間もない39年秋、チョーカーが21歳のとき、彼は召集を受けてイギリス野戦砲兵隊第一一八連隊に入隊した。41年の秋、日本の英米宣戦布告に先立って、チョーカーはイギリス第一八師団の一員として祖国を離れ、旅の途上、日本軍の真珠湾攻撃とマレー半島のコタバル侵攻の報に接した。イギリス第一八師団は、大学都市で有名なケンブリッジの郷土部隊を始めとして、イングランド東部の部隊を中心に編成されていた。同師団は当初、対ドイツ戦線に従事する予定だったが、急遽行き先を変更し、イギリス軍の敗色がすでに濃厚となった、対日シンガポール戦に従事することになった。42年2月15日、日本軍はシンガポールを陥落させた。イギリス軍は降伏、チョーカーらは捕虜となった。彼は最初の3カ月半をチャンギで、その後の4カ月をハヴロック・ロードの収容所で過ごし、そこで労働を強いられた。

チョーカーと彼の仲間の捕虜たちの間に、日本軍がタイとビルマの国境に建設しようとしている「鉄道」のうわさが伝わってきたのは、同年9月初旬のことであった。捕虜はそこで労働力として利用されるという話だった。9月下旬から移動の準備が始まった。10月15日、チョーカーらは、シンガポールからタイのバーンポーンまで、5昼夜をかけて、過酷な条件の下で移送された。バーンポーンから建設現場のカンユーの収容所までは、徒歩で移動した。折しも季節はモンスーンの頃、シンガポールからタイの奥地への移動は、それだけで大変な重労働だった。

こうしてチョーカーは、鉄道建設のために動員されたイギリス人捕虜3万人を始め、総勢で二十数万に及ぶ（あるいは30万を超える）数のアジア人労務者や連合軍捕虜と共に、のちに日本軍の関係者が「世紀の鉄道建設」と自賛した、困難極まりない「泰緬鉄道」建設の一端を担わされることになった。

チョーカーは、戦後に収容所生活を振り返って、「捕虜は皆、病気やけがに苦しめられていましたが、与えられた食物は米だけで、それは毎日炎天下で休みなく続く16時間の過酷な肉体労働を支えるにはあまりにもわずかな量でした。収容所の中には、薬などまったくなかったところもありましたので、当然、死亡率は急上昇しました」と回想している（『Images as a Japanese Prisoner of War』）。

概して、日本軍は捕虜の病気や負傷に対して無策であるか十分に関心を払わなかった。代わって捕虜の中に含まれていた軍医たちが、ありあわせの道具や物を工夫して「治療」を行った。日本軍の側もこれを認めた。捕虜軍医による即興的な治療は、あらゆる病気や負傷に対して試みられた。

こうした捕虜軍医の活動をつぶさにスケッチして記録したのが、チョーカーであった。日本兵の目を盗み、紙の切れ端の両面に描かれた小さなスケッチを、竹の節の間に詰めて土中に埋めたり、収容所の屋根裏に隠したり、雑嚢《ざつのう》を二重底にして持ち運んだ。

日本軍のシンガポール陥落から終戦までの3年半の間に、チョーカーと共に捕虜になったイギリス人将兵の4人に一人が死亡した。泰緬鉄道では、作業に動員されたイギリス人将兵のうち、5人に一人が犠牲になった。生き延びたチョーカーは、終戦で収容所から解放されると、バンコクでオーストラリア軍司令本部の戦争記録画家に着任した。彼の作品は、大戦の医学的な公式記録資料として扱われることになったのである。

チョーカーの作品の価値

その後、チョーカーは母国に帰還し、ロンドンの王立美術学校の絵画学部に復学した。卒業後、王立芸術家協会の会員に選出され、その後、チェルトナム女学校美術部長、ファルマス美術デザイン学校長、西イングランド美術学校ブリストル校長、同校美術学部長などの職を歴任し、74年に退職した。2008年10月現在、彼は、三男一女の父として、妻へレーネと共に、イギリスのウェールズに近いサマーセットに健在である。最近は、グレート・ブリテン医療画家協会のフェローに選出され、90歳でなお、現役として活躍中である。

本書で紹介するチョーカーの手記は、彼の主著『Burma Railway Artist: The War Drawings of Jack Chalker』（ビルマ鉄道の画家——ジャック・チョーカーの戦争記録画）の新版である、『Burma Railway: Images of War』（ビルマ鉄道——戦争のイメージ）から、原書に沿って翻訳・リプリントしたものである。チョーカーの絵は、断り書きのあるもの以外、すべて当時現場で描かれたものばかりだ。その意味で、彼の作品は史料的な価値が極めて高い。

チョーカーの他に泰緬鉄道を絵画で記録した人びとには、ロナルド・サールやレオ・ローリングズなどがいる。フレッド・シーカーのように、比較的最近になって作品を描き、本として出版した元捕虜もいる。これらの捕虜画家の中でもチョーカーの作品は、同じく日本軍の元捕虜で、泰緬鉄道の捕虜収容所で即興の医療活動を行い、戦後はオーストラリアの国民的英雄となったエドワード・ダンロップが称賛しているように、その正確で細やかな描写、歴史的・芸術的価値、温和さと冷静さにおいて他に抜きん出ている。

また、チョーカーの絵は、イギリスだけでなく、やはり泰緬鉄道で多くの犠牲者を出したオーストラリアでもよく知られている。元捕虜の間でもチョーカーの作品に対する評価は高く、元捕虜団体の中には、インターネットのホームページなどで彼の記録画を利用しているグループもある。タイのカーンチャナブリーにある泰緬鉄道の博物館でも、イギリスのスタッフォードシャー州にある国立追悼森林公園の極東捕虜記念館でも、チョーカーの作品は常設展示されている。

このように、チョーカーの絵は、芸術性の高さ、史料的価値の高さのみならず、「泰緬鉄道」をめぐる集団的記憶の原風景となってきたという意味でも、極めて重要である。ちなみに、彼が日本軍の捕虜時代に描いた作品は、その多くが、彼の死後、オーストラリアのキャンベラにある国立戦争記念館に寄贈され、保管されることになっている。

「泰緬鉄道」とは何か

チョーカーが自らの命をかけて記録しようとした「泰緬鉄道」は、正式には、泰緬連接鉄道という。第二次世界大戦中に、日本軍が、タイ（泰）のノーンプラードゥクと、ビルマ（緬甸。現ミャンマー）のタンビュザヤとを結ぶために強行敷設した鉄道である。全長415キロ、鉄道ルートにあたる地域は世界有数の多雨地帯で、険しい山岳地帯や密林の奥地を含んでおり、マラリアやデング熱、コレラ、熱帯性潰瘍など、熱帯病の巣窟《そうくつ》であった。

泰緬鉄道は、その建設のために失われたおびただしい数の人命ゆえに、「デス・レイルウェイ」「死の鉄道」などと国際的な非難を浴びてきた。「枕木ひとつに人ひとり」「レール1本に人ひとり」の命を犠牲にして完成したと語られることもある。14カ国二十数万に及ぶ（あるいは30万を超える）人びとが巻き込まれた建設計画であったから、その記憶と傷跡は、アジア、ヨーロッパ、オセアニア、アメリカと世界中に広がっている。泰緬鉄道は、これらの地域の人びとの記憶の中で、大戦中の日本軍の残虐性と、日本が唱えた「大東亜共栄圏」の欺瞞《ぎまん》のシンボルとなってきた。

歴史事件としての泰緬鉄道の詳細については、巻末の参考文献を参考にしていただきたい。特に主要な著作に、吉川利治『泰緬鉄道』、内海愛子他編著『泰緬鉄道と日本の戦争責任』、クリフォード・キンヴィック「連合軍捕虜と泰緬鉄道」（木畑洋一他編『戦争の記憶と捕虜問題』）がある。以下では、鉄道建設の概略を紹介したい。

泰緬鉄道建設の舞台となったタイは、太平洋戦争開戦当時、独立国であった。もう一つの舞台となったビルマは、当時、イギリスの植民地であった。日本軍は、開戦と同時にタイに進駐した。そして、翌年にはビルマに侵攻、首都ラングーン（現ヤンゴン）を占領した。

日本軍が引き続きビルマ全土を掌握し、さらにはインドへ侵攻していくために、ビルマへの補給路の確保が重要な課題となった。だが、42年6月、ミッドウェー海戦で敗北すると、ビルマへの海上輸送路は、連合軍の攻撃にさらされるようになった。そこで日本軍は、同地への陸上輸送路を確保しようとした。

泰緬鉄道建設は、まさに、ミッドウェーでの敗北のすぐあとに決定されたものであった。42年6月20日、大本営により「泰緬連接鉄道建設要綱」が決定されると、同月28日、早くも工事が始まった。鉄道建設についての日本軍の業務系統は、大本営陸軍部の下、南方軍総司令官の指揮下に「第二鉄道監部」が置かれ、その下に「鉄道第五連隊」や「鉄道第九連隊」のような鉄道隊、特設鉄道隊、材料廠《しょう》が配属されていた。泰緬鉄道の建設に関わった日本軍の人員数はおよそ1万2500であった。鉄道建設の労働力とされたのは、連合軍捕虜とアジア人労務者であった。およそ6万2000の欧米人捕虜と、実数は不明ながら、推定で二十数万のアジア人労務者が動員された。

泰緬鉄道の建設には、根本的な問題があった。建設作業自体の困難性である。イギリスの軍事史家で泰緬鉄道の研究者であるクリフォード・キンヴィックによれば、日本軍の建設計画に先立って、イギリス軍も同様の鉄道建設を計画したことがあった。だが、技術的問題、作業環境の劣悪さ、経済的状況の変化から断念せざるをえなかった。イギリス軍が、平時にあっても断念せざるをえなかったプロジェクトに、日本軍は、戦時に、自らの建設技術力と、捕虜や現地住民などの外国人労働力を頼りに着手したのである。

おびただしい数の犠牲者

しかしながら、日本軍は、建設のための装備や必需品、食糧、調理器具や医療物資を、捕虜や労務者に満足に提供できなかった。日本軍で「教育」や「温情」として行われていたビンタや足蹴りが、欧米人捕虜やアジア人労務者に対しても日常的に行われ、規則違反には厳罰が科された。

日本軍は、ひたすら鉄道の完成を急いだ。泰緬鉄道の完成期日は、当初、1943年末を計画していた。だが、1943年2月、インパール作戦に向けての準備を進めるため、工期を4カ月短縮して8月に完成することに計画が変更された。工期短縮命令は、現場の労働力として酷使されていた捕虜や労務者には、「スピードー！」のかけ声と共に、いっそう耐え難い苦難を強いることになった。熱帯病、栄養不良と過酷な労働、日常的な暴力のために傷病者が続出した。建設業務を担当する鉄道隊側と、労働力である捕虜を管理する収容所側の間で、しばしば軋轢《あつれき》が生じた。

43年4月、現地では、雨季が例年よりも1カ月ほど早く到来した。状況はいよいよ悪化した。ビルマ側国境付近の収容所で発生したコレラは、ただちにタイ側にも伝染し、9月頃に終息するまで猛威を振るった。内海愛子『日本軍の捕虜政策』や、立川京一「旧軍における捕虜の取扱い」（『防衛研究所紀要』）によれば、１９４３年5月、東條英機陸軍大臣の命により現地視察が行われ、報告を受けた東條は、捕虜を不当に扱った関係者を軍法会議にかけたり更迭したりした。だが、状況を改善するまでには至らなかった。

鉄道が開通したのは、43年10月25日であった。全長４１５キロに及ぶ鉄道を、かくも短期間に人跡未踏の地に敷設したという記録は、労働力として酷使された連合軍捕虜やアジア人労務者に、はなはだしい被害を強いて可能になったものであった。

キンヴィックによれば、泰緬鉄道に動員された日本軍の欧米人捕虜は約6万２０００、その国籍と人員数の内訳は、イギリス人捕虜3万、オーストラリア人捕虜1万３０００、オランダ人捕虜1万８０００、アメリカ人捕虜７００、ニュージーランド人捕虜若干名であった。このうち、約1万２０００が死亡した。

泰緬鉄道に動員されたアジア人労務者の人数は不明である。キンヴィックは、約27万と推定し、このうち9万が死亡したとしている。小田部雄次他著『キーワード　日本の戦争犯罪』は、ビルマ・タイ・マレー半島・ジャワなどから20万が動員・連行され、少なく見積もっても4万2000、イギリス側資料によれば7万4000が死亡したと推定している。秦郁彦他監修『世界戦争犯罪事典』は、ビルマ人10万6000、タイ人とタイ華僑併せて3万、さらにマレー人、ジャワ人8万5000が動員され、このうち、建設現場から遠く離れた地域から連行されたマレー人やジャワ人は、逃亡することもできず、不案内な土地で、2~3人に一人が死亡したとしている。ジョナサン・ヴァンス編『Encyclopedia of Prisoners of War and Internment』(戦争捕虜抑留百科事典)は、およそ25万の現地労務者が徴用され、うち12万5000が死亡したとしている。

泰緬鉄道については、戦後、東京裁判や戦争犯罪裁判で訴追の対象となった。これらの裁判では、泰緬鉄道は「軍用鉄道」と見なされ、捕虜を軍事作戦作業に用いてはいけないと定めた国際条約に違反する戦争犯罪とされた。内海愛子『日本軍の捕虜政策』によれば、これらの戦争犯罪裁判において、泰緬鉄道関係者で起訴されたのは120人、このうち111人が有罪、32人が死刑となった。起訴された者のうち、全体の半数以上を占める66人が、建設現場に捕虜を提供したタイ俘虜収容所の関係者であった。

泰緬鉄道そのものは、終戦翌年の46年10月、イギリス政府からタイ政府に125万ポンドで売却された。イギリスでは、講和条約第16条による「償い」に在英日本資産の接収で得た金銭を加えて、一人あたり76・5ポンドが元捕虜ら約5万人に支払われた(朝日新聞戦後補償問題取材班『戦後補償とは何か』)。

日本軍の捕虜取り扱い

おびただしい人的被害と引き替えに、日本軍が鉄道を強行敷設しえた主な背景には、同軍の「所命必遂（命令や任務を必ずや遂行すること）の特性」、捕虜への極端な蔑視、国際法の軽視や教育の不足、人種的・民族的偏見があったといえよう。

第一に、「所命必遂の特性」についていえば、そもそも日本兵にとって、上官の命令は天皇の命令であり、絶対に逆らってはいけないものだった。どんなに理不尽であろうと、抗命は不可能ないしは極めて困難で、いったん下された命令は遂行する以外に道はなかった。かくして、泰緬鉄道建設に際しては、日本軍の側の死者も約１０００人にのぼった（極東国際軍事裁判所編『極東国際軍事裁判速記録』）。

第二に、日本兵はまた、捕虜になることを死に値する恥だと教えられていた。日露戦争や第一次世界大戦で敵国人捕虜を厚遇し、国際的な称賛を浴びた日本軍だったが、とりわけ満州事変以降の時期においては、捕虜に対する極端な蔑視観が蔓延《まんえん》していくようになる。さらに、開戦の年の１９４１年１月には、「生きて虜囚《りょしゅう》の辱《はずかしめ》を受けず」とする「戦陣訓」が、東條英機陸相の名によって公布されるに至る。欧米では、捕虜となることは不名誉なことではない。一方、日本兵はいったん出征すれば、勝利の凱旋か、あるいは名誉の戦死でしか、故郷に帰還することは、社会規範として許されなかった。泰緬鉄道の建設が行われていた時期には、捕虜をめぐる欧米の軍隊と日本軍の軍事文化は、まったく相反するものとなっていた。

第三に、国際法の軽視や教育の不足については、喜多義人が「日本軍人の捕虜に関する国際法知識」（『法学紀要』）などで詳細に論じている。喜多によれば、陸軍大学校・陸軍士官学校・海軍大学校・海軍兵学校では、第二次世界大戦期においても国際法教育が行われ、捕虜についての教育もなされてはいた。

しかし、時間的にも内容的にも十分といえるものではなく、とりわけ国際法上の捕虜の権利については、陸士・海兵とも適切な教育がなされていたとはいいがたかった。捕虜の権利を日本兵が知ると、捕虜となる者が出てくるのではないかという懸念が、東條英機ら軍の当局にはあったと見られる。こうした状況は、全軍レベルで国際法の遵守を徹底するための措置をとっていた、日清・日露戦争時とは大きく異なっていた。ちなみに、日本は、1929年の捕虜についてのジュネーブ条約を、署名はしたものの批准はしなかった。

第四に、日本軍の人種的・民族的偏見が、欧米人捕虜に対する取り扱いを過酷なものにした。日本兵から見れば、欧米人捕虜は、天皇の仁慈《じんじ》によってのみ生きながらえることのできる、恥多き存在であった。日本兵は、欧米人捕虜は元々「やわで腐った」物質崇拝主義者の群れで、彼らが病気に罹《かか》るのは、精神のたるみや緩みのせいだと考えた。フィリップ・トウルが「戦争捕虜問題をめぐる西欧と日本」で指摘しているように、ひたすら「日本軍は、手中にあった捕虜たちが日本側の寛大さに感謝することを期待していた」のである（『戦争の記憶と捕虜問題』）。

満州事変期以降、特に、排外熱と軍国熱に煽られながら、日本人が西洋人よりも文化的・人種的に優位な地位にありうる根拠は、戦死を恐れぬことに求められた。教育総監部編修『精神教育資料』に見られるように、「他人のために身を捨てるといふ段になると躊躇《ちゅうちょ》せざるを得ない」西洋人と、「忘我的、破我的……犠牲的精神に富むと称せられる」日本人といった構図が好んで描かれた。西洋と対峙するセルフ・アイデンティティの模索と、軍隊の士気の維持という二つの課題は、天皇のための名誉の戦死という実践の奨励において一体化し、かくして、「生きて虜囚の辱を受けず」という実践が、反西洋としての自己の文化的・人種的優越性を示すことにもなったのである。

まさに、黒澤文貴が「日本軍はなぜ連合軍捕虜を虐待したのか」（ロンドン帝国戦争博物館・日英シンポジウム「敵から友へ」）で分析しているように、「屈折した捕虜観と偏狭なナショナリズムとが結びつき、しかも軍事的価値が他の価値を圧倒する状況の中で、日本軍による捕虜虐待が起ることになった」のである。

捕虜問題とイギリスの集団的記憶

第二次世界大戦に際して、欧米連合軍の中で、日本軍に最も多数の捕獲者を出したのは、チョーカーが所属していたイギリス軍であった。１９４６年６月のイギリス政府資料「コマンドペーパー第６８３２号」によれば、１９４５年６月の段階でイギリス（連合王国）から参戦した将兵は、総勢で４６８万３４４３にのぼった。このうち、戦死者は26万４４４３であった。全軍の戦死率は、５・６パーセントとなる。ドイツ軍とイタリア軍に捕らえられたイギリス軍捕虜の死亡率も、おおむね５パーセントにとどまった。これに対して、『極東国際軍事裁判速記録』が示すように、日本軍の捕虜となったイギリス軍将兵の死亡率は25パーセントにのぼった。25パーセントという死亡率は、イギリス軍が第二次世界大戦中に経験したノルマンディ上陸作戦やビルマ戦のような過酷な戦闘と比較しても、遥かに高い数値である。このことから、イギリスでは、第二次世界大戦でイギリス軍が被った最悪の損失は日本軍の捕虜収容所で引き起こされたという印象が、戦争をめぐる記憶として形成されていくことになる。

日本軍の捕虜虐待は、戦後も引き続き、イギリスを始めとする欧米諸国と日本との間の「苦い記憶《ビター・メモリー》」

であり続けた。とりわけイギリスでは、戦後、一般のイギリス人が日本についてほとんど何も知らない状況で、日本軍の捕虜虐待は、「日本人＝残虐」という先入観と偏見を生み出す「歴史的な」根拠となった。中でも3万のイギリス人が日本人の下で「奴隷労働」を強制され、このうちの2割が落命したという泰緬鉄道建設事件は、イギリス人の集団的記憶の中で極めて特異な地位を占めた。

70年代以降、日本の対英直接投資が本格化し、日英経済・ビジネス関係は飛躍的な発展を遂げたが、捕虜虐待の「苦い記憶」は不吉な裏話としてつきまとった（Kosuge, Nobuko Margaret, and Towle, Philip (eds.)『Britain and Japan in the Twentieth Century』）。日本人は銃剣の代わりに電卓を持ち、兵士からサラリーマンに姿を変えただけで、日本企業はイギリス人労働者を酷使することで利益を上げているのだという憤懣《ふんまん》が特に労働者の間でわだかまった。泰緬鉄道で捕虜を酷使した鉄道隊員の中には、日本の経済的繁栄を支える「新幹線の開発に一役買った者もいた」と指摘されることもあった（ジェイン・フラワー「日本軍と英軍捕虜」木畑洋一他編『日英交流史１６００－２０００』）。

捕虜問題は、折に触れてイギリスメディアの対日批判の根拠となり、日本と日本人に対する不信と偏見をしばしば煽った。１９７１年の昭和天皇のヨーロッパ訪問の際には、天皇は、「捕虜に強制労働をさせて、泰緬鉄道の建設を行った政府の同じ天皇」（『ガーディアン』71年10月8日付）と非難された。また、エリザベス女王の夫君フィリップ殿下の叔父で、激しい対日戦線が繰り広げられたビルマで東南アジア連合軍最高司令官を務め、47年に伯爵に叙されたマウントバッテンが、天皇との面会を取り消してイギリスの大衆の喝采を浴びた。さらに、天皇が植樹した木を何者かが引き抜くという事件も起きた。88年の天皇の重体報道、その翌年の崩御の際にも、特にイギリスでは大衆紙を中心に辛辣《しんらつ》な批判が繰り広げられた。

「三種類のタイプ」のイギリス軍元捕虜

個人のレベルでも、チョーカーと同様の捕虜体験をしたイギリス人や彼らの家族の中には、収容所時代の癒《いや》しがたい記憶の傷跡ゆえに、戦後は日本や日本人との「再会」を拒否する者たちも少なくなかった。この問題については拙著『ポピーと桜』を参考にしていただきたい。

英文学者で日英和解にも関心の深かった斎藤和明は「和解への道程」(『戦争の記憶と捕虜問題』)で、元捕虜には、「まず、日本と名のつくものをすべて嫌う頑強派、第二は、穏健派で、補償を求める人びと、第三が、……過去を忘れようとする決意を、そして未来のために生きようとする決意をした者たち」の「三種類のタイプ」がいるという、ある元捕虜の言葉を引用している。つまり、戦後補償や謝罪を日本政府に請求した元捕虜たちは、日本や日本政府を公共の空間で批判はしたが、運動や裁判という形式を通して日本や日本政府と接触した。また、運動を支持する日本人と越境的な市民交流を展開した。その意味では、確かに「穏健派」であった。これらの「穏健派」の元捕虜の一部は、1990年代以降、頻繁にイギリスメディアに登場し、泰緬鉄道を始め、捕虜収容所での体験についてさまざまな「証言」を行った。だが、元捕虜の中には、対日謝罪・戦後補償請求運動にも関与せず、「日本と名のつくものをすべて嫌う頑強派」——日本人とは一切の接触を拒否した人びと——が存在したのである。

重要なことは、いずれにせよ、彼らの癒しがたい苦難を歴史的な根拠としてメディアで展開された日本批判は、必ずしも元捕虜への支援や称賛、あるいは対日戦史への知的関心を十分に呼び起こしたわけではなかったという点である。このため、折に触れてマスメディアでいくら日本軍の捕虜問題が取り上げられても、自分たちはやはり「忘れられた」存在であるという感覚が、イギリスの元捕虜やひいては旧ビルマ軍人の中で強くわだかまっていた。

95年の「対日戦勝50周年」は、これらの「忘れられた」対日戦従軍者がイギリス国民によって想起され、顕彰される機会にはなったが、日本代表がイギリス政府主催の平和と和解の式典に招待されることはなかった。

98年5月の天皇のイギリス公式訪問以降2000年代初頭にかけての時期は、日英和解を考える上で重要な転機となった。変化を促すことになったきっかけの一つは、この時期に新たに発掘された史料によって、1954年に日本政府が戦争中抑留したスイス人に2000ポンドを支払った際、イギリス政府には、講和条約第26条によって、対日賠償交渉を再開する権利が生じたにもかかわらず、同政府は日本に対する配慮を優先し、あえて賠償交渉を再開しなかったという1955年の政治的経緯が判明したことと関わっていた。これを契機に、対日補償請求派は、日本政府ではなく、イギリス政府に対して補償を迫ることに方針を変えた。イギリス政府は、日本軍の元イギリス軍捕虜あるいはその配偶者に対して1万ポンドの「特別慰労金」の支給を決定、これは2000年11月に発表された。この特別慰労金の給付以降、捕虜問題をめぐるイギリスメディアの対日批判は以前に比べてトーンダウンし、代わって、日本とアジア諸国との戦後和解への関心がやや高くなってきた。

加えて、この頃になると、日本製のアニメやマンガ、Jポップ、コンピューターゲームがイギリスの若い世代を魅了し、彼らの間で日本はちょっとしたブームにもなった。また、サッカーのワールドカップが、イギリスのサッカーファンや大衆紙の読者層に、日本への好感を引き出す役割を果たした側面もあった。

とはいえ、終戦から今日に至るまでの戦後日英関係史の中で眺めれば、こうした傾向が現れてきたのはやはり最近のことである。また、いまや90歳前後となった元捕虜の中には、今日なお、日本政府や日本企業に対して謝罪と戦後補償を求める人びともいる。チョーカーのように日本との和解を思い、さらにそれを積極的に公共の場で語り、なおかつ行動にまで移した元捕虜はわずかだった。「過去を忘れようとする決意を、そして未来のために生きようとする決意をした者たち」や、日本との和解の条件を、歴史の無知の克服だけに「譲歩」して対日和解を申し出るチョーカーのような人びとの声に、イギリスの大衆メディアが関心を持つことはほとんどなかった。

歴史和解とは

一方、日本では、第二次世界大戦期の欧米人捕虜処遇問題については、メディアの関心は概して希薄で、歴史研究も幅広く行われてきたとはいいがたい。内海愛子が『日本軍の捕虜政策』で指摘するように、戦後、連合国が開いた戦争犯罪裁判が終了すると日本人の関心は薄れ、その研究もさまざまな制約のために進展しなかった。その背景には、「なによりも現行憲法のもとで軍隊をもたない日本に、『捕虜問題』は起こりえないということがあった」。日本では、戦前・戦中期は「生きて虜囚の辱を受けず」、日本兵は生きて捕虜にはならないということで、戦後は戦後で「戦争をしないのだから捕虜にはならない」ということで、理由は異なるものの、一貫してこの問題への関心は低かった。

また、油井大三郎が「忘れられた戦争の記憶と日英対話」(『東京大学　教養学部報』)で指摘しているように、概して日本人の中に、「東南アジアにいた連合国兵士やその家族を植民地支配の担い手とみなして、アジアの被害者と区別する心情」があった。1990年代から今日に至る「加害の歴史」の直視への真摯な動きの中でも、慰安婦問題や毒ガス・細菌兵器の使用などの「隠された戦争犯罪」、昭和天皇の戦争責任などへの関心は、しばしば、冷戦期におけるアメリカの対アジア政策への批判と表裏一体をなした。また、東京裁判が同様に不問に付した植民地支配のような「裁かれなかった犯罪」についての関心には、自国の過去のみならず欧米の帝国主義支配や植民地主義への批判が伴った。日本人にとって自国の「加害者としての側面」を見つめることは、しばしば欧米連合国の過去の犯罪的行為を問うことと等しかった。ある意味では当然ともいえる研究の展開ではあるし、日本の加害をグローバルな広がりの中で普遍的なものとして位置づけていくこと自体に問題はもちろんないが、こうした思潮の中では、ひるがえって、日本はアジア諸国にいっそう大きな苦痛と犠牲を強いたのであるから、まずアジア諸国との問題を考えるべきだとする心理が働き、結果として、日本の戦争の記憶をめぐるさまざまな問題の中でも、第二次世界大戦期の日本軍の連合軍捕虜処遇問題をいわば副次的なテーマとしてきた。

とはいえ、捕虜が嘗《な》めなければならなかった屈辱や苦痛は、突き詰めれば、人間と人間の関係の中でなされた残虐行為によるものである。さまざまな戦争の残虐性の中で、個人と個人の関係においてなされた残虐行為は、ある意味では極めて人間的で、それゆえにわかりやすい。したがって、戦争捕虜や民間人抑留者に対する虐待は、被害を受けた側の戦争の記憶の中で、例えば戦時強姦や略奪と同様のアクティブな役割を果たすことになる。

他方、捕虜を虐《しいた》げ、蔑《さげす》み、飢えさせ、病に苦しめ、国際法が禁じる軍事作戦や宣伝行為に利用した直接の実行者や直接の命令者、つまり末端の加害者がいたことは事実ではあっても、戦争が「国家対国家」の関係において遂行された以上、そうした残虐行為の責任や背景を末端の「個人対個人」の関係にすべて帰することは適切ではない。末端の個人の問題行為を生んだ日本軍の組織と機構、制度についての考察を踏まえた、文献資料の精査と、丹念なフィールドワークとに立脚した、包括的な歴史研究が必要となる。

同様に、筆舌に尽くしがたい苦難を嘗め、今日なお、日本や日本政府、あるいは日本人を決して赦《ゆる》すことのできない個々の元捕虜が存在していたとしても、集団的和解への努力を怠ることはむろん適切ではない。長期的かつ持続的に、国家・国民レベルの集団的和解をデザインし、政府に対して積極的で生産的な提案を行い、民間レベルの和解交流に参加し、多様な個人の心を癒す活動を促進していく必要がある。

これらの問題を踏まえて、本書は、泰緬鉄道をめぐる「歴史和解」に日本人として主体的に取り組むための手がかりとなることを目指している。歴史和解とは、『歴史和解の旅』などで船橋洋一が提案し、『歴史和解は可能か』で荒井信一が議論している概念である。これらの先行研究を踏まえつつ、本書では、「歴史和解」を、歴史問題の克服を通して、対立の過去から共生の未来を拓く作業であると位置づけたい。したがって、そこに関わるすべての人びとに最初に必要とされるのは、過去に何があったかを、可能な限り、正確に知る努力である。和解のプロセスで核心となるのは、悲惨な過去に根ざした痛みに引き裂かれた者同士が「再会」する覚悟を固め、そのための準備をすることである。歴史和解では、歴史の知識を得ることが「再会」のために必要不可欠な準備となる。

「声なき声」

チョーカーは次のように語っている。

「不愉快な真実を認め、受け入れ、そしてそこから学びとる勇気こそ、人びとが理解し合う上で不可欠な部分です。そうした勇気こそが、日本軍の捕虜であった多くのイギリス人と日本人の間で近年広がった温かな結びつきに不可欠な部分となっています。事実を意図的に無視することで、曖昧さや不誠実な表象、憶測や敵意の継続が助長されてしまうのです」

こうしたチョーカーの提案を受けて、本書では、「歴史和解と泰緬鉄道」というテーマに取り組むために、最初に、鉄道建設に際して何が起きたのか、歴史事件としての泰緬鉄道とはどのようなものであったかを知った上で、歴史問題としての泰緬鉄道にどのように取り組みうるかについて考えていく。

チョーカーが日英和解のための条件としてわれわれに示しているのは、歴史の知識の習得のみである。イギリスで日英和解について積極的に語る人びとは、筆者の知る限り、概して、苦い記憶が憎悪や怨恨を再生産してしまうことには抑制的だが、歴史学習の促進や、戦死者の追悼については積極的で、しばしば対日謝罪・戦後補償請求運動に対して距離をとろうとする。チョーカーも、本書の「日本の読者の皆様へ」から読みとれるように、怨恨や憎悪を、歴史の無知や無関心と同様に、克服しなければならないハードルとして捉えている。また、彼は、日本政府に謝罪を繰り返させることをよしとせず、戦後補償請求運動には参加してこなかったが、イギリスで元捕虜やその家族たちが中心になって進めている、戦後補

8月15日を日本軍の捕虜を記念し追悼する日にしようという呼びかけには賛同の立場をとっている（ちなみに、現在、イギリスの国民的な戦死者追悼の日は、第一次世界大戦の休戦協定が締結された日である11月11日に一番近い日曜日があてられている）。

こうした対日「和解」のスタンスは、先に述べたように、イギリスでは長い間いわゆる「声なき声」であったが、日本においてもまた違った意味で関心を集めることは少なかった。１９９０年代以降の「加害の歴史の直視」の時代、つまり日本がいかに戦争責任を果たし、戦後責任を全うすべきかに関心が集まったとき、対日批判を行う元捕虜に関心が寄せられることはあっても、対日和解を口にする者には注意が払われることはほとんどなかった。むしろ、油井大三郎が指摘したような日本人の「心情」は、日本との和解に尽力するイギリス人が、とりわけ自国の植民地責任や帝国主義支配に無批判な人びとであるかのような言説を生み出す方向へと作用したきらいがあった。

しかしながら、大戦中の日本軍による欧米人捕虜処遇問題の克服と、欧米の帝国主義支配や植民地責任の追及は、質のまったく異なる歴史問題である。アジアで日本軍の捕虜となったイギリス将兵に、ことさらに数百年にわたるイギリスのアジア植民地支配の責任があるかのように考え、対日和解を語るイギリス人がとりたてて自国の植民地責任への問題意識が希薄であるかのようにいうとすれば、それは根拠に乏しい。彼らが日本政府に対して声高に謝罪を迫ることなく、戦後補償請求運動に対して距離をとり、しばしば日本人との「合同慰霊」に熱心であったとしても、だからといって、彼らが過去を曖昧にしたことにはむろんならない。当然のことではあるが、対日謝罪・戦後補償請求運動を支持せず、戦死者を追悼することに心を寄せる者の中にも、歴史の学習や真実の究明に熱心な人びとは存在するのである。

和解とは、常に自己を主体とする課題である。捕虜処遇問題は日本人が主体となって和解を促すべき課題であり、日本人が主体となって問うべき植民地責任は、いうまでもなく、日本の植民地支配をめぐる責任である。むろん、学術的な対話の場においては、学識の豊かさに応じて、より自由でオープンな議論が可能であろう。とはいえ、とりわけ政治問題としての歴史問題の克服、歴史和解の促進という見地から見れば、やはり自己を主体とした問題の捉え方が良識的であるといわねばならない。

アジア人労務者と朝鮮人監視員

チョーカーは、泰緬鉄道で酷使された6万以上の捕虜の一人である。この意味で、彼の手記は、戦争犠牲者の貴重な「証言」ではあるが、泰緬鉄道の全貌を伝えるものではない。元捕虜の手記には、現地の人びとやアジア人労務者について記しているものが少なくないが、その描かれ方は、もっぱら捕虜個人の体験を反映しているため、当然のことながら一様ではない。チョーカーの手記や記録画にも現地の人びとやアジア人労務者は登場するが、彼らを中心に据えたものにはなっていない。

しかしながら、泰緬鉄道建設事件の記憶と傷跡は世界に広がっている。鉄道建設で酷使されたのは捕虜だけではなく、数の上ではそれを遥かに上回るアジア人労務者たちが、捕虜が被った以上の苦痛と犠牲を強いられた。泰緬鉄道で酷使されたアジア人労務者は、タイ、ビルマ、マラヤ（現マレーシアの一部）、ベトナム、ジャワから動員されてきた人びとで、華僑やインド人なども含まれていた。建設に巻き込まれたアジア人労務者の中には、故国に帰れぬ者もいた。

泰緬鉄道をめぐる公の記憶の形成に極めて大きな影響を及ぼしたのは、娯楽映画『戦場にかける橋』であった（この映画は、欧米人捕虜たちの描き方もさることながら、アジア人の描き方に大きな偏りがある）。1970年代から90年代にかけて、この映画がきっかけとなって、舞台となったタイを訪れる観光客も増えていった。泰緬鉄道は観光名所となり、日本からも多くの観光客や慰霊者が訪れるようになった。

1976年、かつて泰緬鉄道で日本軍の通訳を務め、戦後は元捕虜との「和解」のために尽力してきた永瀬隆を中心に、旧鉄道関係者の日本人有志と、元連合軍捕虜有志の七十数名が現地で「再会」した。記念すべき出来事であった。だが、このとき、永瀬は、アメリカ人記者の一人から、日本軍が東南アジア各地から鉄道建設のために強制連行した労務者25万以上のほとんどが、なおも故国に帰還できずにいることを批判され、「寝耳に水のショック」を受けたと述べている。

1986年には、元労務者の宋日開が、マレーシアの日本大使館宛に書状を出し、日本軍に騙されて泰緬鉄道建設に連れていかれ、苦しみを受けた上に報酬を得られなかったとして、未払い賃金の支払いを要求した。宋日開は、書状に添えて、泰緬鉄道から戻ってこなかった者288名の名簿を提出した。だが、補償問題は67年に日本とマレーシアの間で締結された協定により解決済みだとして却下された。

1990年11月には、かつてアジア人労務者の収容所があったといわれるタイのカーンチャナブリー近郊のサトウキビ畑から、元労務者のものと思われる700体以上の遺骨が掘り出されるという事件も起きた。さまざまな意味で、泰緬鉄道で死と苦痛を被ったアジア人労務者を日本人が忘却してきたことがあらわになった。今日、イギリスでは、泰緬鉄道の歴史は公教育の必須トピックスとしては位置づけられていないが、越田稜『教科書に書かれなかった戦争』や内海愛子他編著『泰緬鉄道と日本の戦争責任』によれば、オランダやインドネシア、シンガポール、マレーシア、タイ、ミャンマーなどの歴史教科書では、「死の鉄路」としての泰緬鉄道や労務者の苦難についてページが割かれているという。

また、泰緬鉄道関連の収容所や建設現場で捕虜を直接監督した者には、当時日本の植民地であった朝鮮半島出身の青年たちが含まれていた。これらの一部は、戦後、捕虜虐待の罪で戦争犯罪裁判にかけられ、死刑を含む有罪判決を受けた。

泰緬鉄道建設に関連して戦争犯罪裁判で起訴された者には、35人の朝鮮人軍属が含まれていた。朝鮮人捕虜監視員（コリアンガード）については、『キムはなぜ裁かれたのか』を始め、内海愛子が多くの優れた研究を出している。

そもそも泰緬鉄道の建設計画が決定する直前の42年5月、陸軍省は連合軍捕虜の監視のため、当時日本の植民地支配下にあった朝鮮半島出身の青年たちを軍属として採用する決定を下していた。同月、朝鮮でも徴兵制を実施することが閣議決定されていたという事情もあり（朝鮮での徴兵制施行は43年8月）、徴兵を嫌って捕虜監視員に応募した者も多かった。半ば強制的に応募させられた者もいた。

朝鮮人捕虜監視員は、日本軍の組織の最下層で、さらにそれよりも低い地位にあった欧米人捕虜と日常的に接した。このため、ときには捕虜から日本兵以上に憎まれた。内海によれば、泰緬鉄道の建設には、42年当初、朝鮮人軍属800人が動員され、敗戦時には1033人まで増員した。このうち35人が捕虜虐待のかどで起訴され、33人が有罪となり、9人が死刑となった。

1990年代には、韓国・朝鮮人元BC級戦犯による日本政府に対する補償請求裁判が起こされた。これらの元BC級戦犯は、サンフランシスコ講和条約発効後も日本国籍を失いながらなお服役させられ、釈放後は対日協力者のレッテルを貼られたため祖国に帰ることができず、異国の地で困難な生活を余儀なくされてきた。だが、補償問題については、65年日韓基本条約の締結で解決済みとされたため、91年、元戦犯6名と遺族1名が、日本政府に国家補償と謝罪を求める裁判を起こした。

「泰緬鉄道と歴史和解」という課題に取り組むためには、これらの問題を視野に入れる必要がある。本書では、チョーカーの記録画と手記を紹介した上で、日韓和解論の専門家である世宗大学の朴裕河《パクユハ》氏と、ビルマ歴史研究の専門家である上智大学の根本敬氏、筆者の3人による、「鼎談――泰緬鉄道とアジア」を収録する。この鼎談では、特に「アジアの視点」から、日本人が主体的に泰緬鉄道と歴史和解に取り組んでいくためには、どのような問題意識と視点を獲得しておくべきかについて議論する。

本来、集団的和解は、二国間の課題として捉えていくほうが、比較的、成果も上がりやすく取り組みも容易となる。だが、泰緬鉄道の場合、すでに述べたように非常にマルチナショナルな事件であったため、二国間の和解を論じるだけでは十分といえない。ゆえに、鼎談では、泰緬鉄道をめぐってどのような問題群が存在するのか、いかなる取り組みが可能なのか、和解を目指す際にわれわれ一人ひとりが何を意識して行動すべきかなどを、複眼的に掘り起こしていく。

手記のノイズと今日的な問題

チョーカーが収容所で走り書きをしたメモに基づいて戦後完成させた手記は、叙述の対象はもっぱら彼が体験したことに限られている。また、自らの体験を手記や回想録に書いた多くの元捕虜たちがそうであったように、チョーカーもまた、手記を完成させるにあたって、自学自習で大戦史をひもとき、天皇や日本軍について調べたという。この意味で、彼の手記は「学問的」なものとはいえないし、彼は歴史学者ではない。例えば、南京虐殺事件について、チョーカーは、手記をまとめていた当時欧米諸国で話題作だったデイヴィッド・バーガミニの『Imperial Japan's Conspiracy』（邦訳は、いいだ・もも『天皇の陰謀』）を主な参考文献として用いた（ただし、このバーガミニの著作とチョーカーの記述には、若干の異同がある）。今日、多くの日本人読者が、バーガミニに依拠したこの部分の叙述に不満を感じ、反論を欲するだろうが、今回は、原書にある通りに翻訳している。

また、3年半にわたる過酷な収容所生活の末に、チョーカーは、他の捕虜の多くと同様に、自分たちは原爆投下によって「救われた」と感じた。当時を振り返って、チョーカーは、「広島と長崎に原爆が投下され、非常に多くの罪のない人びとが犠牲になりました。そして戦争は終結しました。もし戦争が続いていれば、私たち捕虜は確実に皆殺しにされることになっていましたし、数え切れないほどの東南アジアの一般市民も、１００万人以上の日本軍兵士も、その尊い命が絶たれていたことでしょう」と述べている（『Images as a Japanese Prisoner of War』）。チョーカーが原爆犠牲者に心からの哀悼の意と深い同情を抱き、核兵器廃絶に向けた努力の重要性を熟知しながらも、なお、投下に対して肯定的ともとれる見解を示す背景には、戦争末期に日本軍が立てていたとされる、連合軍の反攻に際して捕虜を皆殺しにする計画というものがある。根拠となっているのは、チョーカーの手記でも言及されている、東京裁判に提出された、台湾にあった捕虜収容所本部の日誌の写しである。そこには、状況が差し迫った「非常重大の時」には、捕虜を「圧縮監禁」し、厳重警戒の下で「最後の処断」に備えよとあり、この「最後の処断」は「上官の命令により実施する」こととされ、集団暴動が起こり武器の使用が迫られた場合や、捕虜が脱走し敵戦力化しようとする場合には、現場の「独断処置」が認められるとされていた（極東国際軍事裁判所編『極東国際軍事裁判速記録』）。「最後の処断」については、日本では、その解釈について異論もあるが、欧米諸国では、概して、日本軍の組織的命令であると認識され、原爆投下をやむをえなかったものとして論じる場合の根拠の一つとされてきた。

チョーカーの手記の最も興味深い部分の一つは、虐待者がまれに見せた親切や善行が紹介されている部分である。こうしたエピソードは、すべての日本兵や朝鮮人監視員が常に残虐であったわけではなかったことを示す。捕虜問題を根拠として欧米諸国で一般的に流布されてきた「日本人＝残虐」イメージに対するノイズとなっている。この種のエピソードは、他のイギリス人元捕虜によって出版されてきた手記や回想録にも、散見することができる。

戦争犯罪を犯した者の心からの改悛が、犠牲者の癒しのための良薬であることはいうまでもない。だが、非人間的な現場で示された人間らしさこそ、虐げた者と虐げられた者が和解する上で、最も良き手がかりとなる。チョーカーも敬意を表するイギリス在住の和解家、恵子・ホームズは、彼女が催した元捕虜との泰緬鉄道への「心の癒しと和解の旅」についてのエッセイの中で、彼女に政治的な意図や何らかの企みがないことを知った元捕虜たちが、憎悪や怨恨を捨てて、「心を開いて、日本兵のよかったことなども話してくれ」るようになったとして、いくつかの例を具体的に紹介している（ホームズ『アガペ　心の癒しと和解の旅』）。

さらに遡れば、いまだイギリスで対日憎悪の強い１９６０年代に、アイルランド人作家のリアム・ノーランが紹介した、香港の捕虜収容所で通訳をしていた渡辺潔のエピソードは、当時、イギリスの人びとの心を、わずかなりとも日本との和解の方向へ促した（L・ノーラン『「アンクル・ジョン」とよばれた男』）。渡辺は、収容所で、上官の目を盗んで医療品や食糧、手紙を捕虜に差し入れた。見つかったら受けるはずの刑罰に怯えながらも危険を冒し続けた。1960年12月、BBC（英国放送協会）は渡辺をロンドンに招き、テレビ番組「ある人生」の中で彼を紹介した。スタジオに集まった大勢の観客が、渡辺の話に涙を流した。放送の翌日、ロンドンの街で、渡辺は、「私はすべての日本人を憎んでいました。兄は日本人に拷問されて香港で亡くなりました。でも、あなたのような日本人がいたことを知って、私はもう日本人を憎む気持ちが消えました」と告げられたという。

渡辺は、戦時中、命がけで、捕虜や現地の人びとをいたわり、人間として扱おうと努力した人物であった。彼が救うことのできた捕虜や現地人は数としては決して多くはなかったが、彼の現場での勇気ある行動は、日英の戦後和解への足がかりを残したのである。

渡辺の話や、チョーカーの手記に出てくるような人間的な日本兵や朝鮮人監視員のエピソードは、日本軍の行為をむろん免罪するものではなく、むしろ、改めて、和解を根源的に難しくするものが何であるのかをわれわれに教えてくれる。泰緬鉄道における日本軍の非人道的行為を今日的な脈絡に置き換え、より身近なものとして考え、未来の共生について想いをはせるとき、自らに繰り返し問い続けなければならないことは、日常・非日常のさまざまな局面で、われわれ自身が人間であり続けること、良心に基づいて行動すること、普遍的なルールに誠実であることに、どれだけこだわれるかという問題である。

歴史和解に向けて

歴史和解が目指す共生の未来は、他者の多様性が尊重される世界である。だとすれば、現代の世界においても、和解に向けてより多様な取り組みを模索することが可能であろう。この意味で、本書は、歴史問題を「いかに克服していくか」については、読者の判断に委ねることにしたい。

前述の永瀬隆は、その後、86年に「クワイ河平和寺院」を現地に建立、併せて「平和基金」を設立してタイの恵まれない青少年に奨学金を支給し、また労務者が祖国に戻ることができるようにするなど、「贖罪《しょくざい》と慰霊」の活動を行った。戦争終結から50周年を記した95年8月15日、永瀬は、現地に建立した「クワイ河平和寺院」で慰霊式を執り行った。鼎談で根本氏が紹介しているように、永瀬の和解活動は、元捕虜や現地の人びとの理解と共感を得るようになっていた。一方、日本と日本人を赦すことのできない元捕虜もあいかわらず多かった。永瀬の良き理解者でもある斎藤和明は「和解への道程」(『戦争の記憶と捕虜問題』)において、同じ8月15日に、永瀬らが、700名の捕虜が埋葬されているカーンチャナブリーの戦争墓地の記念碑に捧げた花輪を、「その日本人グループがまだそばにいるのに、その花輪を英国人らしき者が放りなげ足で踏みつけた」というエピソードに触れている。

むろん、永瀬のような和解家は、それで挫折してしまうようなことはない。常に憎悪と赦しのはざまで和解を目指す。和解に魔法の杖も、万能薬もない。今日なお、困難な和解のシンボルである泰緬鉄道を、和解のシンボルとしていくためには、双方向の、長期にわたる、持続的な、多様な取り組みが常に望まれる。

歴史認識の共有、記憶の越境という困難な営為が可能であるならば、その第一歩となるのは、歴史資料と原風景の共有であろう。記録画は、言語を越えて、その二つを同時に可能にする。犠牲者が歴史事件をどのように見たのか、彼らが見た世界をそのままに、われわれもまた垣間見ることができる。現場で描かれたチョーカーの絵には、刺激的で、悲惨な作品も多く含まれている。だが、そうした刺激的な作品だけに目を奪われたり、悲惨さゆえに目を背けたりしないでいただきたい。チョーカー自身が「日本の読者の皆様へ」で述べているように、これらの作品は、和解の意志を込めて、日本の読者に贈られたものだからである。

＊

本書の刊行に際して、ジャック・チョーカーから得たあらゆる厚意に心から感謝の意を表する。

彼の原著『Burma Railway: Images of War』のイギリスの版元「マーサーブックス」(Mercer Books)のティム・マーサー氏から得た厚意と便宜に深く感謝する。本企画の調整や手記等の翻訳に際して、チョーカーと筆者の長年の友人である、日英文化交流NPO「リンクス・ジャパン」(Links Japan)のフィリダ・パーヴィス氏から得た助力に幾重にも謝意を表する。

手記

英国人捕虜が
描いた
収容所の真実

ジャック・チョーカー
訳／根本尚美

日本の読者の皆様へ

ジャック・チョーカー

戦争を繰り返さぬために

90歳になって、私の著作を日本語で刊行するという栄誉を受けたことは、予想もしなかった出来事であり、素晴らしい名誉であり、私はそれを光栄に思うと共に、非常に感謝しています。私の作品を和解の意図のうちに受け入れていただき、日英両国の間の相互理解と協力の発展に寄与することになればと心から願います。

世界中で、戦争の恐怖や狂気、そして口先だけの防止策が語られてはいるものの、悲惨なことに、戦争は、人間というものにとって不可欠な要素であるかのように、国民や家族、私たちが最も大切に思うものすべてを引き裂きます。加えて、戦争は、私たちが大いなる美、可能性、幸福に満ちた魅力的な世界の一部であるという最も重要な特権を蹂躙《じゅうりん》するのです。

残虐な非人道的行為が、貪欲や、経済的あるいは複雑に絡み合った社会的な圧力や、場合によっては宗教的な圧迫の、そのいずれから生じたとしても、それを実際に直接行うのは個々の人間です。同様に、私たちの間には、過ちを学んで繰り返さない、という信念がありますが、事実を認識することができないままでいたなら、救いようのない怨恨や憎悪、無知や無関心をはびこらせることを許してしまい、さらなる人類の惨禍が起きる可能性を高めてしまうでしょう。これは危険なことですが、乗り越えられない障害ではありません。

不愉快な真実を認め、受け入れ、そしてそこから学びとる勇気こそ、人びとが理解し合う上で不可欠な部分です。そうした勇気こそが、日本軍の捕虜であった多くのイギリス人と日本人の間で近年広がった温かな結びつきに不可欠な部分となっています。事実を意図的に無視することで、曖昧さや不誠実な表象、憶測や敵意の継続が助長されてしまうのです。

日本への思いと日本軍の捕虜体験

私を含め、何十万もの若者たちが、大いなる希望を抱いて自分の将来の計画を練っているとき、突然、国際的な軍国的狂気と熱狂をはらんだ残虐性に対して、それを支持したり、あるいは対抗したりするための殺戮《さつりく》に巻き込まれていくことになりました。お互いに滅亡させ合ういわれなど微塵《みじん》もなかった私たちのような若い男女が、そういう立場に置かれたのです。

私は熱心な兵士ではありませんでした。私は芸術家でした。私にとって、そしておそらくは画家や作家、詩人や音楽家、職人やデザイナーなど、もっぱら創造的な世界に携わっている世界中の芸術家仲間にとってもそうであるように、一切の破壊は忌《い》むべきものであり、意味のない、信念に反するものであり、私たちが存在する意義と真っ向から対立するものでした。

家族が精妙で美しい日本の芸術に興味を持っていたことから、私は少年の頃、それを知る機会に恵まれました。父は日本の風景画と庭園に、姉は美しい日本の伝統的衣装や織物にとても興味を持っていました。日本への興味は、戦争が始まる前の私たち一家にとって、大切な関心事の一つだったのです。私は、日本人の芸術分野での業績に、大いなる喜びと称賛の念を抱き続け、生涯を通じてその思いを育んできました。それは戦争によっても妨げられることはありませんでしたし、さまざまな意味でむしろ強化されたのでした。

戦争に投げ込まれ、やがて日本軍の捕虜になり、日本人の残虐行為を目撃し、自分も残虐に扱われ、

ジャック・チョーカー（© Tim Mercer）。

むごい目に遭わされ、友人たちが殺害されるのを見るようになりました。こうした出来事は、日本の芸術を愛する私にとって恐るべき矛盾でした。若かった自分にとって、さらに心をかき乱されたのは、私たちが助けることのできなかった一般市民がひどい残虐行為にさらされている事実を目撃しながら、それを防ぐことができない無力感を味わったことでした。私たちの多くにとって、これは極めて辛く、恐ろしい出来事で、日本のひときわ優れた精妙な美しさや文化、日本がとげた偉大な業績に裏切られた思いでした。

しかし、捕虜であった3年半の間、絶望的な状況に置かれていたにもかかわらず、この本の手記の中でも述べているように、温かな感謝の念を持って思い出すことのできる日本人や朝鮮人監視員も何人かはいました。彼らとの人間的な交流について言及するのは、どんなに些細な出来事に見えたとしても、希望と生き残りのためには重要だったからです。当時は憎悪や憤懣《ふんまん》の感情を抱かずにはいられませんでしたが、彼らのような人びとが、私たちはみな狂気の状況の下に置かれているのだということを自覚させてくれたのでした。

日本とイギリスの何万もの兵士たちと同様に、私も、これでやっと残虐行為と破壊とに巻き込まれなくてすむのだと、心底安堵して復員しました。身体に傷を負っていたので、医師の本格的な治療を待っている状態ではありましたが、私にとって、それは新しい人生の始まりでした。戦争で生き残った他の多くの人びとと違って、幸運なことに、私には戻るべき家族がありました。家は戦争でほとんど被害を受けておらず、大学に進学する身分でもあったので、心待ちにしていることがたくさんあって、苦い感情を抱くことなく将来への希望に燃えて復員することができました。捕虜として、生き残りを賭けて共に戦ううちに、奇跡的な協力関係が生まれ、その中から新たな、そして永年の友情が育まれていきました。こうした捕虜たちの間の協力関係や友情はその後も続き、ひときわ大切なものになっています。

歴史和解に向けて

私が戦争中に描いた絵や水彩画に、オーストラリアが大きな関心を寄せたということもありましたが、私はもっぱらオーストラリア人と緊密に作業したり交流したりしていましたので、私の記録画はイギリスではあまり注目を浴びることはなく、30年近くお蔵入りの状態になっていました。そうこうしているうちに、1987年、ニュージーランド人でドイツ軍の元捕虜だった友人が、私が戦争中に描いた作品の全コレクションを、ロンドン大学で展示する段取りを整えてくれました。この展示会はイギリス中で大きな反響を呼び、これを手始めにイギリスの至るところで巡回展が開かれるようになり、講演会も行われるようになって、他の元捕虜も大いに興味を寄せてくれるようになりました。すべてここから始まりました。私は、日本軍に捕らえられた経験を持つ元捕虜の多くが、日本の家庭に招待され、とても温かく親切に迎えられつつあるという、気分の高まるような話を耳にしました。こういうことは、それを経験したすべての人びとにとって、非常に貴重な、個人的な絆を生み出すきっかけとなりました。この絆は大切にされ、高く評価されています。

これらの人びとの一部を通じて、私は、恵子・ホームズさんを紹介されました。ホームズさんは、元捕虜たちの日本訪問を実現する上で重要な役割を果たしていました。彼女は、私が和解について関心を持っていることを知ると、当時ロンドンの大和日英基金の副所長であったフィリダ・パーヴィスさんに引き合わせてくれました。パーヴィスさんが関心を持ってくれたおかげで、私は、1998年にロンドンの大和日英基金のジャパン・ハウスで、私が戦争中に描いた絵と水彩画の全コレクションの展示会を開けることになりました。開会の辞はホームズさんが述べてくれました。展示会が行われたギャラリーは開会と同時に満員となり、日本の新聞、雑誌、テレビなどのメディアに報道され、ロンドンに在住する日本人からも大きな関心が寄せられました。学齢期の子供たちに始まり、あらゆる年齢の日本人がたくさん展示会を見にきてくれました。私が非常に感動したのは、多くの来訪者が手紙を書いてくれたり、優しく理解あふれるコメントを残してくれたりしたことでした。私はそうした手紙を大切に思い、共に何かを分かち合えたことを知って、とてもうれしく感じました。

こうした喜ばしい出来事に加えて、私の展示会が日本で広く紹介されたことで、永瀬隆さんという、元英語教師で憲兵隊の通訳で、熱心な仏教徒で、思慮深く、和解に大きな関心を寄せ、戦争の残虐さを知り抜いた人が、もっぱら身銭をきって、京都の立命館大学国際平和ミュージアムで展示会を開催することを提案してくれました。まったくもってありがたいことでした。怨恨や無知が存在しているにもかかわらず、恐怖に満ちた戦争の残虐の中から、真実を知り、受け入れることによって、素晴らしい人間の絆や幸福がもたらされると知ったことは、私にとってさらなる恩恵であり、すぐれて重要なことでした。

残念だったのは、当時私は病気を患っていて、日本での展示会に際して訪日できなかったことです。日本をもっと知りたいと思っていましたし、日本人と出会って交流を深め、新しい、息の長い友情を育みたいと思っていましたので、とても残念でした。日本の若い人びとや学生さんたちとも会えるかもしれない、ロンドンの展示会で起きたように、目で見ることのできる戦争の記録という遺産が、若い人びとに普遍的な憐れみの気持ちを抱かせ、自分たちもまた次世代に託すことになるものへの責務を感じてもらえるかもしれないと、私は期待していたのです。

展示会を開催していた最後の年に、小菅信子さんと出会い、共に働いたのは大きな喜びでした。和解を目指す彼女の誠実さ、深い関心、業績は大変貴重なものです。私の本に日本で関心が向けられることになったのも小菅さんのおかげです。

私の手記と記録画を、日本の読者のみなさんによりよく理解していただくために企画された「鼎談」に、韓国から参加してくださった優れた和解研究家で日本文学者の朴裕河さん、そして泰緬鉄道の歴史にも詳しいビルマ歴史研究家の根本敬さんに、この場を借り深く感謝します。

本書の日本での出版を可能にしてくださった翻訳家の根本尚美さんに、心からの謝意を表したいと思います。

私の絵を収録したこの本は、膨大な歴史についての知識に縫い込まれたほんの一針にすぎませんが、私はこの本を、まごころを込めて日本に送ります。日本の読者のみなさんも、まごころと理解を持って受け入れてくださったら幸いです。

イングランドにて
２００８年６月

序　章

はじめに

　本書に掲載されたデッサンと水彩画は、私が、1940年から41年までの間にイギリス陸軍砲兵隊員としてイギリスで最初に描いたものと、1942年にインドで描いたもの、続いて3年半にわたって日本軍の捕虜であった時期に描いた多数の絵の中から選んだものである。

　シンガポールのチャンギで1、2カ月間労働収容所に入れられたあと、シンガポール市内の労働収容所に移されて4カ月間過ごし、そこで収容所のデッサンを描き始めた。タイに向かう列車の中で数枚記録をつけたが、あとの残りは、捕虜生活の残りの3年間に、泰緬鉄道建設作業のために作られたジャングルの中の労働収容所と、病院収容所で描いたものである。1945年8月に日本が降伏したのち、私は戦争記録画家としてオーストラリア軍に所属し、バンコクで公式の戦争記録を完成させるために働いた。このときに収容所でつけていた記録を元にさらに絵を描き、そのうちの何枚かが本書に収録されている。

イギリスを離れてシンガポールに向けて移動を続け、その後１９４２年2月に捕虜になるまで戦闘に従事していた期間は、事の経過を何とか日記に記録していた。その後も戦争捕虜として詳しい日記をつけていたが、１９４３年にカンユーから南のチュンカイ病院収容所に移ってからは記録が断続的なものになった。これら後期の日記のいくつかは、シロアリに食われたり、モンスーンの豪雨によって腐ってしまった。泰緬鉄道建設の全期間にわたって、状況は複雑かつ多様であり、人びとの態度についても同様だったので、この後期の日記の記述は、全体像から見ると些細な貢献にしかならないだろう。大部分は逸話的であるが、私が見て覚えている通りに語られている。

かなり困難な状況下で描かざるをえず、捕虜であった期間はずっと隠していなくてはならなかったこれらのデッサンや水彩画、急いでつけた記録が、泰緬鉄道がどのような状況で建設されたのか、そして捕虜であるわれわれはどのように生存していたのかということに加えて、われわれが捕虜であった期間過ごした、極めて美しいジャングルの環境についてもいくらか伝えられることを願っている。

なぜ私が収容所でデッサンと水彩画を描き続けていたのか、戦後何年にもわたって繰り返し尋ねられたが、捕虜であった期間、決してそのような疑問が生じたことはなかった。視覚的な好奇心が旺盛で、物事を観察して自分の表現に置き換えることに喜びを見出すのは、芸術家のエトスの生来の性質であり、この衝動と喜びは、共に否定できないものである。私は自分の楽しみのために場所や人びと、風景の記録をつけ始めたのだが、間もなく、この記録だけが、自分たちの置かれている奇妙な状況を残すための唯一の手段であることがはっきりした。鉄道建設のために作られたジャングルの収容所で状況が急速に悪化してさらに絶望的になると、その記録をつけることが必要不可欠で、特に、苦境に立たされていた医療スタッフが直面する医療的・外科的な問題についての記録が必要であると思えた。私は高名な外科医であるマルコヴィッツ大尉とダンロップ大佐の二人から、医療的な記録をつけて彼らを手伝うよう頼まれたので、ほとんど好き放題に行っていた楽しみが、たちまち遥かに大きな重要性を持つ、やりがいのある仕事になったのである。

私はいつも周囲の環境に興味をそそられ、タイのジャングルに尽きせぬ興味と喜びを見出すことができたので、自分が幸運であったと考えている。なぜなら、このような関心を抱き続けたことが、過酷な状況を生き抜く上で重要な役割を果たしたと確信しているからである。

1939年の夏

1939年初夏、まだ学生だった私は、夏休みの間バッキンガムシャー〔ロンドンの北西に位置する州。以下、〔 〕は訳注〕にある姉の古い家に滞在し、大学院への奨学金を得てロンドン王立美術学校絵画学部に進学することを心待ちにしていた。ところが、9月の終わり前、召集令状が届き、しぶしぶ野戦砲兵連隊の兵士になった。多くの時間、姉と一緒に古いタイガーモス複葉機《ふくようき》で飛行した経験があったので、空軍兵を希望していたが、何度イギリス空軍への異動を志願しても連隊の上層部にはねつけられ、結局他の多くの兵士と同じように、上級曹長たちに怒号を浴びせられながら、絶え間なく革製品にブランコ〔白色の塗料〕を塗ったりブーツを磨いたりし続けなくてはならなかった。最初の半年間は、スクラップ置場のものを再利用したさびかけた民間車両、例えば1920年製の「ガイ」という大型トラックや、オンボロの引越しトラック、エンジンをかけるために牽引《けんいん》が必要なラゴンダ〔イギリスの高級乗用車〕のオープンカーなどに乗ってイギリス南部の地方を移動していたので、いくぶん退屈紛れになった。その姿はさぞかしフレッド・カーノ一座の移動遊園地の車列みたいに滑稽《こっけい》に見えただろう。

戦争の最初の2年間はイギリスに駐在した。ヒトラーの装甲師団が事実上抵抗を受けることなしにヨーロッパをゆっくりと進んでいく間、われわれは未熟なイギリス兵として国中を転々と移動し、俯仰《ふぎょう》機構に不具合があり閉鎖機が故障している古いフランス75ミリ野砲や、第一次大戦時の古びた18ポンド野砲を使って沿岸の一部を監視していた。1940年の春にノーフォーク〔イングランド東部の州〕に移動となった。ノーフォーク滞在中の最後の3カ月半、完成間近の大きな爆撃機用空軍基地を見下ろす監視所として使われていたスワントン・モーリー教会の鐘塔《しょうとう》でたった一人で過ごしたときが、イギリス時代の一番楽しい期間であった。

始まりは……

われわれが少なからぬ第五列〔内通者〕の活動に初めて気がつき、実際に経験したのはこの地においてである。夜間に何者かが暗号の一覧表が入っている指揮車両に忍び込もうとし、われわれが追跡して発砲したにもかかわらず逃亡してしまった事件がその始まりであった。その後数週間経たないうちに、ドイツの偵察機に信号を送るためのトーチライトが複数、木のてっぺんに取り付けられるという事件が起きた。われわれは一つ一つの光源とそれが設置された木々、遠距離に位置する作戦拠点までつながれているかなりの長さの細いケーブルを捜し出したが、工作員を突き止めることはできなかった。

数週間後のある日曜日の夕方に、第五列による活動の代表例に遭遇した。外はまだ明るく、私が塔の上で読書をしていると、野戦用電話機が鳴り、空挺侵略が直《ただ》ちに発生することを示す極秘の暗号が送られた。この暗号は極めて緊急の事態が発生したときにのみ使われるものだったので、広域にわたってあらゆる防衛作戦が実行された。私は塔に配置されており、敵軍が上陸したときの任務は、ほぼ完成していた空軍基地へ向けて集中砲火を浴びせる〔敵に使わせないため〕ことだったので、塔の上部に設置されていた砲の発砲準備を整えた。直ちに野外への連絡が無線で通信され、何マイルにもわたって広範囲に兵士が移動を行い、大砲が並べられ、導火線が用意された。

ほどなくして、緊急事態を告げるベリー信号弾による一連のシグナルが広く間隔をとって何マイルかごとに上空に打ち上げられると〔第五列の仕業と思われる〕、続いてドイツの航空機が高空に飛来し、短時間だったが、以前と同じように木の頂に設置されたトーチライトから信号がそのドイツ機に向けて送られていた。

その航空機は離れた場所にあるカントリーハウスにいくつか爆弾を落として火を放ったので、とうとう侵略が始まったと身構えたが、それ以上何も起きなかった。すべては奇妙に静かで、われわれは待機し続けたのだった。

明らかに、この一連の出来事は、実際の侵略に備えてわれわれがどのような軍事計画を用意しているかをすべて暴くために、巧妙に企画されたものであった。激怒した司令部は、ベリー信号弾が正確にどこで打ち上げられたのかを発見しようと、疑わしい場所や方向、交差方位を大急ぎで点検した。私は最も広い範囲を見下ろせる場所にいた一人だったため、その夜、数時間以内に、憤慨した准将やその部下たちと塔の上で徹底的に検討し、正確な位置を特定すべく私やその他多くの兵士が見張っていたあらゆる方位や区画を確認した。その夜は眠っている20羽ほどのハトに囲まれながら、教会の屋根に置いたデッキチェアの上で朝まで仮眠をとった。

移動

１９４０年の終わりまでに、新しい25ポンド野砲や大砲の前車、牽引車で再武装し、やっとサーカスの一団ではなく戦闘部隊らしく見えるようになった。それから数カ月間をスコットランド低地地方やその他の地域で過ごし、最後に再び南に移動し、スタッフォードシャー〔イングランド中部の州〕のストーンにある兵士用宿舎に到着した。多くの兵士にとってそこがイギリスでの最後の滞在地となった。１９４１年の10月に熱帯用の装具一式が支給され、短期の帰省休暇が与えられたあと、27日にリバプール行きの列車に乗せられ、到着後に古い定期船オルカデス号にすし詰めにされ、マージー川の中流で停泊した。

出航

10月30日の朝、護衛艦と共に7艘の船団でノバスコシア〔カナダ南東の州〕のハリファックスに向かって出航した。驚いたことに、大西洋を横断する途中でアメリカの軍艦と航空母艦のサラトガ号に遭遇し、彼らの護衛によって残りの航路を安全に航海した。ハリファックスで、従来のアメリカ号に替わって、最新型で豪華なアメリカ定期船ウエストポイント号に乗り換えた。この船は、１９４０年7月に就役し、8月に海軍に引き渡され兵員輸送船に転換したばかりであった。第55歩兵旅団全６０００名のイギリス兵がすし詰めになって乗船した。このときアメリカはまだ戦争に加わっていなかった。

　11月10日朝に、他の5艘の兵員輸送船と船団を組んで出航し、アメリカの駆逐艦6艘と巡洋艦2艘の護衛の下、アメリカ東海岸を離れ、南方に向かってジグザグに航行し、イスパニョーラ島とプエルトリコ島の間を通ってカリブ海に入り、トリニダード島のポートオブスペインで停泊した。そこで数日間滞在したあと、南アメリカ沿岸を南下し、最後に東に向かい、12月9日にケープタウン〔アフリカ大陸南端の港湾都市〕に到着した。ケープタウンへ向かう途上の11月24日に、アメリカ人乗務員が大げさで愉快な「赤道祭」を一日がかりで行い、われわれの中の数名が参加した。ずらりと並んだ大勢の人魚たちに取り囲まれたネプチューンが指揮を執り、多くの乗務員が海賊に扮《ふん》して仕事を行う忘れられない日であった。その日は素晴らしい一日だったことが楽しく思い返される。非常に蒸し暑いトリニダード島では3日間停泊したが、そこで上陸許可が下りたのは一部の乗務員と選ばれた軍人だけだった。トリニダード島から大西洋を横切り、南東にジグザグに航行してケープタウンに向かい、トビウオとネズミイルカ〔鼻先が丸いイルカの総称〕が船の先を泳ぐ姿が見えた。12月7日〔日本時間で12月8日〕に日本が真珠湾攻撃を行い、アメリカが戦争に踏み切ったことを聞くまで、海上では戦争は遥か彼方のことに思えていた。

インド

　この時点で、護衛を担当していたアメリカの船は、より重要な任務に向けて出発した。われわれはアフリカ東海岸を航海し、モザンビーク海峡を抜けてインド洋、そしてボンベイ〔現ムンバイ〕を目指し、海上で初めてのクリスマスを迎え、12月27日にボンベイに到着した。それから2週間インドに滞在した。

大西洋の途上で熱帯用の装具に着替えたが、トーピー〔大きなヘルメット型の帽子〕は、マフェキング〔現南アフリカ共和国のマフィケング〕のレリーフ〔ブール戦争が描かれていることで知られる〕で身に着けられているものか何かを連想させた。この馬鹿げたかぶり物のいくつかは航海の途上で海に投げ捨てられ、のちにマラヤとシンガポールでの戦闘で残りのすべてが使われなくなった。ブッシュハット〔オーストラリア軍の制帽〕のほうがよほど理にかなっていただろう。インドでは、完璧すぎるほど完璧にブーツを磨いたりベルトにブランコを塗ったりして過ごし、自分たちの裾を長くした馬鹿げた半ズボンをインドの洗濯夫に洗わせ、きちんと折り目がつくようアイロンがけさせたりしており、来るべき戦闘に対する備えを行うこともなく、無意味な行進を果てしなく続けていた。駐屯地はデカン高原のアフマドナガルに位置し、西ガーツ山脈を越えての鉄道旅行は素晴らしく、インドとそこに住む人びとは共に魅力的だった。

シンガポールへ

真珠湾攻撃の翌日〔実際は同日である〕にマラヤに上陸していた日本軍は、その頃までにマレー半島を南下していた。われわれはボンベイのウエストポイント号に急いで戻り、シンガポールに向けて慌てて出航した。1月29日の木曜日にシンガポールに到着し、われわれの戦争が始まった。

第1章

1942年1月―2月
シンガポールの陥落

シンガポール上陸

シンガポールで埠頭に着いたときに最初に目に入ったのは「サメに注意」という大きな警告の標識だったが、関心はすぐに海上の危険から、ケッペル港への日本の爆撃機による日常的な絨毯《じゆうたん》爆撃に向いた。気前のよい案内役のアメリカ人たちに別れを告げると、われわれは大急ぎで下船した。

さまざまな国籍の難民たちが、可能であればどの船でもよいから脱出しようと波止場に詰めかけており、埠頭は大混乱で悲惨な状況にあった。子供たちは泣き叫び、疲れきった母親たちは何とか恐ろしい状況を切り抜けようとしていた。港湾地域はかなりの損害を被っており、がれきの山が燃えていた。われわれは、町外れのゲイランというところの空き家を宿舎にするため埠頭から移動すると共に、船から大砲や備品を降ろした。周囲の至るところで、取り乱した中国人やマレー人が爆撃された家から生き残った身内を見つけ出そうとしており、その苦しみの叫びはとても痛々しかった。

大砲が利用可能になるやいなや、われわれの部隊は島の北東部にあるゴム農園の端に移動し、マレー半島本土に向けて25ポンド野砲による最初の攻撃を開始した。日本軍はわれわれがいるわずか12キロ先の半島側に位置していた。われわれに対する航空支援はまったくなく、日本軍は好き勝手に振舞っていた。島の北部にある大きな海軍基地は燃やされ、燃料タンクから真っ直ぐに立ちのぼる油を含んだ大量の黒煙は、島を覆い尽くす巨大な雲となり太陽を遮っていた。いつもの夕方のモンスーンがこの雲に降り注ぎ、集まった油の粒子がどろどろした油汚れとなってわれわれにまとわりつき、なかなか洗い落とすことができなかった。民間人たちが港に押し寄せ続け、彼らの自動車や所有物は使いたい人が好きに使えるよう残され、容赦なく続く絨毯爆撃が船で荷降ろし作業をする部隊を絶望に追いやっていた。銃や備品だけでなく船倉内の人員も失われ、武器や弾薬が一つも手に入らない部隊もあった。

シンガポールが難攻不落の要塞であるという神話は急速に崩れた。防衛のための準備が、海に面したセントーサ島南部に重砲をわずかに集めただけだったからである。軍部は敵の攻撃がその方角以外からは不可能だと想定していたようで、南岸における水際防御計画がずっと以前から話し合われてきたにもかかわらず、実行されることはなかった。町には十分な深さの防空壕がまったく存在せず、兵士と同じように一般市民が直面するであろう恐ろしい状況に対する準備はほとんどなされていなかった。ウェーヴェル将軍やパーシヴァル将軍〔いずれもイギリス軍の最高幹部〕を始め最高司令部からまったく現実離れした激励文が部隊に配布され、状況は悲劇的なまでに茶番であった。北岸の防衛はまったくの丸腰であり、苦肉の策で、脆弱《ぜいじゃく》な北側に面した入口に戦車障害物を据えたのが唯一の試みであった。それでさえ、誤った位置に置かれていた。のちに捕虜収容所でマラヤ義勇部隊の隊員たち〔イギリス兵と共に捕虜となった〕に聞いてわかったのだが、マラヤの警察も軍部も、日本に内通する者たちがマラヤ中に破壊活動分子の一団を配置しジャングルの道を調査しているという警告があったのを、過去10年間にわたって一貫して無視し続けたということである。

航空支援はごくわずかで、日本のゼロ戦〔零式艦上戦闘機〕に対して、時代遅れの航空機がわずか2、3機利用できるだけだった。このような軍事的怠慢は必然の結果をもたらした。1942年2月8日から9日の夜にかけて、日本軍は、オーストラリア軍の管轄下にあったシンガポール島北西部の防衛区域を攻撃し、激しい戦闘ののちにすばやく足場を得た。島における内通者の活動計画はとてもよく練られていたらしく、通信隊員が大砲から監視所までケーブルを敷くやいなや、たちどころに寸断されることがよくあった。われわれが大砲を構える場所に向かって、牛の群れが大きなV字型になって追い立てられるかたわら、日本の偵察機が頭上を飛行した。敵は気球のつりかごに決死の偵察員を乗せて、われわれが大砲を設置した場所を特定して伝えるということまでやっていた。

戦場の記憶

戦闘においてよく覚えている不思議な思い出が二つある。最初の一つは、シンガポールの町の郊外にある監視所に向かう途中、爆撃を受けて燃えている民家を通らなくてはならなかったときに起きた。廊下にいたとき、煙と粉塵《ふんじん》の中、床に鮮明な色彩の何かがあるのが目に入った。小さなタンスがバラバラに吹き飛び、鮮やかな色彩の中国の刺繡《ししゅう》用絹糸と布地が床に散らばっていたのである。その色彩の美しさに見とれてしばし立ち止まり、一握りの絹糸を小さな布地で包みポケットに押し込んだ。それはのちに思わぬ喜びをもたらしてくれることとなった。

二つ目の出来事には、戦闘の最終時期に大砲が設置してある場所へカナダ兵と共に戻る途中に遭遇した。砲撃を受けた道路より高いところに位置している土手の藪《やぶ》から抜け出たところ、眼下で小さなセダン型自動車が激しく燃え、車の上に黒煙が立ちのぼって木立に消えていくのが見えた。サロンとカバーヤ〔長袖のシャツやブラウス〕を身にまとったマレー人の若い女性が、悲しげに泣きながら車の周りを小走りに右往左往しており、車の中にまだ誰かが残っているのは明らかだった。われわれは助けに入るために急いで土手を這い下りたが、それを見た若い女性は、叫び声を上げると燃えている車に飛び込んでしまった。その叫び声を私は生涯忘れることができないだろう。燃えさかる車から出る熱は極めて激しく、炎の中に入って救助活動を行うことは不可能だった。しばらくすると、車の残骸が震え、火花を散らしながら揺れが止まると、黒焦げになった小さな腕が車の横窓から突き出たのが炎の間から見えた。あたかも火葬用の薪が燃えているかのような光景を目の当たりにして、自分たちの無力さに涙が出そうになった。

2月15日までにはわれわれは町なかに押し戻されており、海を含めてあらゆる方向から砲撃を受けていた。その日の午後4時に日本軍に屈辱的な降伏を申し入れざるをえず、戦闘は終わった。そのときの静けさはとても奇妙な感じで、大いに安堵した。10週間のうちに、戦争に慣れていて断固とした6万人の日本兵が、山下〔奉文〕将軍の指揮の下、マレー半島中のジャングルのすさまじい状況の中で非常に勇敢に闘っていた13万人のイギリス・オーストラリア・インド軍の兵士を徹底的に打ち破ったのである。今やわれわれが日本の支配下にあるとはにわかに信じがたかった。

他の多くの本で言及されているように、シンガポールの軍部・民間当局が自己満足に陥っていたことには弁解の余地がなかった。勇敢な軍人たちが無駄死にしたことは戦慄すべきことであった。だが、それ以上に問題であったのは、非常に多くの無辜《むこ》の、無防備な中国人やマレー人、その他のアジアの人びとが犠牲になったことであった。その夜、自分たちの将来を危惧《きぐ》しながら、われわれは1937年12月から翌年1月にかけて起きた「南京レイプ」について考えずにはいられなかった〔著者はイギリスにいた頃すでに新聞を通して知っていた〕。「南京レイプ」では、昭和天皇の叔父《アンクル》である朝香宮《あさかのみや》〔昭和天皇の皇后・良子《ながこ》の叔父〕が、憲兵隊司令長の中島今朝吾《けさご》と共に、蔣介石を降伏させるため9万の兵力を組織して南京を占領、大規模で意図的な強姦、殺人、放火、窃盗などが行われた。6週間にわたる組織的な残虐行為によって、10万以上の中国人女性や少女たちが繰り返し強姦され、虐待され、殺害された。およそ20万の男性や少年たちが、生きながら銃剣や銃の訓練の標的にされ、生きたまま焼かれ、生き埋めにされ、手の込んださまざまな拷問にさらされた。

こうした蛮行の「成功」に昭和天皇が「極めて満足」した旨を公に表したことは、忘れてはならない——その功績を記念して、朝香宮と中島に、浮き彫り模様を施した銀の花瓶一対をそれぞれに贈呈して承認したのである〔以上の部分は、戦後に読んだデイヴィッド・バーガミニの『Imperial Japan's Conspiracy』も参考にして著者が記述している〕。

日本軍が大挙してマレー半島に上陸したときから、われわれの将来の見通しは暗く、疑わしいものになった。

労働を強いられた捕虜たち。カンユー、1942年。

マラヤの小さな村。シンガポール、1942年。

第2章 1942年2月―10月 チャンギとシンガポールの労働収容所

日本軍の捕虜となる

　われわれを捕らえたのは非正規軍であり、翌朝に初めて彼らを見たときには不愉快な印象を受けた。彼らはみすぼらしい服を着て傷口を大ざっぱに覆っただけの姿で、捕虜から指輪や時計をひったくり、勝利の熱狂に浮かれて叫び声を上げながら捕虜をひどく打ちのめしていた。日本軍の将校が現れ、一時的にこのような略奪を止めさせ、違反者をひどく残虐に処分した。われわれは路上で集められて大きな集団になり、ブキット・ティマ道路の南端にいる捕虜の列に加わるために行進を始めたが、その列は急速に延び続けていた。われわれは手持ち無沙汰な状態で待機させられたのち、わずかな持ち物を携え、シンガポール島の東端にあるチャンギまで22キロにわたって行進させられた。

　行進中、戦闘の末期にアレクサンドラ陸軍病院〔シンガポールにあった〕の患者と職員が皆殺しにされた事実を知った。非正規軍は、ベッドや病棟の床にすし詰めになって横たわる患者たちを撃って負傷させ、手術室やその他の場所にいる医療スタッフを銃剣で突き殺した。病院の看護人は外の物置に連れ出され石油をかけられたあと、火をつけられ銃剣で刺し殺された。

チャンギにて、われわれの一部はロバーツ兵舎〔兵舎を区別するために名前がつけられていた〕の家族宿舎を割り当てられ、友人と私は屋外の炊事場にある食器棚で生活した。狭い空間の中でわずかな所持品を頭上の棚に載せ、コンクリートの床に横になって寝るのが精いっぱいだった。食糧は極度に不足しており、硬いビスケットを一日1個か2個と、肥料として使う予定だったライムを染み込ませたかび臭い砕け米の混ぜ物しかない生活で、直《ただ》ちに半飢餓状態に陥った。それを水っぽいスープのような状態にして食べたので、このような食事で捕虜たちはますます弱まり病気がちになった。マラリアと赤痢はすでに蔓延《まんえん》していたが、貧しい食生活によって健康状態はさらに悪化した。食糧不足のためビタミン欠乏症が悪化し、その結果浮腫《ふしゅ》や脚気《かっけ》、ペラグラ病〔皮膚疾患〕を発症して、飢えで死ぬ捕虜も出始めた。ハエや暑さのため病人の不快症状は増し、どんな病気でも回復に多くの時間がかかるようになった。われわれはほとんど何でも食べるようになり、中にはナメクジや甲虫を食べようとした者もいた。米にゾウムシが入っていると、よいタンパク源とさえ思うようにもなっていた。

チャンギの兵舎における間に合わせの病院は、けが人や病状が重い熱帯病の患者であふれかえり、乏しい医薬品を細心の注意を払って節約する必要があった。患者は非常に暑い中、一箇所に詰め込まれ、ベッドとベッドの間やベッドの下の床にさえ押し込まれ、病院の状態は患者にとってまことに気の毒であったといえる。医療スタッフは限界まで働かされ、飲料水がひどく不足していた。収容所における雑役の一つは、血液や排泄物が染み込んだ毛布の束を近くの海岸まで運び、できるだけ汚れを落とすために毛布を抱えて海の中を歩き回り、その後太陽に当てて毛布を乾かすという疲れる作業だった。

カンユー−ヒントク間に架かる橋の一つ。

現地住民への残虐行為

ときおり、少人数のグループが、炊事場で使う薪を集める作業班として収容所の境界の外に連れていかれることがあり、この機会を生かして物々交換や盗みによって残飯を手に入れると共に、地元の人びとからひそかに情報を入手することもできた。

ときどき、あらゆる年代の中国人男性が縄で縛られたまま大型トラックいっぱいに詰め込まれてチャンギ区域に入ってくるのが見えたが、その後海岸から機銃掃射《きじゅうそうしゃ》の音が聞こえた。日本人が、以前の日中戦争のときと同じように、中国人やマレー人の一般市民の殲滅《せんめつ》作戦を開始したことにわれわれは気がついた。この虐殺の事実は、のちに収容所の外でわれわれが現地住民に接触しようとしたときに人びとの恐怖心が強まっているのを目の当たりにしたことと、収容所外の作業班になったときに私自身がそのような虐殺を偶然目撃したことによって裏付けられた。

あるとき薪探しの最中に、海岸に向かって傾斜している場所に異国風の小さな家が建っているのに気がついた。仲間と二人で監視兵の目をすり抜け、丹精込めて手入れされていたと思われる花でいっぱいの庭に入った。家のそばに深い穴があり、その穴には捨てられた軍装備品が散らかり、地下壕につながっていた。その入口と支柱は黒焦げだった。私は穴に這い下りて、地下壕に近づいた。ひどい臭《にお》いが鼻をつき、床には黒ずんだラジオかレーダー装置がぐちゃぐちゃに散乱しているのがかろうじて見えた。そのとき、もっと大きなものに気がつき、ハエが飛んでいるのがわかった。おそらく人が二人ここで焼死して、黒く焼け焦げたまま放置されていたのであろう。私は穴から出て、太陽が照り輝き、花でいっぱいの、すがすがしい海の匂いのする世界に戻った。以前にもこのような惨状を目の当たりにしてきたのだが、今回はこの静かで美しい庭と吐き気を催すような地下壕の様子があまりにも対照的だったので、ことさら動揺が激しかった。家の中は荒らされており、開いた玄関から、大量の本や雑誌が床に散らばっているのが見えた。その中に私の母校の雑誌が一冊あり、不思議なことに、その年の初めに行われた私の兄の結婚の告知が掲載されていた。その雑誌をシャツに押し込むと、気づかれないようにこっそり作業班に合流した。あとから振り返っても心が痛むような思い出である。

チャンギでの捕虜生活

チャンギの劣悪な状況の中でも、われわれの進取の気性や巧妙な工夫がくじかれることはまったくなかった。捕虜たちの時間つぶしになり、また彼らの好奇心を刺激するため、講演や講義のプログラムが企画され、すぐに多くの捕虜収容所の呼び物となった。いつものことながらトランプゲームの会が盛んになり、ラトリーン〔臨時の野戦簡易便所。130ページ参照〕にはラジオが秘密裡に据え付けられた。小規模のコンサートグループが結成され、そこで猫の絵を描いていたロナルド・サール〔画家・漫画家〕に出会った。私の友人であり、コンサートピアニストである彼は、竹とニッパヤシでできた小屋に置いてある古いアップライトのピアノでグリーグやモーツァルトを弾いて、私を楽しませてくれた。問題が山積していたにもかかわらず気力は充実しており、日々流れてくるいろいろなうわさから議論や憶測がなされていた。「クリスマスまでには解放される」と楽観的な者はいつも予測していた。

高官の中には、退屈を紛らわせるためという表向きの理由で下士官や兵卒に任務を課そうとする者も

泰緬鉄道の南端でメークローン川に架かる橋。1945年2月と6月の爆撃で橋の一部が破壊されたが、捕虜たちの手で修復された。

泰緬鉄道のために作られた切通しの典型。ヒントク、1987年。著者撮影。

いたが、それがあまりに幼稚でイライラさせられたので、退屈が紛れるどころか、より惨めさが増すだけであった。収容所での生活という、この奇妙で新しい状況の下、不愉快で身勝手な行動を起こす者が出てくることは避けられなかった。大部分は生き延びるための食糧の必要性から起きた小さな悪事や不正だったが、ときには階級の乱用によって不正がひどくなることもあった。

ハヴロック・ロード収容所へ

5月初旬に捕虜の一部がシンガポール市内のハヴロック・ロード労働収容所まで行進させられた。そこで「人力ワゴン」の一団として倉庫を清掃したり、日本人監視兵や朝鮮人監視員の下でさまざまな骨の折れる任務につく予定であった。行進中に極度の疲労から倒れる者もいたが、中国人やマレー人たちがとても親切にしてくれ、監視兵が止めようとするにもかかわらず、食糧や飲み物を手渡してくれた。小屋では生活空間兼就寝場所として各人に1ヤード〔91センチ〕の空間が割り当てられ、チャンギの全般的な状況より改善したといえた。

ハヴロック・ロードでのわれわれの小屋は、ニッパヤシの屋根の付いた板張りの二段になった住居だった〔74ページ参照〕。これらの小屋はマレー人の戦争避難民が、戦争捕虜を収容するために作ったものだった。食糧は以前より良好で、たとえ偶然でしかなかったとはいえ、現地住民と日常的に接することによって、食事を補うことができ、外界から完全に遮断されているという感じが多少和らいだ。

残骸や廃棄物の山から何かをあさったり盗んだりして、生活必需品と交換する機会もあった。われわれは占領者の弱点や感情に適応するようにもなり始めていた――われわれの負わされている、このよう

第二次世界大戦時の
シンガポール

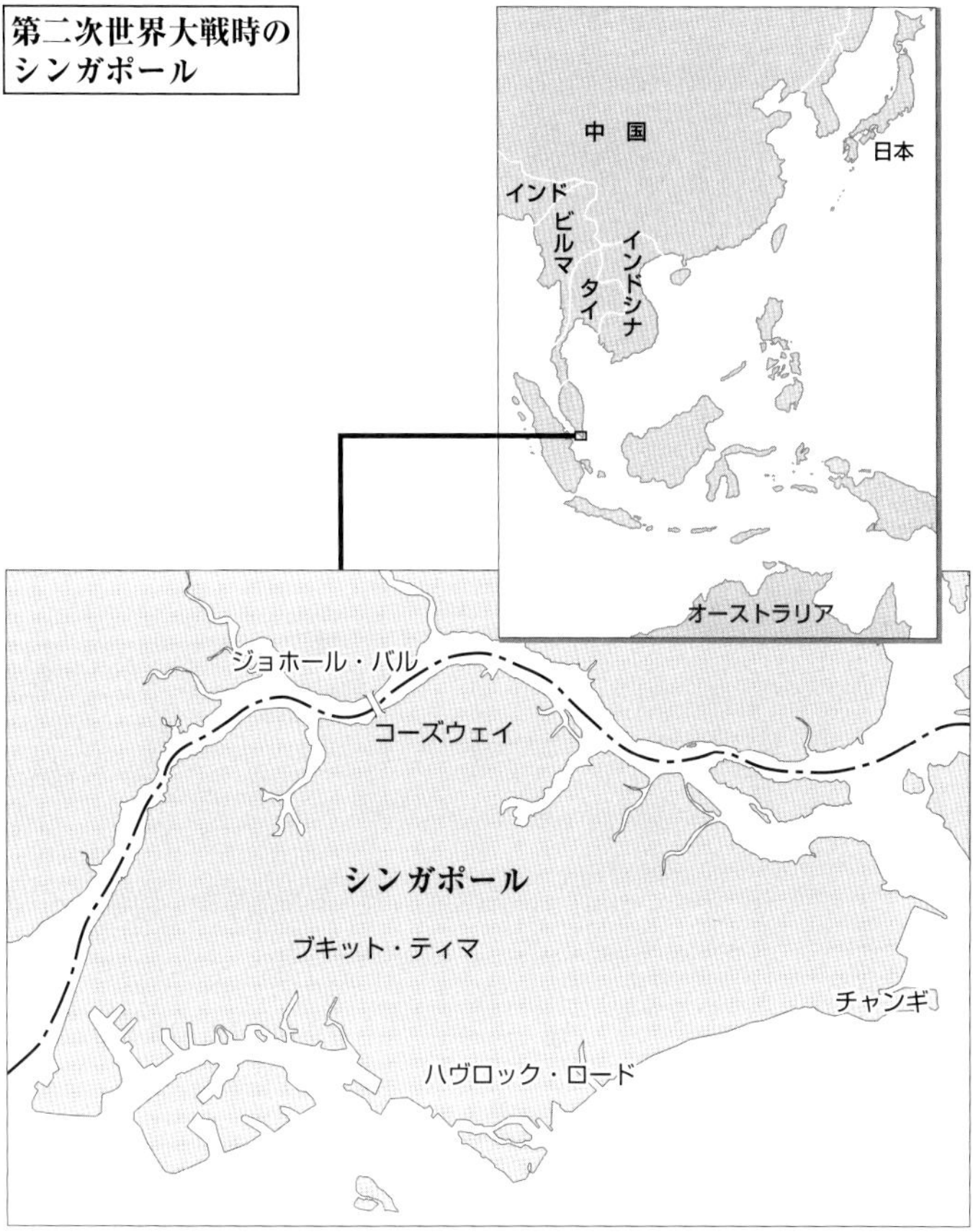

ゴム農園に置かれた25ポンド野砲。
シンガポール、1942年。

中華街。シンガポール、1942年。

に残酷で不合理な重荷に対して、これ以上何もできなかったのである。

友人のグラハム・ペティットと私は板張りの上段をより快適に使おうと力を合わせた。ゴミ捨て場から古い粗布の切れ端と壊れた車の座席部分をあさってくると、ニッパヤシの屋根の外側の、ベッドとして使っている空間の上部にあたる部分を持ち上げて刻み目のついた竹のはしごを取り付け、小屋の裏側の炊事場へ簡単に行けるような裏口を作った。骨の折れる危険な冒険で拾ってきた車のホイールハブは素晴らしいフライパンになった。このようなことはぜいたくに見えるかもしれないが、一方で小屋中あらゆるところに大量の南京虫とシラミが湧いており、捕虜であった残りの3年間はずっとそれらの虫に悩まされ続けた。

このようにチャンギに比べると状況が改善したにもかかわらず、間もなくジフテリアや食中毒によってわれわれの健康状態がさらに悪化し、毎週多数の病人をチャンギに戻す必要があった。

監視員からの暴行

日本軍の部隊の多くに朝鮮人監視員が割り当てられており、彼らは出世から外れた兵卒（実際には兵ではなくて軍属）だった。当然彼らは屈辱的な身分に憤りを抱いており、自分たちの受けている抑圧を少しでも晴らすために、担当している捕虜たちに対して侮辱を加え、肉体的に傷つけるどんな機会も逃さなかった。一等兵とそれ以上の階級はすべて日本人の兵士で占められ、すべての階級の兵が、規律違反を犯した場合自分より上級の兵から直ちに厳しい罰を受けることになっており、ときには殴り殺される場合さえあった。このような事例をのちに大陸で目撃することになった。捕虜として収容所で生存するには、これらの状況を不可欠のものとして受け入れなくてはならなかったのである。

階級が何であれすべての日本兵におじぎをすることが強制され、日本兵から見て不十分だった場合、犠牲者は不動の姿勢をとらされ、罵声をひとしきり浴びせられたあと、顔を強く平手打ちされたり、ぶたれ続けた。気分次第では殴られたり蹴られたりする場合もあった。日本兵による殴打が強まり自分が倒されたときに、地面に倒れたままでいるのは決して賢明ではなく、そのままでいると攻撃がさらに野蛮にエスカレートする可能性が高かった。

日本が結成したインド国民軍の中にシーク教徒が含まれており、これらの変節者の一部がハヴロック・ロードでわれわれの監視役についていた〔原文には東南アジア軍とあるが、インド国民軍の誤り〕。そのうちの同性愛者の数名が夜にラトリーンで捕虜を襲い、収容所中が怒りに沸き立った。以後、捕虜が夜にラトリーンに行く場合は小さな戦闘グループを作り、シーク教徒の監視兵はわれわれから遠ざけられるようになった。侮辱を加えるため、日本人はシーク教徒の監視兵たちをある晩イギリスに忠実なグルカ兵の捕虜収容所の見張りにつけた。翌朝シーク兵は誰一人見当たらなかった。間もなくわれわれの監視には、朝鮮人か日本人が取って代わった。

華僑への暴虐

作業は夜が明けるとすぐに始まった。米の朝食を食べたあと、通例の点呼に参列すると、人数を数え作業班への割り当てが行われたが、いつも長時間かかってうんざりさせられた。それから小さな二輪の手押し車を引きながら作業場所へと歩いた。その手押し車は、日本軍が戦闘の最中に装具を載せてマレ

宿泊棟の内部。一人あたり約90センチ幅のスペースが与えられ、著者は上段だった。南京虫とシラミとの共存生活だった。ハヴロック・ロード、1942年。

ジャングルで花を咲かせる背の高い木。カンユー、1942年。

ー半島の端から端まで引っ張ってきたものである。ときにはトラックに乗って新しい作業現場に連れていかれることもあった。作業内容はさまざまであり、あるときは花崗岩《かこうがん》の採石場で石を運び、またあるときはコーズウェイ〔シンガポールとマレーシアを結ぶ土手道〕の内陸側にあるジョホール・バルでパイナップルを刈り入れたり、土や砂利をトラックに積んだり、死体や破壊された建物や倉庫を片付けたりした。作業は極度に激しいわけではなかった。このような調子で、われわれはシンガポール市内をほとんど訪れ、魅力的な住民に度々接したのだった。自分の身にかなりの危険が降りかかるにもかかわらず、人びとはほぼ毎日食べ物や、ときにはお金といった小さな贈り物をくれた。このような勇気ある行動が感謝の念と共に思い出される。

また、ある朝、中国人の年老いた女性が、作業現場に向かうために通りかかったわれわれに小さなお菓子を配ってくれたこともよく覚えている。翌朝、その女性が同じような親切を行うために道に立っていると、日本人の軍曹にひどく叩かれた。またその翌日、彼女は顔が腫《は》れて切り傷を作りながらも同じ場所に現れ、もっと多くのお菓子を持って、足を引きずりながら静かにわれわれの元に来た。この女性はわれわれの多くにとって、抑圧下にある中国人の勇気と不屈の精神のシンボルとなり、戦争捕虜だった期間、このような勇気をしばしば目撃することとなった。

中国人の一般市民に対して日本人がますます残虐になっていったことが思い出される。沿道に置かれた台に、切断された中国人の頭部が三つか四つ並べられているそばをよく通りかかったが、頭部にはハエがたかり、中国語とマレー語で書かれた警告が貼られていた。首が竹竿の先に掲げられている場合もしばしばあった。人びとは道端で拷問され、首を切断されたり、撃たれたり、銃剣で刺されて命を落とした。われわれがよく通る憲兵隊の本部の外では、半殺しにされて虫の息の犠牲者が、鎖につながれたり、柵に吊るされている様子がいつも目に入った。降伏から6週間のうちに、日本人は、中国国民党の党員であり対日工作を行っている嫌疑があるとの口実の下、7000人の中国人を抹殺したが、そのほとんどが男性と少年であった〔著者はハヴロック・ロード収容所にいた当時、華僑やマレー人から聞いた〕。

「セレラン事件」

捕虜が何度か単独で脱出を試みたため、9月4日の金曜日に「セレラン事件」が起きた。大隊一個分を収容するために建てられた兵舎に、1万5400人もの捕虜が押し込まれたのだった。飲み水がほとんどない状態で大多数がひどく具合を悪くし、死の苦痛と隣り合わせの状態で、捕虜全員が脱走しないという誓約に同意するまで3日間閉じ込められ続けた。捕虜全員がそれに従わざるをえなかった。

たいてい日暮れまでに作業現場から戻った。どこで働くにしても、何か使えるものを持って帰れないか常に目を光らせていた。そのため、収容所の門で捕虜が戻ってきたときに禁止品を持ち運んでいないかチェックしている監視の目をくらませるために、小さなグループを作って監視兵に殺到する必要があった。夕方の点呼は、日本刀を身に付け、背の低さを箱に乗って補い、自分をもっと立派に見せようとしていた日本人の所長が行った。人数を数え終わり、所長が解散を告げると、捕虜はおじぎをして「ワッケリ」〔ワカリマシタの意〕と叫ぶことになっていた。われわれは、すぐに「バガリー」(buggery)〔男色の意〕に言い換えたが、一斉に声を上げればほとんど同じに聞こえるし、何よりも相手に知られずに日本兵を侮辱することができた。

オランダ植民地軍と
イギリス人将校。シ
ンガポール、1942年。

収容所の様子を古い紙切れに手早くスケッチした作品。一つは1942年にカンユーで、その他は翌年チュンカイで描いた。

初期の頃は通訳がおらず、監視兵をだしに気晴らしをしていた。彼らが例えば「ブーツ」のような簡単な物を英語で何と言うか聞いてくると、「大便」（shit）などの言葉を教えていた。するとその監視兵は、事あるごとに新しく得た知識をひけらかそうとした。捕虜のブーツを指差すと、「おい、そこの兵士、お前の一番の大便が」と言ったが、彼自身は捕虜の持っているブーツが一級品だと言おうとしていたのだった。このような冗談は、行進時の点呼にまで及び、11、12、13のところで「ジャック、クイーン、キング」と代わりに挟み込み、監視兵に気づかれるまでいつも楽しんでいた。気づかれてからは、このお遊びは手ひどく抑えられ、われわれはすべての命令に従い、日本語で1000まで数えなくてはならなかった。それでも、監視兵にぴったりなあだ名をつけて楽しむのは続けていた。例えば、身長が4フィート6インチ〔137センチ〕くらいしかなく、小柄で気立てのよい朝鮮人の監視員は、親指の部分が分かれている黒いキャンバス地の軍用ブーツを履いており、足の部分がとても大きく見えた。われわれは面と向かって彼を「ドナルドダック」と呼んだが、彼はいつもその名前を快く受け入れていた。その他に、教師だったアマサキ氏は、捕虜の生活が耐えやすくなるようにできるだけ取り計らってくれ、彼ら二人にはとても感謝している。ほとんどの監視兵は、辛うじて耐えられる程度から野蛮で残酷な人物の範囲に収まっていた。より典型的だったのは「血圧」というあだ名の監視兵で、捕虜を殴ったり蹴ったりする前に、いつも叫び声を上げて激昂していた。他には、決して笑わない監視兵に皮肉を込めて「愉快な男」と名付けたり、ホッケー用のスティックを持ち歩いていつも使っていた監視兵を「ホッケースティック」と呼んでいた。私の背骨には彼のホッケースティックによる後遺症が残っている。「ユー・ゴー・ホールト」（You Go Halt）〔働けの意〕と名付けられていた監視兵は、働いていない捕虜をこう評することを好み、「ジャングルのお姫様」と呼ばれていたのは、嫌な性格でひどい出っ歯の監視兵だった。「葬儀屋」と名付けられたのは、陰気で無愛想でめったにしゃべらない人物だった。

ハヴロック・ロードでの労働

初めの頃に連れていかれた作業場所の一つは、シンガポール市内の外れにあるテニスクラブで、大きなガソリンの集積所ができつつあった。トラックに満載された大きなドラム缶が島の各地から運び込まれ、われわれの仕事はドラム缶を降ろし、テニスコートに3個ずつ積み上げて列に並べることだった。そのとき私は日本人に気づかれずにジャックナイフ〔大きな折りたたみ式のナイフ〕を隠し持っていた。それには先の尖《とが》ったマーリンスパイク〔綱通し針〕がついており、われわれはドラム缶を積み上げながら、3個目のドラム缶全部に穴をあけることに成功した。ガソリンの臭いが強くなっても監視兵が気づく気配はなく、休憩時間に決してタバコを吸わないよう仲間内で徹底した。そこでドラム缶に穴をあけながら2日間作業をしたが、とうとう監視兵に気づかれることはなかった。その後他の場所に移動になり、二度とその場所を訪れることがなかったのは幸いだった。

またあるときは、アレクサンダー病院で穴掘りの作業をしている最中、20フィート〔6メートル〕もの高さの土の山が突然崩れ落ち、捕虜2名が生き埋めになった。「ホッケースティック」やその他の監視兵がわれわれと共に必死になって二人を助けようとしたが、監視兵の中には少なくともうわべだけでも同情心を持ち合わせている者がいることがわかって励みになった。悲しいことに、二人共助け出される前に息を引き取っていた。

chalker
Singapore 1942.
Japanese beating man's hands to pulp for stealin

シンガポール、1942年。

日本人のものを盗んだ捕虜への体罰。木の切り株に手を載せて骨が砕けるまで打たれた。

ハヴロック・ロード収容所は種々雑多な者の集まりで、すべての部隊の兵が、多数のマラヤ義勇部隊の兵を含めて一緒にされた。その中には戦争が始まるまで一般市民としてゴム栽培に従事していたり、スズ工業の専門家だったり、科学者だったり、その他の分野の専門家だった者もいた。彼らを通してマラヤとそこに住む人びとについて多くを学んだ。中でも、マレー半島の中央に位置するジャングルでサカイ族と共に住んでいた人物は興味深く、彼の話は非常におもしろかった。

収容所に入ったときからトランプとブリッジゲームの会は日常生活の一部で、並行してさまざまなテーマについての講演も行われた。制約があったにせよ、われわれは大いに笑い交友を深め、お互いから多くのことを学んだ。私は時間を見つけては、自分たちの暮らしや作業の状況について絵を描いていた。当時は絵を描くことが禁止されておらず、禁止されるようになったのは、のちにタイに行ってからであった。また、同僚から小額の手数料を得て肖像画を描いたり、がらくたの中から見つけたパステルで、美女のピンナップを何枚か描いて小屋に飾ったりもした。ペンを使った淡彩画で小さな紋章をデザインしたこともあった。それは風刺的で、「In excrementum tauri non fidemus」というもっともらしいラテン語の題銘をつけたが、「われわれは決してこの馬鹿げた状況を信じない」という意味のつもりだった。この紋章の複製には多くの注文が寄せられた。

この収容所を離れる少し前に、毎日の作業で町にある倉庫を片付ける仕事を割り当てられた。そこに日本人の将校やその他の兵たちが大勢宿泊することになっていた。彼らはクアラ・ルンプルから南下してきて、2、3日後に到着予定だった。同じ夜、われわれは集められるだけの南京虫やシラミ、サソリやその辺りに這っている虫をブリキの缶に入れ、翌日、虫でいっぱいの缶を携えて、宿泊所で放してまわることに熱中した。監視兵はずいぶん熱心に働いていると勘違いをして、われわれの善意に対していつもより多くの休憩時間を与えてくれさえした。空っぽの缶を抱えて宿泊所を離れたときは、これで占領者である日本人も、われわれと同じ体験を少しは分かち合えるだろうという気持ちがした。

隠し続けたラジオ

ときおり、外部の連絡役〔ゴム農園の経営者たちやスズ鉱夫たち〕からもたらされた断片的なニュースがわれわれにも漏れ伝わったが、情報を伝達する際には、秘密を守るよう大いに注意を払う必要があった。会話が監視兵に立ち聞きされてしまうと、ラジオやその他外部の情報源が発覚する恐れがあり、日本人はそうした疑念を抱いていたのだった。ラジオを所持していたり、外部の連絡役と接触している現場が発覚した場合の処罰はとても厳しかったが、ずっとラジオを持ち続けた勇敢な者もいた。発覚して捕まり姿を消した者もいれば、ひどく拷問されても生き残った者もいた。中には緊張しながらもラジオを持ち続け、最後まで発覚せずに済んだ者もあった。

町で作業をしている最中に、ときどき『シンガポールタイムズ』などの英語で書かれた新聞を拾うことができた。それはのちに日本人によって『昭南タイムズ』に改名された。拾った新聞の一つに、あまりにばかばかしいので忘れられない記事が二つ載っていた。両方とも恐れを知らない日本のパイロットの勇敢さを伝える記事だった。一つ目の記事は、敵機に追われながらも弾薬を切らしたパイロットの話だった。冷静さを保ちながら、操縦席の風防ガラスを開き、おにぎりを敵めがけて投げつけると、それを手榴弾と思った敵は、直ちに追撃を中止したのだった。二つ目の記事も、同じように勇敢なパイロッ

シンガポールからタイのバーンポーンまでの、5日間にわたる鉄道の旅。一台の貨車に32人ずつ乗せられ、座れるスペースはほとんどなかった。多くの捕虜はすでにマラリアや赤痢を発病しており、悲惨な経験だった。1942年。

バーンポーンから奥地カンユーに向かうジャングルでの行進。疲れと食糧不足、モンスーンの影響で、必要最低限のものしか携行できなかった。1942年。

トが弾薬を切らして敵機に苦しめられていた際の話だった。彼は操縦席の風防ガラスを開け、日本刀を取り出し、機体を傾斜させると、敵の航空機の翼を切り落とした。両パイロット共に「金鵄勲章《きんしくんしょう》」を授けられたのだった。この記事の切り抜きを取っておいたが、数カ月後にシロアリに食われてしまった。

「鉄道」建設のうわさ

9月の初めにマレー人の連絡役から聞いたうわさでは、日本軍が今のタイにあたるシャムのどこかに鉄道を建設する準備を進めており、捕虜がこの計画に徴用される予定とのことだった。9月の終わりには赤十字の食糧品支給があり、捕虜だった期間、パンを食べたのはこれが最初で最後だった。その後数日間は比較的快適に生活できたが、1週間以内の移動に備えて準備をしておくようにと予告されていた。

そのときまでに、日本はインド国境での戦闘を続けており、ビルマ北部の前線を支援するために、バンコクからラングーン〔現ヤンゴン〕への陸路の補給ラインを必要としていた。シンガポール周辺から北のラングーンまでの海路は長距離で、潜水艦からの攻撃を受けやすかった。鉄道路線の建設案は、バンコクから西へ約140キロのバーンポーンを南の始点とし、北方向へカーンチャナブリーに向かうものだった。カーンチャナブリーはメークローン川（クウェーヤイ川）とクウェーノーイ川が合流する場所に位置する小さな町だった。メークローン川は北東から流れ、クウェーノーイ川はテナセリム丘陵の国境を南北に沿って西から流れていた。この地点でメークローン川の上に堅固な橋梁《きょうりょう》を建設することが必要になり、その橋を渡って鉄道はジャングルに覆われた丘を北に向かって進み、ビルマとの国境の三仏塔峠に向かう予定だった。そこから、ビルマ内を通ってタンビュザヤにある既存のイェーーモールメイン鉄道につなげる計画であった。これは、亜熱帯雨林に覆われ、峻険な山々が続く土地に410キロに及ぶ鉄道を通すという話で、この地帯はマラリアや赤痢、コレラが蔓延し、毎年5月から10月までモンスーンの猛威にさらされていた。

約6万人のイギリス・オーストラリア・オランダ軍と、アメリカ人の戦争捕虜が、消耗品のような労働力としてこの鉄道計画に徴用される予定だった〔著者は戦後になって泰緬鉄道の全貌や詳細を知った〕。これらの捕虜たちは、追加で編成された部隊であるFフォースとHフォースの二つを含む10のグループに分けられ、マレー人が彼らを管理することになっていた。それに加えて、中国人、マレー人、タミル人、タイ人、ビルマ人からなる約20万人のアジア人労働者が、日本の監視兵の直接管理の下、計画への参加を強制された。日本の鉄道第九連隊が計画実施のすべてを管理しており、それを補助する朝鮮人監視員と日本人監視兵が、主に労働収容所の設立と監督を担っていた。日本人の技術者が、1メートル軌の鉄道をゼロから始めて1年2カ月以内に建設できると見積もっていたので、日本軍の最高司令部は、1943年12月の終わりまでに計画を完了させるようにと命令した。

作業は鉄道予定地のそれぞれの終点から開始し、中央に向かって作業を進めていく予定であった。経路に沿って労働力を配置して、ジャングルを切り開いたり、土手や橋を築いたり、膨大な量の石灰岩を砕いて丘を切り開くなどして、あとに続く線路敷設の作業のための準備を整えることになっていた。合計118の収容所がバーンポーンとモールメインの間に作られ、タンビュザヤとイェー間の支線には10の収容所が追加された。410キロの軌道を通すためには、渓谷の上と険しい丘陵の斜面に沿って688の橋を建設する必要があった。

第3章

1942年10月 タイへの列車旅行と北部への行進

貨車にすし詰めにされて

10月15日の木曜日、へとへとになるまで行進したあと、シンガポール中央駅に整列した。いっぺんに32人ずつ、引き戸のついた金属製の有蓋《ゆうがい》貨車へとせきたてられた〔86ページ参照〕。私はガスケープ〔ガスマスクの上から羽織るマント〕の切れ端を使って大きな封筒を作っておき、少量の水彩絵の具を包み込んでいた。絵筆2本と線画用のペン先を数個と共に、墨汁も一緒に入れておいた。

われわれは貨車の中にすし詰めにされ、持ち物は隅の一カ所にうずたかく積まれた。空間は非常に狭く、全員が一緒に座る余裕はなかった。一度に座れる人数が限られていたので、交代で順番に座るしかなかった。さらに事態を悪化させたのは、われわれのグループの一部がすでにマラリアと赤痢を患っていたことである。このような過熱状態の閉鎖された空間で、たちまち悪夢のような状況になった。燃料補給のため途中で何度か短時間停車したので、外に出ることが許可され、窮屈だった手足を伸ばしたり用便を済ますことができたが、その間中ずっと監視兵に怒鳴られ脅され続けた。食糧はひどく不足しており、米か水が配られることはめったになかったが、機会があればエンジンの吹出弁から出る水を少しだけ手に入れた。旅程は5日間だったが、何週間もの長さに感じられた。この薪を燃料にした列車は、ブキット・ティマを経由してコーズウェイを渡り、北方向に向かってジョホール・バルに着くとさらに前進し、暗くなってからスガマットに停車した。木の上でサルたちがキーキー鳴く声が聞こえてきた。それからグマスに向けて発車し、夜明けにタンピンに到着すると、ジャングルには霧が薄く立ち込めていた。それからあとはケンドンに停車したことを覚えている。とても美しい花にあふれた、小さくてかわいらしい駅だった。その日は太陽が燦々《さんさん》と輝きとても暑く、マレー人の家族が水牛を使って水田を耕している姿が見えた。大きな体で長い角を持つ水牛の背中に小さな子供が乗っており、霧の向こうには緑の丘が聳《そび》え立ち、美しい景色が広がっていた。マレー人たちはわれわれの姿を見ると手を振ってVサインをしてくれたので、その友好的な仕草をありがたく思った。

翌日の昼にスレンバンに着き、丘陵の多い地方に入ると、露天掘りのスズ鉱山を通り過ぎてゆるやかに上昇しながら進み、正午にはクアラ・ルンプルに到着した。われわれは駅で降ろされたが、そこはスルタンの宮殿のような広大で魅惑的な建物で、優雅な尖塔で覆われており、装飾を施されたアーチが焼けつく太陽の光で白く輝いていた。それから、赤十字の配給品のココアが、米と一緒に配られた。捕虜仲間が小さなラジオを包み直して、より安全に荷物に仕舞い込むのを手伝った。ラジオの発覚は致命的なので注意を払い、無事に目の届かないところに隠すことができて安堵した。

炎熱の長距離移送

その後あわただしく元のブラックホールのような貨車に戻るよう怒鳴られ、列車は鳥や花でいっぱいの田舎を通り抜けて進み、タンジョン・マリムのあとすぐにスリム・リバーに到着した。そこには戦争の残骸が散らばっており、未だにその臭《にお》いが立ちのぼってくるかに見え、私は小さなスケッチを描いた。イポーには立派な駅があり、われわれは歩き回る機会を得て、大勢のタミル人が駅のベンチやプラットホームのそこかしこで寝ている姿を目にした。

ブキット・ムルタジャムから、クダー州や何マイルにもわたる水田を通り過ぎながら北方向へ移動を続けた。マレー人の住居は高床式で建てられており、遥か彼方には、平たい地形の中から、突然木の茂った大きな岩の頂が隆起している様子が見えた。そのとき雨が降っていたこともあり、ひんやりとした空気がすがすがしかった。

パダン・ブサールを過ぎたあと、ついに国境を越えてタイのクラ地峡に到着した。タイ人の役人は半ばアメリカ化された制服を身に着けて現れ、サフラン色〔濃い黄色〕の僧衣をまとった仏教僧たちはわれわれが通り過ぎるのを注視しており、そこでタイの紙幣を初めて目にした。その頃にはわれわれは悪臭を放っていたに違いなく、鉄道の待避線にある給水塔の下に立ち、赤さびた水の滝を大いに楽しむ者もあった。太陽の下で体を乾かすと、ぜいたくに芝生の上を転がり回り、体を伸ばしてこわばりを取り除いた。ときどき機関士を説得して、エンジンの吹出弁から出る熱湯を分けてもらい、飲んだり食べ物に混ぜたりした。たとえ油っぽくても、それは思いがけない贈り物に思えた。

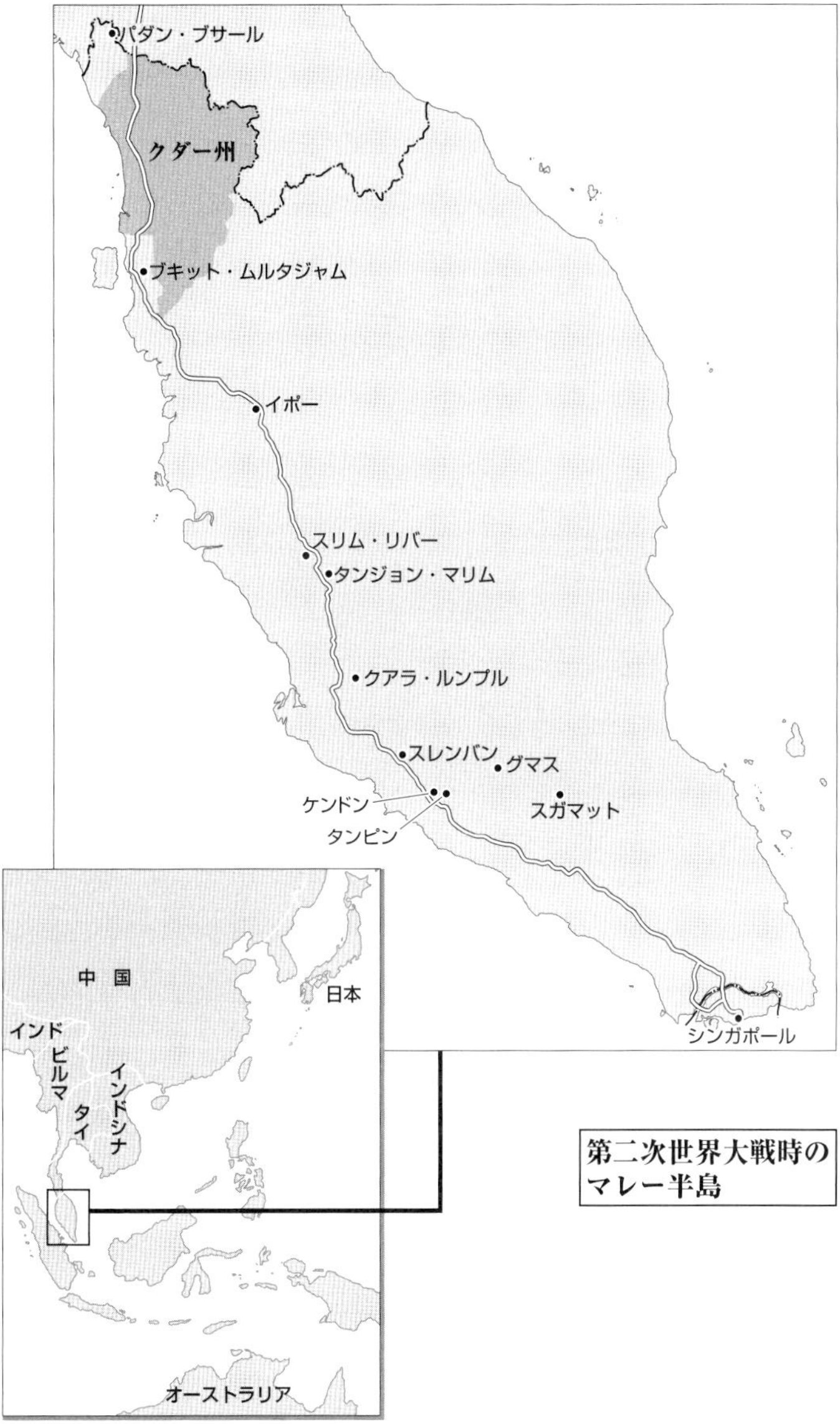

第二次世界大戦時の
マレー半島

チュンポーンでは2時間休憩を与えられた。われわれはタイ人のかわいらしい少女二人からザボンやマンゴーを買い、私はヘビを屠《ほふ》った〔食用にするため〕。象使いを頭部に乗せた6頭の象が2頭の小象を連れて通り過ぎ、周りの木々ではテナガザルが鳴いていた。悲惨な状況下にあったとはいえ、眼前に広がる目新しい風景はとても興味深く、美しさにあふれていた。

バーンポーン到着

10月19日の夜明け直後に、目的地であるバーンポーンに到着した。われわれは持ち物を周囲に置いたまま線路の間に立ち、監視兵が大げさに怒鳴ったりわれわれを叩いたりしながら行列の間を行ったり来たりして、お決まりの点呼の前に秩序を作り出そうとしていた。ある捕虜は、愚かにもシンガポールから子犬を一匹隠し持ってきていた。監視兵は子犬を見つけると、捕虜からひったくり地面に投げつけ、銃剣で刺し殺し、その間中捕虜を怒鳴りつけていた。到着早々、気分が憂鬱《ゆううつ》になる出来事であった。

町を行進しながら通り抜け、半マイル〔800メートル〕先の収容所に向かった。マラヤのときと同じように、通りにはタイ語と中国語で書かれた明るい色の看板を掲げた小さな露店や売店が立ち並んでいた。人びとは静かに、興味深げにわれわれを注視していた。彼らは友好的でわれわれに同情してくれているように見えた。われわれは惨めな一団で、疲れきっていて不潔で、中には病気の重い者もいたが、それにひきかえ日本人は優越感にあふれており、群衆の前で自分たちの優位性を十二分にひけらかしていた。

バーンポーン収容所は、モンスーンの雨により一面泥まみれで水浸しになった地面に、竹とニッパヤシでできた今にも崩れそうな小屋がひどく傾いて建っている集まりだった。竹でできた高い塀が境界を示していた。入口には衛兵所があり、やせこけてぼろを身にまとった背の低い監視兵たちの集団が銃剣を身に付け、できるだけ早く新規に到着した捕虜たちの収容にとりかかろうと待ち構えていた。

この場所は蒸し暑さの中で悪臭を放っており、ここにいる日本人は衛生面やその他の面を整備することにほとんど関心がなかった。私が割り当てられた小屋には就寝用の竹でできたベッドがあったが、そのほとんどが水浸しの地面に崩れ落ちていた。まだ損なわれていない部分には、症状の重い病人が大勢いた。彼らは前に滞在していた集団からの残留者で、病状はさまざまで深刻だったにもかかわらず、医療的な処置を受けられず放置されていた。体をまったく動かせない者もいれば、マラリアの悪寒《おかん》で震えが止まらない者もいた。至るところで水溜まりの中に大便が浮いており、この場所のすべてが非常に気の滅入るものだった。食事も同様にひどく、酸っぱくてほとんど冷たい米と野菜の入った水が配られただけだった。その夜は、手に入るだけの竹の切れ端を集めて寄りかかり、大便まみれの水溜まりの中で寝ることを避けながら、ひどく忌まわしい夜を過ごした。翌朝早くにこの場所を出発したので、大いに安堵した。

タイ人への暴虐

衛兵所の向かい側で、若いタイ人が柱にくくりつけられていた。首の周りには、針金の取っ手のついた端がぎざぎざの2ガロン〔9リットル〕用のブリキ缶がかけられており、その容器には半分水が入れられていた〔119ページ参照〕。彼は非常に苦しんでおり、日本人がさらに拷問を続けようとしているのは明らかだった。突然、別の若いタイ人が収容所に駆け込むと、監視兵のそばを通り過ぎ、パラン〔東南アジアの大型の重い短刀〕を使って犠牲者を自由にすると、首にかかった針金の取っ手を外した。タイ人たちは共に、向かってきた監視兵に突進すると、背後の林に逃れていったので、われわれは胸をなでおろした。監視兵たちは怒り狂ったスズメバチのようにどっと衛兵所から出てきて、叫び声を上げながら境界線の塀の外を走り回ったが、無駄足だった。われわれがその姿を見ていることに気づくと、怒りの矛先《ほこさき》をこちらに向け、捕虜たちの顔を殴ることによって鬱憤《うっぷん》を晴らした。

用心のため赤十字の配給品をいくらかとっておいたので、北部に向かって長く辛い行進を始めたわれわれにとって命綱となった。

そのときはものすごく疲労していたことを覚えている。一番大切な所持品以外はすべてを投げ捨てていた。水彩絵の具と紙切れを、他のわずかな所持品と一緒に背負い袋に入れておいたので、果てしなく雨が降り続けてあたかも悪魔の仕業のようなモンスーンの中でも無事だった。

モンスーンの中の移動

われわれは平地に広がる水田を横切って重い足取りで北に向かい、テナセリムに接している山々のふもとの丘陵を目指した。最初のうちは幅が狭い土手のてっぺんに沿って歩こうとしたが、モンスーンの雨で水浸しになっていて、足元が崩れやすかった。小さな泥の土手はまたたく間に崩れて細いうねになり、そのうねは一部分を除いて、すべて左右どちらかの側の水田にすべり落ちていった。しばらくすると足元の悪さなどどうでもよくなった。どのみちずぶ濡れなのだし、食糧不足と寝不足と、監視兵による嫌がらせで疲れきっていたからである。

　初日の行進が終わる頃、ライムの木々が並び花の咲いている道にたどり着いたので、その実をいくつかもぎとって水筒の水に果汁を入れることができた。タイの村人が、果物や飲み物、バナナの葉に上品に包んだ小さな卵料理を持ってきてくれた。その優しさは忘れられない。間違いなく大勢の者が完全に衰弱してしまうのを防いでくれたはずである。倒れ込んでしまった者は道端に放置せざるをえず、監視兵にいじめられて苦しむか、数日のうちに日本人の貯蔵品を運ぶ荷車かトラックに乗せられるのだった。ある時点で、われわれは通行人にかまわず服を脱ぎ始め、体を冷やすために道端の小川に横たわった。朝に出発した500名の捕虜のうち、次の拠点にたどり着いたのはおよそ60名だった。

　翌朝は夜明けに出発し、絶えず脱落者が出る中を重い足取りで歩き続けたが、さらに32キロ先の、メークローン川とクウェーノーイ川の合流地点であるカーンチャナブリーという小さな町に向かった。そこで、われわれは川のそばの緑が広がる場所に放り出されたが、そこには山々が北と西に聳え、非常に美しい場所だったので、中には地面に寝転がりその美しさにうっとり見入る者もいた。休憩をとっていると、6時頃にはいつものようにモンスーンの雲が南に集まり、嵐に先立つ奇妙な激しい風がヤシの葉を揺らし始めた。雲は急速に濃い藍色に変わり、夕方の大雨をもたらすためにわれわれに向かって突進してきた。その様子を注視し始めたが、沸き返るような雲のかたまりの中心にある真紅の穴から、ジグザグの稲妻が立て続けに走り、その様子はあたかも『千夜一夜物語』か「ワルキューレの騎行」に付けられている挿絵の場面を見せられているかのようだった。われわれは大きな水溜まりの中で寝たが、屋根もなく、その夜はとても冷え込みそうだった。朝には大便が所かまわず散らばっていたが、その頃まではこのような不潔な環境が当たり前になりつつあった。ともかく、ものすごく疲労していたので、それにかまうどころではなかったのである。

夜明けに米が配られたあと、舟でメークローン川を渡らされ、すぐに深いジャングルへと直進した。いつものように太陽はたちまち昇り、びしょ濡れになった服を乾かすことができたので、再び猛烈な暑さに焼かれる前に、つかの間の心地よさを味わえた。われわれはクウェーノーイ川の東岸に沿って北向きに行進を始め、南北に延びている狭い小道に沿って移動した。モンスーンの大量の雨で丘の頂から下のほうに流れる川にまで至る深い溝ができていて、ジャングルの中でそれらの巨大な溝のうちの一つを通り抜けたとき、ちらちら光る霧のような何千羽ものキアゲハに巡り合った。このうえなく美しい蝶たちは見渡す限り渓谷を埋め尽くしており、それは悲惨な状況の只中で大きな喜びをもたらしてくれた。

暴雨の中での点呼

次の拠点はクウェーノーイ川のそばにあり、前回と同じように静かでとても美しい環境で、のちに大きな労働収容所の用地となった。われわれはひどく調子の悪い状態で到着したが、日本軍の指揮官コカブは休息を許さなかった。このコカブには1年後にタイ北部の収容所で再会することになる。われわれは、酸っぱくて食べられる代物ではない、すでに前の部隊に拒絶された米を与えられた。それを食べることを拒んだので、コカブは、われわれが休みをまったくとれないようにするため、一晩中絶え間なく行列させせた。点呼は長々と続き、激しい雨の中、コカブはわれわれの列を大股で行きつ戻りつし、怒鳴りながら剝《む》き出しの短い日本刀を振り回し、倒れ込んだ捕虜を切りつけた。

結局その夜の大半は深い水溜まりの中に立たされ、びしょ濡れでとても寒かった。早朝にニッパヤシの小屋に戻ったら、多くの捕虜が最後まで残していた貴重な所持品が、現地のタイ人に盗まれていた。幸運にも、私の背負い袋には手がつけられておらず、絵の具は無事だった。

夜が明け始めると、われわれはコカブを残してその場から出発したが、北部に向かう行進の中で最悪の日にさしかかろうとしていた。食糧と休息の不足は大きな負担となり、次第に険しくなる丘の斜面の道を25キロも移動するのは、まったく悪夢のような体験だった。多くの捕虜が崩れ落ち、その場に取り残さざるをえなかったり、助け起こして、互いの装備品を順番に持ち合いながら、足を引きずって歩き続けなくてはならなかった。今回は食べ物や飲み物を分け与えてくれる親切なタイ人もいなかった。われわれはジャングルでいかに生存するかについてまだわかっておらず、この移動は、大勢の病気の捕虜にとって致命的となったのである。

次の拠点に到着したときにはすでに日が暮れていた。暗闇の中で平らないかだに乗せられ、溝〔モンスーンによってできた〕の上をロープに引っ張られながら渡ったのだった。ものすごく疲れていたので、何が起きているのか、またこの場所がどこなのか、見当もつかなかった。われわれは、周囲を明るくして暖をとるために火をおこし、向こう側にあるじめじめしたジャングルの空き地に横たわった。場所さえあればそこに倒れ込まざるをえなかったので、またしても泥だらけの水溜まりで寝るはめになった。翌朝、われわれの寝ている場所に通り抜けたばかりのトラの足跡が見つかったので、ちょっとした騒ぎになった。

この場所で初めて、ランやトケイソウや、まれにしか見ることができない緋色のハイビスカスが豊富に咲いていることに気がついた。それらの花々はジャングル中に満ちあふれていた。サイチョウが鳴き、ときにはチークやカポックの木の高いところに、鮮やかな色の長い尾を持った野生のニワトリの姿を目にした。

熱帯病で倒れる捕虜たち

夜は霧のような蚊の大群の中で眠りについた。連日、マラリアやデング熱を新たに発症する者が続出し、悪寒で震える彼らを残していかざるをえず、彼らはしばしば道端で譫妄《せんもう》状態になっていた。翌朝、とてもスープとは呼べない代物の温かいピッグ・アンド・マロー・ウォーター〔豚肉を野菜と煮たもの〕が米と一緒に配られ、さらに高地へと続く道に沿って再び出発した。小さな岩や巨礫《きょれき》があったにもかかわらず、この数日に比べると移動しやすく、太陽の光ですぐに体を乾かすことができた。今や密集した葉のすきまから、ジャングルに覆われた雄大な丘陵を目にすることができ、北には起伏の多い不思議な形の山頂がいくつか見えていた。これらの並外れた丘陵は、テナセリムの境界〔タイとビルマを分ける〕であり、ヒマラヤ山脈の末端に連なっていた。

行進の最終日は猛烈な暑さの中、さらに19キロの移動を果たした。われわれは間もなくターサオ収容所が作られる予定の場所に到着した。数時間休憩することができそうな小屋がいくつかあったが、すでに場所をとられていたので、再びジャングルの外れの戸外に腰を据えた。火をおこし、本当に久しぶりに乾いた場所で寝ることができた。

大いに安心したことには、翌朝は行進の命令が出されず、初めてゆっくり休むことができた。比較的きちんと調理された米と野菜のスープが配られたあと、周囲の環境を調べるために空き地を歩き回った。クウェーノーイ川で心地よく泳ぎ、土手に座ると、青い大きなカワセミが獲物を求めて水面に飛び込む様子や、テナガザルがホーホー、キーキー鳴いたりしながら向こう側の木々を泳ぐように渡っていく様子を眺めたりした。このときは初めてクウェーノーイ川で泳いだが、のちに何度も泳ぐ機会があった。巨大な赤アリの列に見つかってしまい、足から払いのけたのだが、アリの強靭《きょうじん》な下あごが足の肉に食らいついていたので、頭部だけが足に残った。煮炊き用の火をおこすために竹を切り取った。それからその日の夕食にするために、ヘビを捕まえた。

川船での移動

翌日は霧雨の中、チーク材でできた細長い川船に、日本人の監視兵とタイ人のこぎ手のグループと共に詰め込まれ、小さなディーゼル駆動のポンポン船に引かれてゆっくり川の上流に向かって進んだ。依然としてモンスーンの雨が丘陵から流れ込んで大きな川が増水し続けていたので、ゆっくりとしか前進できなかったが、おかげで移りゆく美しい景色を観察するよい機会となった。驚きに満ちあふれ、好奇心をそそられる旅であった。クウェーノーイ川沿いでは所々に石灰岩の深い渓谷ができており、ときには100フィート〔30メートル〕かそれ以上あり、水に浸食されてできた不思議な形の大きな岩の頂には大きな木が生え、岩肌にはヘビがぎっしり絡まったかのように根が張っているのが見えた。シロトキが水面近く、われわれのすぐ横を飛び、高い木々の葉の間から、ときどき鮮やかな色をした鳥の姿が見えた。ある場所では、タイ人が、川を流れ下るための大きな竹のいかだを作っているのを見かけた。午後遅くに、川の東岸にある小さな空き地に上陸したが、背後には険しい山が聳え立っていた。それは1942年10月29日の水曜日〔実際には木曜日〕のことであり、場所はカンユー収容所だった。

クワリス〔金属製の大きな調理用ボウル〕とわずかな米の蓄えを、装備品と一緒に舟から降ろすと、われわれは、うっそうとしたジャングルの壁に沿って切り拓かれた場所の端のほうに座り込んで火をおこした。霧雨が降っており、再び野外のでこぼこした土地で夜を明かすことになっていたが、少しは休むことができたし、素朴な楽しみを味わうだけの時間も気力も残っていた。空き地には、竹とニッパヤシの葉でできた低い小屋が二つあり、日本軍が占拠していた。そして、2000フィート〔610メートル〕上方の丘にある鉄道工事現場で働き始める前に、われわれの最初の仕事は、空き地をさらに切り開いて、追加の小屋を作ることだと告げられた。食糧はわずかで、猛烈に空腹を覚えた。再びヘビを捕まえることに成功したので、皮を剝《は》いでぶつ切りにしたあと古いブリキの缶で煮て食べ、絶え間ない空腹感を少しだけ和らげることができた。

第4章

1942年10月－1943年3月

カンユー鉄道建設収容所

鉄道建設に従事する

半年間カンユー収容所に滞在し、鉄道建設事業に従事した。初期の頃は竹を切ったり、川船からニッパヤシの葉を降ろしたり、新しい小屋を建てたり、収容所を拡張するためにジャングルを広範囲に開拓する作業をした。巨大なチークの木やカポックの木はそのまま残したが、それらの木々からリアナやその他の密生したつる植物が草のスカートのようにぶら下がっていた。

カンユーに到着して数日後、仲間の一人が21歳の誕生日にジフテリアで亡くなった。その後多くの仲間を失うことになるが、このときは初めてだった。われわれは川を少し下ったところにある小さな空き地に彼を埋葬した。そこは雄大な景色の美しい場所で、北方向にビルマの国境につながる丘陵が連なっていた。この隔離された場所は、すぐに本格的な墓地になり、毎日竹で作った十字架が増えていった。川の上流にある空き地の外れに、密集したつる植物やリアナに囲まれて大きなチークの木が生えており、さほど離れていない場所に石灰岩の巨石があった。のちに誰かがその巨石のそばに竹でできた祭壇を作り、そこは命を落とした者たちを追悼する記念碑となった。

われわれは、友人や仲間の捕虜たちをごく簡素に埋葬した。やせ衰えた遺体を米の袋に入れ、その袋を大雑把に縫って、浅く掘った墓に埋めたのだった。どういうわけか、このような友人たちによるささやかな葬式は、西洋式の手の込んだ儀式による葬儀にまさっているように感じられた。もちろん、宗教的な儀式は許可されていたし、われわれも後日埋葬の際にとり入れたが、従来の宗教は収容所であまり心に訴えなかった。なぜなら、日々目の当たりにする終わりのない殺戮《さつりく》を、神の摂理に結びつけて考えられる者はほとんどいなかったからである。勇気を持ち、友情を大切にして笑いを忘れず、実際的であることが、生き残るために必要な条件だった。

「スピードー!」

われわれが到着した約1週間後に、収容所より高所に位置する鉄道建設現場での作業に従事させるために、日本軍は捕虜の一団を移動させ始めた。今や工事が「スピードー」と呼ばれる急ぎの段階にさしかかっていた。それは、日本が鉄道建設計画を1年以内に終わらせるために命じた、非人間的な動員だった。ジャワとシンガポールにいた捕虜は急いでタイに移送され、タンビュザヤから南方向にビルマを通る道を建設するため、大勢のオーストラリア人がジャワからモールメインに船で送られた。これらの人員に加えて、多くのアジア人が強制労働に徴用され、日本軍の側からの援助も医者の手当ても受けられず、多数の労働者がたちまち瀕死の状態となった。彼らの置かれている状況は極めて痛ましく、恐ろしい残虐行為にさらされていた。ジャワからオランダ軍捕虜も労働力として加えられ、その中に大勢い

泰緬鉄道

中国
日本
インド
ビルマ
インドシナ
タイ
オーストラリア
ビルマ
ラングーン
モールメイン
タンビュザヤ
三仏塔峠
イェー
コンコイター
メークローン川
タイ
ヒントク
カンユー
チュンカイ
カーンチャナブリー
クウェーノーイ川
ナコーンパトム
ターサオ
ワンポー
バンコク
ノーンプラードゥク
バーンポーン
アンダマン海
テナセリム
ビルマ
シャム湾
チュンポーン
クラ地峡
泰緬鉄道
既存の鉄道

墓地から北を眺めた風景。鉄道線路が、収容所より600メートルも高い丘の斜面、絵の右上に延びている。手前は友人たちの墓地で、誰の墓であるかのメモ書きがある。カンユー。カンユーに移り間もない1942年に下絵を描き、解放後バンコクで完成させた。

young teak tree beyond this

たオランダ系ジャワ人たちからは、インドネシアとその文化について多くのことを教わった。

ジャングルに覆われた丘に道を通すには、大きな堤防か土手を築き、峡谷や溝にたいへん多くの橋を架けたり、原始的な道具を使って硬い岩を切り開くといった、時間がかかる途方もなく困難な作業を必要とした。この事業は、より高度で精巧な機械を使ったとしても極めて困難な仕事になるはずであり、われわれが工事にとりかかる何年か前に国際的な技術者のグループが検討した際、実行不可能で人命を危機にさらす危険性が高すぎると断言していたのである。しかしながら、犠牲にしてもよいと自分たちが見なしている労働力を手にした日本人は、不可能を可能にすると決意して、ビルマでの軍事作戦の成功はこの鉄道建設にかかっていると考えたのだ。

鉄道建設の仕事は任務ごとに、それぞれのグループが決められた時間内に完了すべき仕事量を設定されていた。それは、長大な堤防を築き、広大なジャングルを切り開き、多量の土や岩を移動させ、深く埋もれている岩を砕いてどけるなど、作業量がたいへん膨大だったためである。仕事は標識によって指し示され、監視兵はしばしば竹槍を標識に使って乱暴にその完了を確認したが、日本人の技術者の場合は1メートルくらいの鉄棒を使用していた。捕虜たちは、割り当てられた仕事が完了するまで働かされ、作業時間が18時間やそれ以上の長時間にわたる場合もあった。多くの戦争捕虜はブーツを履いていなかったので、粉砕された岩の破片の上で作業を行うことによって足がひどく傷つき、しばしば熱帯性潰瘍《かいよう》の原因となった。

モンスーンの猛威の中で

モンスーンの間、労働環境は特に悪化した。雨が激しく降り続ける期間があり、暴風雨によって収容所や建設現場はぬかるみに変わり、丘の急勾配の斜面を登ることがさらに体力を消耗させた。ニッパヤシの屋根が風によって何度も吹き飛ばされ、ある夜、大きな木が吹き倒され、小屋の一つに倒れ落ちたこともあった。川が一日に6フィート〔183センチ〕増水することもあり、木々やその他の残骸が激流に呑まれながら流されていた。このモンスーンの期間に、親友のジャック・ドノヴァンがひどい赤痢に罹《かか》り、動けないほど病状が悪化した。彼は自分の便にまみれて横たわり、ハエがたかっていた。激しく降り続ける雨の水とマンゴーの葉を使って何とか彼をきれいにして、少しはさっぱりした状態にしてあげることができた。彼はその後生き延びたが、特に悪性の熱帯性腫瘍《しゅよう》が進行してしまい、数カ月後に片足を切断しなければならなかった。しかしながら、持ち前の勇敢さとユーモアの精神で、その苦境を切り抜けることができたのだった。

作業現場では、根掘り鍬《ぐわ》やつるはし、使うときにギーギー軋《きし》る真っ直ぐな柄《え》のついた斧や、鍬、土や石を運ぶための柄のついたかごなど、原始的な道具が使われていた。チークやカポック、その他の木を切り倒すために、長くて歯が粗く、柄が両端についたのこぎりが使われた。タイ北部では精密機器は使われていなかったが、ワンポーに長い陸橋を架けるために、製材所が急ごしらえで作られた。鉄道枕木には硬材が使われた。木を切り倒して、現場で適切な大きさに切ることによって688もの橋が築かれた。橋の建設に用いる木材を運搬するため、タイの象と象使いがすべての路線で使われていた。毎日の仕事の終わりに、川で象の体を洗うのを手伝うのは、楽しい気分転換になった。線路用の砂利には、現場で人力によって細かく砕かれた石が使われもしたが、可能な場合は砂利を河川敷から建設現場まで運

カーンチャナブリーの川を行き交う舟。ここは、クウェーノーイ川とメークローン川の合流点。チュンカイで制作、1942年。

炊事棟。カンユー、1942年。

ぶ必要があった。レールは一度に4カ所、枕木に直接打ち付けられ、引込み線は可能な場所で16キロごとに作るよう計画された。掘り返す地面は大部分が硬く岩が含まれており、金槌《かなづち》で叩いたり、つるはしで砕かなくてはならなかった。急勾配の丘を切り開く作業は極めて辛く、言葉では言い表せないほど困難だった。

ジャングルの中では、棘《とげ》の多い竹の茂みが6メートルにわたって群生しており、高さは20メートルもあった。見た目は羽のようにふわふわして美しかったが、その枝には10センチもの長さの鉄のように硬い棘が生えており、手や足を引き裂き、痛みを伴う危険な傷をしばしば作った。これらの茂みを切り開くことは困難で極度に体力を消耗させる作業であり、衰弱しているわれわれにとって、竹の棘でできた傷はたいてい化膿してしまい、皮膚が腐敗して熱帯性潰瘍へと急速に悪化したのである。

危険な作業

開削《かいさく》はほとんどすべて人力によって金槌で叩いて行われ、日本人技術者が必要と見なした箇所では、弾薬を使った爆破が追加された。弾薬を使うために穴を掘ることさえ、人力で金槌を使って何時間にも及ぶ作業が必要で、神経にさわる過酷な労働だった。監視兵は弾薬を爆破させるときにほとんど安全対策をとらなかったので、ときには急に爆発して飛んできた岩で捕虜がひどく負傷することがあった。サディスティックな監視兵の場合、このような様子を楽しんでいた。

おそらく、このような事故で最も悪名高かったのがヒントク地域であり、極めて残忍な監視兵によって、オーストラリア人の捕虜たちがひどく負傷する危険にさらされ、多くの命が失われた。私はこの時期に、線路の整備のため遠出をしてヒントク収容所を訪ねたが、その様子にひどくショックを受けた。カンユーの状況もひどかったが、ヒントクの状態は計り知れないほど悪かった。結局、泰緬鉄道全線の中で、カンユー－ヒントク間の死傷者が最も多かったのである。

ヒントクのオーストラリア人たちは、硬い石灰岩を長距離にわたって深く開削したり、丘の断崖に広大な石の土手を築いたり、丘の周囲に曲線を描いて、約28メートルの高さの長く段になった陸橋を作らなくてはならなかった。この陸橋は、車両の重さで三度崩れ落ちたので、「トランプ橋」と呼ばれていた。橋が崩れる度に再建しなくてはならなかったので、死傷者はさらに増加したのだった。

オーストラリア人の収容所は川のそばにあり、作業現場から遠く離れていた。現場に行くには急勾配の坂を上がり、途中の一部分では粗雑に作ってある竹のはしごを使わなくてはならなかった。毎日の行き来がとてもきつい作業で、現場で仕事を始める前にすでに疲労困憊《こんぱい》してしまう有様だった。この収容所で、伝説の「ウェアリー」〔本当にお疲れさまという意味の通称〕ダンロップ大佐について初めて耳にした。彼はオーストラリア軍医療隊に属する外科医であり、すでにジャワにおいて外科手術の優れた腕前と、捕虜たちを守る勇敢さで偉業をなしていた。ヒントクにおいてもその素晴らしさは明白で、患者の苦痛を大いに和らげ、元気づけていた。

「石持ちの罰」

1943年3月中旬に、多くの監視兵とほとんどの日本人技術者たちがカンユーの先端の二つの収容所に移動し、カンユー収容所を監督する人員が大幅に減った。捕虜の集団が選抜され、これらの新しい

マングローブの沼に架けられた橋。
ハヴロック・ロード、1942年。

上：西に川がある丘の斜面から見た炊事棟。
手前にオーストラリア人収容所がある。
下：収容所付近は、チークとカポックの木だけを残し、ジャングルを伐採した。手前が、著者の宿泊棟。
ともにカンユー、1942年。

収容所へ移動したが、その後すぐにカンユーの切通し現場から、捕虜たちがひどい状態になってカンユー収容所の「病院」へと戻されてきた。彼らは、昼夜交代で丘の西側の急斜面を少しずつ切り開く作業に従事しており、夜勤者は現場の端で焚《た》かれている火の明かりで作業を続けなくてはならなかった。この場所は、ヘル・ファイア・パス〔地獄の「業火峠《ごうかとうげ》」〕と呼ばれるに至り、見た目にも、そこで働くのも、まさに地獄のイメージそのものだった。

例外的に思いやりのある監視兵も少しは存在した。しかし、作業はたいてい過酷な圧力をかけてくる監視兵の下で進められ、監視兵が努力不足だと思えば、実際がどうであれ、常に捕虜を叩いたり、その他肉体的に過酷な報復を加えた。病気に罹ることは犯罪と見なされ、身体に障害をきたすような潰瘍はわざと殴られたり蹴られたりして、衰弱して倒れ込んだ者は、地面に横たわったまま容赦なく叩かれることもしばしばあった。鉄道建設現場で働きが悪いと見なされた際に頻繁に加えられた処罰は、疲れきった捕虜に重い石を持たせて頭上で保持させるというもので、「石持ちの罰」〔119ページ参照〕として知られていたが、捕虜は石を落とすと殴られた。赤痢に苦しむ捕虜は、失禁して体が汚れてもそのまま作業を続けることを強要され、ときには、日本人が故意に残虐行為を行った結果、作業現場で死亡する者もあった。仕事に引きずり出すことができないほど容体の重い者は、わずかな賃金さえ支払われず、乏しい食糧の配給もさらに減らされた。

「スピードー」の時期には毎日作業人数の割り当てが設定され、それは深刻な病状の捕虜を現場に送り込むことを意味しており、疲れきった軍医や、われわれと一緒にカンユーに残ることを決意した少数の将校たちの勇敢な嘆願によっても、覆《くつがえ》すことができなかった。日本人は作業を完了させることにますます躍起になっていたので、圧力はさらに容赦なく強まり、病気に罹ったり、死亡する者の人数は増加の一途をたどっていた。日本軍の指揮官は、単に、死亡者たちを除けば労働力の割合が上がるだろうとコメントしただけであった。

フンドシ一つでの重労働

タイ北部にある労働収容所では、衣服の着替えがなかったので、日本人が捕虜にフンドシを配布したが、おどけ者はそれを「ジャップのはっぴ」と名付けた。これは幅8インチ〔20センチ〕・長さ1ヤード〔91センチ〕くらいの薄い木綿の布地で、布の片端に横方向にひもが縫い付けてあった。布をお尻の後ろに垂らした状態でひもを腰の部分で結び、股の間から布を前方に持ち上げ、腰に結んだひもの後ろに通して、余った部分が前に垂れ下がるようにできていた。フンドシには白いものと黒いものがあり、われわれは黒いほうを「イブニング・ドレス」とふざけて呼んでいた。物々交換によって古びた青い羊毛のセーターの残り物が手に入った。穴だらけでシラミがいっぱいついていたが、貴重な所持品だった。セーターから毛糸を少し引き抜いて、真鍮《しんちゅう》で作った手製の針を使い、ほどけかかった部分を縫い合わせた。寒さが厳しくなった夜にはこのセーターがとても重宝して、解放されるまでずっと持っていた。

日課は夜明けと共に始まった。米が配給され、もし料理人が何とか調達できればスープに似た混ぜものが追加されて、薄いお茶と一緒に食べた。昼食用に二度目の米の配給があり、それから道具が取り出され、点呼が行われて、捕虜のグループは急勾配の道を必死に登って作業現場に行くのだった。休憩は正午に与えられた。その日の仕事を日中に終えることができるのか、または日暮れ後までかかってしま

オーストラリア人捕虜。ヒントク、1943年。

石を持ち上げたまま立ち続ける「石持ちの罰」。鉄道敷設作業で、働きが悪い捕虜に対して日本兵や朝鮮人の監視員が頻繁に与えた。1943年。

日本軍によるさらに重い体罰。ブリキ缶に石や水が入れられ、缶のぎざぎざのふちが胸や顔を傷つけた。1943－44年。

うかは、どれだけの作業を達成できたか、監視兵の機嫌はどうか、もしくはグループにどれだけ作業のできない病人が含まれていたかにかかっていた。作業が終わると、まだ自力で立てる疲れきった捕虜たちは少数で、来た道をすべり落ちるようにして収容所に戻り、配給の米ともしあれば追加の品を受け取り、竹のベッドに倒れ込むようにして眠りに落ちたのだった。

カンユーでは、初期の頃に配給担当のグループが作られ、その仕事は、牛に引かせた荷台でジャングルを通って頂上まで運搬されてきた野菜や米袋を取りに行くことだった。二人の人間が竹の棒を担いで、その間に吊るされた目の粗い大きなかごに入れた品を頂上から運び下ろすのは、骨の折れる仕事だった。下りの道は非常に急で、乾季にはすべすべにすり減っていて、雨季には一部が滝のようになっていた。すべての「健康」な者は鉄道工事の現場で働く必要があったので、これらの骨折り仕事は「立つことのできる病人」——つまり立つことさえできればどんな病人でも——が行わなくてはならなかった。この運搬の仕事は時間がかかっただけではなく、しばしば担ぎ手自身が担がれて戻ってくるはめになった。のちに、大部分の食糧はタイの川船によって運ばれるようになった。この川船はチーク材でできた細長く優雅な作りで、船首の両側に魔よけの眼が描かれていた。ときおり、これらの川船から、普段の乏しい食事を補うために、何かを買ったり交換で食べ物を手に入れたりした。川船のこぎ手とその家族の何人かは船上で生活し、船尾で小さな炭火をおこして煮炊きをしていた。積荷を降ろす捕虜に一握りの米やバナナをくれるときがあったので、荷降ろし係になるのは競争だった。

飢餓と熱帯病に苦しみながら

労働者は日本人からタイのティカル〔旧貨幣〕で支払いを受け、一日の労働の対価としてはごくわずかだったが、少なくともアヒルの卵1個や果物を買うことができた。以後、卵やその他入手可能な食糧を病人用に買うための病院基金が募られ、他の多くの収容所でも同様の基金が一般的になった。卵1個のような少しばかりの食べ物が、文字通り生と死の分かれ目を意味したのだった。やがて日本人はタイの商人がカンユーで小さな小屋を設営することを許可したので、もしお金を持っていれば、アヒルの卵やバナナ、タピオカのビスケットやサツマイモ、ザボンや、焦がした米を挽《ひ》いて作った代用コーヒーも買うことができた。この代用コーヒーは自分たちでも手作りした。ときには、魚を気絶させるために監視兵が川に発破用弾薬を投げることがあり、数人の捕虜がその魚を捕る許可を受け、少ない量ではあったが、重病の患者のために収容所に持ち帰った。水牛や豚が収容所に到着するといつも大いに励みになった。しかしそれはめったにないことで、料理をして何百人もの捕虜で分け合うと、肉の香りがする熱いお湯程度のものになってしまった。飢餓を起こすような食事しかとっていなかったので、いつもより脂分の多い食べ物に消化器が激しく反応してしまい、豚肉を食べると即座に下痢を引き起こした。いつもたいてい赤痢を患っていたので、それに加えて激しく下痢をする苦しみは、せっかく栄養のあるものを食べる喜びを大部分奪ってしまったのだった。

われわれの暮らす小屋は、さまざまな熱帯病や慢性的なジフテリアに苦しむ、症状の重い病人であふれかえっていた。傷口や深刻な熱帯性潰瘍の患部は、ぼろきれや朽ちかけの蚊帳《かや》の切れ端で覆う必要があった。消毒剤は存在せず、初期の頃のカンユーでは、軍医が小さな赤チンの瓶を一つと、キニーネの錠剤を数個しか所持していなかった。同じ連隊に属していた捕虜は、体全体に滲出《しんしゅつ》性のただれが広がっ

右上：小さなランが奥地ジャングルに育ち、至るところに咲いていた。カンユー、1943年。
左上：収容所付近のジャングルに咲くハイビスカスのイラスト。カンユー、1943年。
下：タイの竹。15〜18メートルにも育つタイの竹は、図のような長い棘に覆われている。ジャングルの巨大な茂みを伐採するときに、この長い棘が刺さって大けがをすることが度々あった。しかし、奥地では試験的にこの棘を静脈注射の針として使ってみたりした。

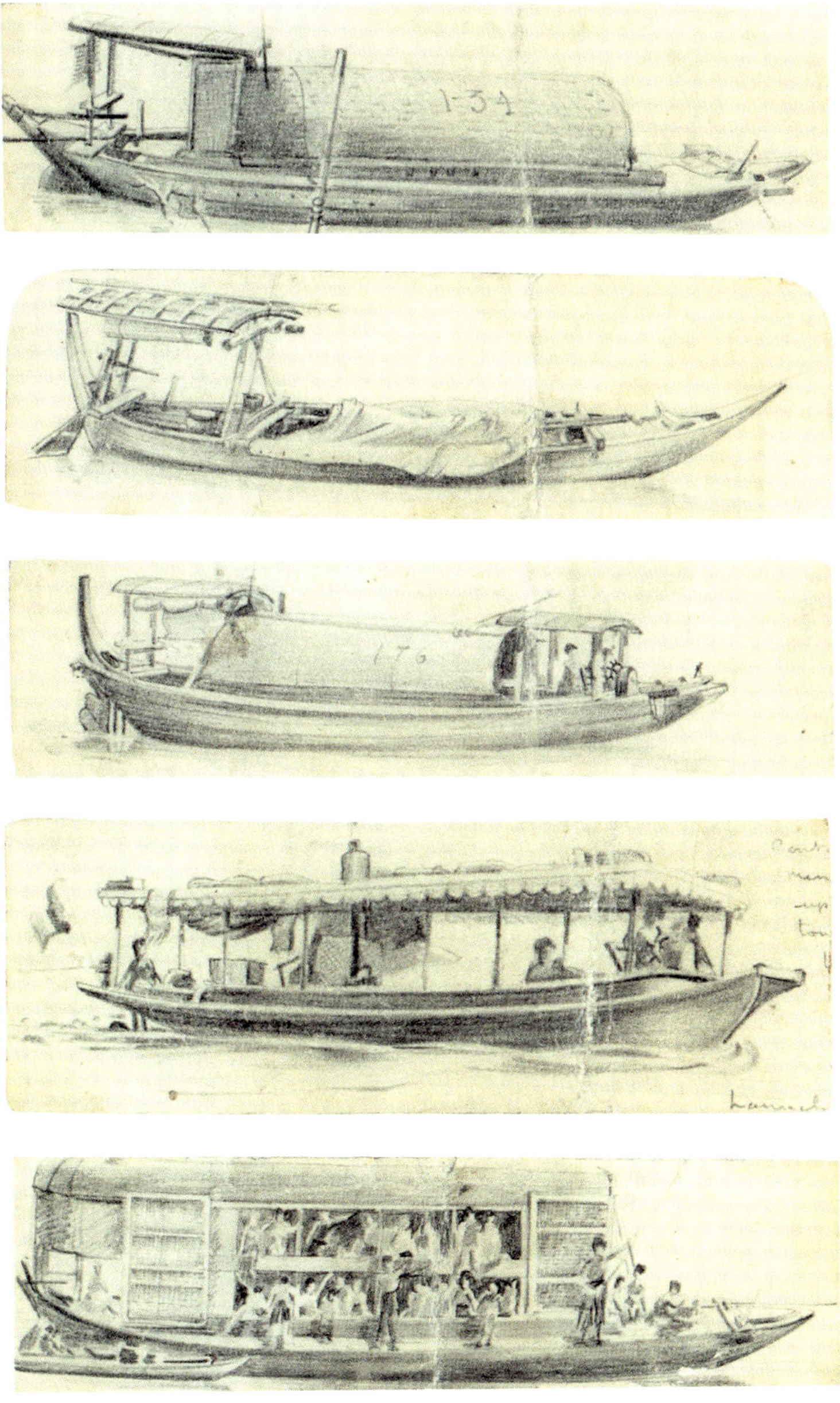

クウェーノーイ川の舟。作品は隠しやすいように小片に切った。カンユー、1942年。

ており、猛烈にたかるハエから身を守るために、汚れたぼろ布を体に巻きつけていた。体重が38キロくらいまで落ち込み、その姿はエジプトからよみがえったミイラのように見え、「ラザロ」（聖書に出てくる病気の乞食）というあだ名が付けられていた。熱帯性潰瘍は多くの場合すぐにウジムシでいっぱいになり、さらなる激しい苦痛をもたらした。これらの患者はハエにたかられ、腐っていく患部の悪臭が収容所中に充満していた。病人が身にまとっているぼろきれをときどき取り除き、膿をこすり落として、古いブリキの缶で煮沸《しゃふつ》したあとに、また患者に戻してあげるという作業が必要だった。

残酷な遊び

だからといって、すべてが惨めだったわけではなかった。赤痢患者の暮らしていた小屋では、骸骨のようにやせ細った捕虜たちが、一日に何回便通があったかについて毎日賭けを行っており、不正行為なしに一番便通の回数が多かった捕虜は、共同で蓄えているタバコを勝ち取ったのだった。厳密に数えられた記録によると、賭けの勝者の中には、24時間に60回から70回も便通があった者がいたそうである。赤痢患者はまた、小屋の中に一つしかないバケツがとうとう壊れるときに、誰がバケツに座っているかについても賭けを行っていた。このような気晴らしで大いに笑うことができたのだった。

ときおり、非常に粗雑なタバコの葉を買うことができた。質が悪く、粗くて、強烈な代物だったが、愛煙家たちはそれを切望していた。タバコを巻くための紙はどこかからかき集めたり盗んだりしていたので、本を所持している者は、タバコのみに盗まれないよう、用心する必要があった。聖書がタバコの巻紙には最適で、一番欲しがられていた。もっと後期になると、病院収容所でタバコを作ることが儲かる商売になったが、カンユーではまだ初期の段階だった。

この時期に、日本人監視兵や朝鮮人監視員が極度に残酷な行為をなすことがあった。あるとき、朝鮮人の監視員たちが小さな竹製のかごを作り、その中にツリー・ラットという尾に縞《しま》があるリスに似たかわいらしい小動物を入れた。そしてかごの周りに車座になると、小動物の体にガソリンを注ぎ、火をつけ、動物が苦しんで死んでいく様を笑いながら手を叩いて見物していたのである。このように動物を虐待する行為はしばしば目撃された。

いたわり

しかしながら、日本人の監視兵の中には、より教養ある態度の人物も存在した。その中の一人は、東京から来た元銀行員のカニモトさんで、他の監視兵たちより年齢が上で、彼のことは親愛の情をもって思い返される。その友人はカニミツさんという名前の柔術の達人で、物静かでがっしりした体型の持ち主であり、彼もまた思いやりのある態度をとる人物だった。この二人は決してわれわれを叩くことがなく、同僚の監視兵たちの態度を詫び、われわれを苦しみから守ろうと骨を折ってくれ、作業のグループでは、できるだけ多くの休憩をとれるように取り計らってくれた。もしこのような捕虜に対する親切な態度が収容所長に見つかったら、彼らは困った立場に置かれる可能性もあったのだ。カニモトさんは可能なときにかき集めた食べ物をこっそり渡してくれた。私が発熱で苦しんだ際に、川を下ってコンデンスミルクを探しに行き、一缶持ってきてくれたこともあり、仲間と分け合ってとてもおいしく味わったのだった。カニモトさんはわれわれの小屋にやってきて、イギリスでの暮らしについて語り合うことが

ジャングルの墓地（手前）から川に臨む風景。小さな竹製の祭壇は、礼拝に使われた。本当に美しい情景だった。カンユー、1942年（右、下とも）。

好きだった。彼は特に絵画と音楽に興味を抱いており、言葉の壁があったにもかかわらず、鉛筆と紙切れを使って、何とか絵画と音楽についての情報を交換し合ったのである。カニモトさんは私が画家だということを知っており、彼が容易に入手できる日本軍のはがきの裏に、何枚かタイのジャングルの風景や人びとの水彩画を描いてあげた。彼は私に小さな中国製のメモ帳をくれた。それは安物で、黄ばんでごわごわした紙でできており、柔らかいトイレットペーパーとあまり変わらなかったが、カンユーでとっていた初期の頃のメモやその後の時期のメモの多くは、このつつましい贈り物にしたためられたのだった。またカニモトさんを通じて、日本の墨汁を追加で入手することができた。

カニモトさんとその友人は、収容所やその周辺の様子について絵を描いたりメモをとったりすることを許可してくれた。しかしながら、他の監視兵や収容所長の場合は大目には見てくれないことを真剣に忠告してくれた。もし日々の労働生活の様子や悲惨な状況を、少しでも目に見える形で記録にとっていることが発覚したら、非常に過酷な罰を受けるだろうと警告してくれたのだ。私はその忠告を肝に銘じ、今まで描いてきた絵と絵画用の道具を隠すために、背負い袋の底を二重にしておいた。また、小さな竹筒に合うように木製の栓を作ったので、その筒の中に絵を隠してベッドの下に埋めることができた。運の悪いことに、赤痢患者の小屋で集会があったとき、竹筒の中に絵を隠していると、朝鮮人の監視員が突然現れ、即座にこの絵に注意を向けた。無言で絵を一枚一枚注意深く確認すると、監視員はいつものように叫び声を上げながら私を叩き、絵をビリビリに引き裂くよう命じた。これは本格的に始まる殴打の前触れにすぎず、あとの2日間はまるで悪夢のようだった。もし監視員が激怒のあまりすべての絵を破き損ねて、それが収容所長の目に入った場合、結果はさらに恐ろしいものになったかもしれなかった。

ようやくすべてが終わりベッドに戻ると、小さな絵が二つ、ぼろ布の下に隠れて無事だった。そのうちの一つは「二人の働く男」〔58ページ参照〕を描いており、私が集めた記録の中で、一番われわれの生活を集約しているように思えたので、捕虜生活を描いた絵の中でも特別な位置を占めている。

収容所の周辺

タイ北部への行進は危険に満ちていたにもかかわらず、驚くほど多くの本が収容所に持ち運ばれた。それらの本は慎重に回し読みされ、厳しい現実からつかの間逃避する機会を与えてくれた。私はケネス・グレアムの『たのしい川べ』のペーパーバック版と、ルパート・ブルックの詩集をいくつか収めた小さなポケット版を、イギリスを離れたときから肌身離さず持っていた。この2冊はいつも大きな喜びを与えてくれていたのに、解放される約1カ月前、誰か性格の悪い奴がタバコの巻紙に使うため『たのしい川べ』を盗んでしまったのだった。

赤痢やマラリア、その他の熱病の発作から回復すると、収容所やその周辺について追加の絵を描いたりメモをとったりすることができるようになり、またジャングルやそこに生息する興味深い動物たちを観察する機会にも恵まれた。その中でも思い出されるのは、11月後半に激しいデング熱の発作が治まったあとのことである。川の端まで他の病人と一緒に這っていき、午後の太陽の暑い日差しが照りつける中、砂州《さす》に生えるアシの上に横になって、鮮やかな青色のカワセミが餌《えさ》をとるために川に急降下する様子を眺めていた。そのときはどの監視兵からも遠く離れていて、不思議に満ち足りた気持ちで横になったまま、アシの葉を通して川の水が泡立って流れる音に耳をすましたり、川向こうのジャングルにいる

カンユーのジャングルで、鉄道敷設のため、土手を整地する捕虜たち。1942－43年。

臨時の野戦簡易便所「ラトリーン」。ジャングルにある深い穴に竹が渡してある。やせ衰えた捕虜が落ちて溺れないように、穴はできるだけ小さく四角く掘った。モンスーンの雨大量の排泄物とウジムシは、すさまじい環境を生み出し、素足のときは最悪だった。カンユー、1942年。

テナガザルの鳴き声を聞いたりしていた。仲間の捕虜は話すことができず、口から泡を吹いていた。それでも、彼もまた、悪臭とハエに満ちたぞっとする小屋から離れて、つかの間の休息をとれたことに感謝している様子だった。悲しいことに、彼は翌日ジフテリアで命を落とした。

乾季には川の水位がかなり低くなり、500メートル下流の砂地に温泉が湧いているのを見つけ、ついに1年ぶりにお湯で体を洗うことができたのだった。それはとても心地よく生き返るようなすがすがしさだったが、非常に熱いお湯が湧き出ていたので、そのショックでふらふらになってしまった。

鉄道建設のためにジャングルを切り開いていると、日々新しく興味深い事象を発見することができた。木からぶら下がっているのは、葉っぱを寄せ集めて作った赤アリの巨大な巣で、気泡構造の層からなっており、卵や蛹《さなぎ》、多数の精力的な働きアリで満ちあふれていた。その他の場所では、優美な形をしたハタオリドリの巣が小さな集団を作って低木から垂れ下がっていた。巣は乾いた草を使って精緻《せいち》に作られ、背の高いキャンティボトル〔首の長い徳利状の瓶〕のような形をしており、底の部分に木にぶら下がるための小さな柄がついていた。ハタオリドリの巣が下がっている木を切り倒すことは、とても残念で気が進まなかった。カンユーに到着して間もない頃のある晩、ジャングルの中から、あたかも巨人が怒り狂って走り回るかのような轟音《ごうおん》が、われわれの頭上に鳴り響いた。それは、野生の象の大群が、まるで戦車の軍団のようにジャングルを急いで移動している音で、竹や小さな木をなぎ倒しながら前進を続けていた。ときおりかん高い鳴き声を上げながら、象の大群はわれわれの小屋のすぐそばを通り抜け、轟音を立てながら川に向かって進む象たちの、巨大な黒い輪郭と白い牙がかろうじて見分けられた。

その後、二人の日本人技術者と共に、測量のための遠征に出かけ、川下に向かった。うっそうと茂るジャングルの中央に、不思議なオアシスのような場所があり、そこに生えている6フィート〔183センチ〕以上の高さのオオガマを切り開いて道を作った。休憩時間の間、ジャングルの端にぶらぶらと戻り木の高いところに止まっている鳥を眺めていると、左側の藪《やぶ》で何かが動いていることに気がついた。とても驚き、かつうれしく思ったことに、小さな茶色のクマが現れた。クマは1ヤード〔91センチ〕かそこらしか離れていない場所に後ろ足で真っ直ぐに立ち上がり、私に目を向けると鼻にしわを寄せた。そのまま われわれは静かに30秒くらいお互いをじっと見やっていた。やがてクマは四つん這いになると、道の向こう側の植生の中へ駆け足で走り去っていった。動物は他にも出現した。さらに深いジャングルの中へと歩いていると、遠くから地響きが聞こえ、約43メートル先でイノシシの群れが轟音を立てながら道を横切り、向こう側の藪の中へと走り去る様子が見えた。おそらく、この腹部が垂れ下がり、とても長い鼻を持つ灰黒色の動物は、100匹以上いたのではなかったかと思われる。彼らが私の存在にほとんど気づいていない様子だったことから、私は好都合なことに風下にいたのだろうと推測される。

ムカデやサソリに襲われて

これらの動物たちと出会う機会が持てたことは大きな恩恵だったが、あまり歓迎できないジャングルの動物たちもいた。鈍い赤色で固い殻に被われた9インチ〔23センチ〕くらいの大きさのムカデがいて、咬《か》まれると非常に痛く、すぐに発熱と炎症を引き起こすのだった。ブーツを履く前には――もし持っていたらの話だが――必ず中に何も入っていないか確認したものである。大きな黒サソリのはさみに挟まれると出血を起こすし、針で刺されることも恐ろしかった。モンスーンの終わりの時期のある夜、サソ

右：奥地に育つ野生のトケイソウ。1942年。

タイの牛車。その構造と部分図（右、下とも）。カンユー、1942年。

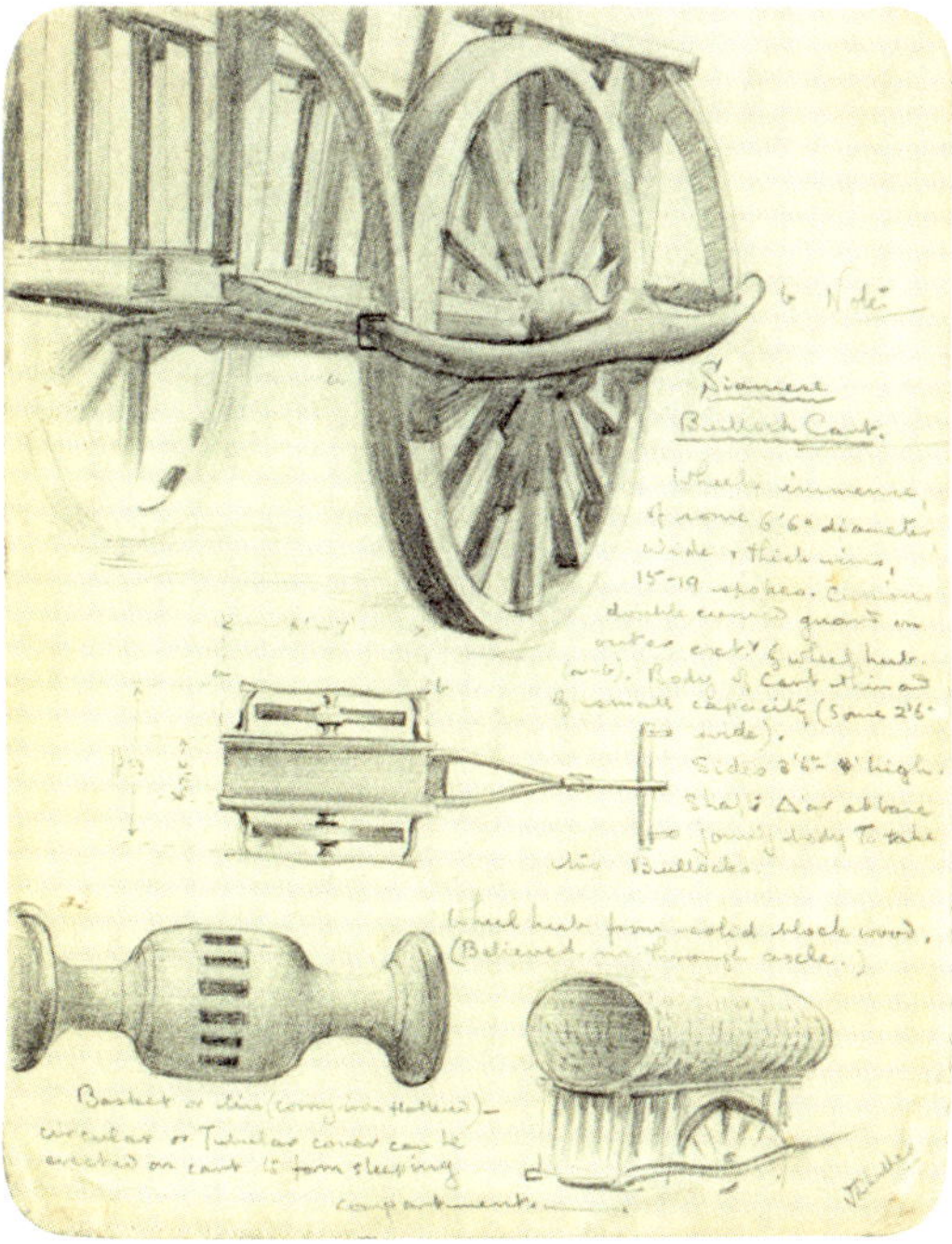

りにのどを刺され、激痛が走ってすぐにのどが腫《は》れ上がり、ほとんど何も飲み込めないくらいだった。何カ月かあとのある晩に米袋〔寝袋用〕に潜り込んだとき、太ももに何かが走る感触がしたので、急いでひっつかんだ。それはサソリで、私の手をはさみで挟み込むと、あたかも悪意を持っているかのように、よりによって陰部の先端を刺したのだった。数分の内に患部はグレープフルーツ大に腫れ上がり、痛みを和らげることができずに、あまりの苦痛に床の上を転げ回った。小屋にいた他の居住者たちはみなひどい病気に罹っていたにもかかわらず、腹の皮がよじれるほどおかしがって、笑いが止まらなかった。頭を痛めた医療の当番兵が軍医を呼んできてくれ、彼もまた私の姿を見た途端に笑いをこらえることができなかった。どんな種類の医薬品も持ち合わせていなかったので、軍医はただ「おそらく患部を熱湯につけるほうがよいだろう」と告げるだけだった。この発言に一斉に歓声が上がったのだった。私は非常に激しい痛みの日々に耐えてやっと通常の機能を回復したが、この出来事は数年間ジョークの種になったのだった。

捕虜将校との関係

収容所において、われわれとイギリス人将校たちとの関係は複雑であった。1942年11月、何名かの高官を含む大勢のイギリス人将校が、大量の個人的な装具を持ち、荷船に乗ってカンユーに到着した。将校たちはわれわれの間で病気が蔓延《まんえん》して悲惨な状況にあることに危惧《きぐ》を抱き、近くの収容所に居を構え、注意深く捕虜と距離を置いたのだった。将校たちは、捕虜たちの抱える問題について何も知ろうとさえしなかったのである。われわれの収容所には6人か7人の将校がおり、そのうちの二人は私と同じ連隊に所属し、シンガポールにいたときからずっとわれわれと行動を共にしていた。将校たちが新たに到着したとき、われわれと共にいた二人の将校は即座に将校の収容所に移動するよう命令を受けたが、彼らはわれわれの元を去ることを拒否したのだった。今にして思えば、そのとき彼らは軍法会議にかけられたり、その他の馬鹿げた罰を受けると脅されていたはずである。その後、うれしく思ったことに、日本軍の所長が、近所の収容所の将校の一団に、鉄道建設の現場で働くよう命令したのだった。作業から逃れるために、つまらない口論をしたり自分の地位をかさに着たりする態度は嫌悪感と怒りを呼び、監視兵たちがそれにふさわしい批判を口にしていた。われわれは、常に自分たちの味方になってくれた少数の勇敢な将校たちを尊敬していた。彼らは毎日交代で鉄道建築現場にやってきてくれ、日々われわれが殴打を受けることから守ってくれたのだった。悲しいことに、彼らの多くがその後半年以内に亡くなってしまった。

11月上旬に水兵の一団が収容所に到着した。彼らは日本軍の侵略の際にマラヤ東岸で沈んだ戦艦プリンスオブウェールズ号と巡洋戦艦レパルス号の生存者だった。水兵たちから、より最新の世界のニュースの断片を聞くことができた。彼らのうちの一人がひどい戦争神経症に罹り、発作で叫び声を上げながら収容所の周りを走り回っていた。

モンスーンはまだ完全には終わっておらず、特に激しい嵐や豪雨にさらされる日々が続いた。収容所と作業現場はひどいぬかるみに変わり、小屋のニッパヤシの屋根が吹き飛び、全員がますます惨めになった。11月16日、日本人居住区域のニワトリを襲ったチーターが日本人によって撃たれた。このチーターは数週間前から収容所に来ており、夜にわれわれの小屋の間を走り抜ける姿をしばしば垣間見ていた。

著者の宿泊棟。チュンカイ、1943年。

捕虜の一人が、収容所長のためにチーターの生皮を剝《は》いで引き伸ばさなくてはならなかった。ちょうどその頃、隣接した収容所の将校「フィザー」〔活発なという意味の通称〕ピアソンが、ちょっとしたイブニング・コンサートを開催し、このようなコンサートは、日本人が休みの日を許可してくれたときはいつでも心待ちにされる行事となった。これらのコンサートは、ジャングルの端に大きな火を焚き、その周りで行われた。

収容所のクリスマス

12月に入ると、捕虜になってから初めて迎えるクリスマスの準備が行われた。クリスマスイブにはキャンプの上方にある斜面に大きな火をおこし、数名の監視兵に見張られながら賛美歌を歌った。クリスマスの日には休みが許可され、「こんがり焼けた」ご飯に砂糖を少量まぶしたものと、豚肉の風味のするご飯で作った「リッソール」〔パイ皮に詰め物を入れて揚げた料理〕や、すりつぶした米を盛りつけてライムの果汁を少し絞って作った「ライムのプディング」などのお祝いの朝食をとった。それはわれわれにとってごちそうで、その日は何かが待ち遠しいような心持ちがしたのだった。午前中には礼拝が行われ、夕方には火の周りで聖歌や歌を歌って過ごし、「フィザー」ピアソンやその他のコメディアンによって余興が行われた。病気の捕虜が仲間に運ばれ、火の近くに横たわっていた。うっそうと茂った暗いジャングルを背景にして、うす暗がりの中で彼らの影が伸びている様子は、不思議で心動かされる光景だった。われわれは欠けていく月の下に座って語り明かし、もし幸運にも生き残ることができたら、捕虜としてあと何回クリスマスを祝わなくてはならないのかと思いを巡らせた。一部の捕虜にとってはすでにこれが最後のクリスマスで、翌日には墓所に十字架を追加して立てる必要があった。

作業は翌朝には再開され、鉄道建設現場のそばの道に大型トラックが到着したのを初めて目にした。それは日本人のための貯蔵品を運搬するトラックで、中には梅干の入った樽が積まれていた。大みそかは木曜日で、収容所の上方に位置する森の端で再び火を囲んで祝うことが許可された。この日も祈りに満ちて希望が高まる忘れられない一日だった。日本人はビールや酒を大量に飲んで自分たちのやり方で新年の訪れを祝っていた。非常に騒がしくなったと思ったら、二人の監視兵が刃傷沙汰《にんじょうざた》を起こしていた。

かくして1943年が明けたのだった。1月5日に日本人監視兵宛に日本からの小包が山のように届き、その中身は紙で作った玩具や小さな人形や凧《たこ》、その他の小間物だった。小包を受け取った者は、クリスマスの靴下をもらってはしゃいでいる子供のような喜びようだった。これらのプレゼントには芸者などの女性からの手紙が同封され、兵士の士気を保つために適宜前線地帯に配られていたのだった。その朝の監視兵たちの興奮ぶりから、送られてきた手紙が望ましい効果を発揮したようだった。

「ヤスメ」の日

新年が明けた直後に、私の所属していた連隊の勇敢な将校の一人であり、シンガポールを出発して以来、カンユーでもわれわれと行動を共にしていたヘーゼル大尉がジフテリアに罹り、1月10日の日曜日に亡くなった。彼の親友であり同僚の将校だったクロフツ大尉はすでに赤痢で臥せっており、無念きわまりないことに、数週間後に命を落とした。われわれは、真の友人であり勇敢な二人の仲間を失ったのだった。個人的にさらに悲しかったことに、親友であり砲兵隊員の仲間であるピーター・アンセルもジ

朝鮮人監視員。1943年にチュンカイで作成したメモ書きから。

日本軍陸軍少尉と朝鮮人監視員。
チュンカイ、1942年。

フテリアで1月11日に死去した。

2月11日は日本の祝日であり、日本帝国軍にとって何か特別な日のようだった。それが何を意味するかまったくわからなかったが、とにかく休みの日が増えたことはうれしかった。仲間の数名と共に川辺の岩に寄りかかり、トカゲやイグアナの姿や、木の上にいるテナガザルのこっけいな仕草を眺めていた。ラケット状の尾を持つオウチュウはミヤマガラスに似た鳥に群れをなして襲いかかり、その動きはアクロバット飛行のようでほれぼれした。小さなハチドリが花の蜜を吸っており、ハタオリドリは木にぶら下がっている巣の手入れをしたり修繕をしたりと忙しそうな様子だった。この日は比較的幸せに過ごすことができた。

2月の終わり頃、上空から初めて連合軍の飛行機の音が聞こえてきた。監視兵たちは動揺していたが、われわれの士気は非常に高まった。

第5章 1943年3月—1944年6月

チュンカイ

再び熱帯病に倒れる

3月初め、赤痢とデング熱の発作を併発して再び倒れ、月末頃に、川を60キロ下ったところにあるチュンカイの収容所に移送される病人の一団に加えられた。そこでは、大きな病院収容所が作られつつあった。われわれは数少ない持ち物をかき集め、私は自分の絵を隠している竹筒を掘り返した。それらの絵を背負い袋の二重底や側面に隠し、3月26日に苦労して丘を上がり、上流にあるカンユー収容所の外に集合した。そこには、イギリス人やオーストラリア人、オランダ人の捕虜が100名ほど集まっていた。夜はその場で就寝し、翌朝早くに、屋根のない日本のトラックに乗って出発した。太陽が昇り、約34キロもでこぼこのジャングルの道を揺られて進むうちに、トラックの金属部分が耐えられないほど熱くなった。われわれは鋼板に横になっていたが、それはボルトで接合されており、旅行の間中、トラックが揺れる度にやせ細った体にボルトの頭が激しくぶつかった。

昼頃にはバーンポーンから130キロに位置するターサオ収容所に到着した。途中で軌道敷設の準備

収容所の人びと。チュンカイ、1943年。

悪名高いヒントクの切通し現場で労働するオーストラリア人捕虜たち。1942－43年。

が比較的進んでいる場所をいくつか通過したが、それはわれわれのいた高地に比べて遥かに工事が容易な地域だった。あざだらけで熱くなった体を何とか起こしてトラックから降りると、お決まりのだらだらと続く点呼を終え、やっと新しい環境に目を向けた。そこは大きな収容所で、小さな開墾地を拡大して作られ、まさに何カ月も前に通過して、泥だらけの水溜まりで震えながら夜を過ごした場所だった。また、そこには広大な墓地があった。収容所にはきちんとしたタイの売店があったので、友人の「KP」カークパトリックと一緒に砂糖を少量買って、あとで古いブリキの缶を使って自家製の代用コーヒーを沸かした。自分たち専用の小さな火をおこしてそばに座ると、あたかも休暇の最中であるかのような、不思議と自由な気持ちがした。

翌日、医療審査のあと、チュンカイ病院収容所へ避難する捕虜の再確認名簿に自分の名前が載っていることがわかった。食事には野菜と肉の入ったシチューが出されたので、信じられないような幸運に思え、一口一口味わいながらゆっくりと食べた。夕食には、米の「リッソール」の上に目玉焼きが載ったものが出され、「肉と野菜のパイ」と本物の紅茶が続いた。その本物の味わいはほとんど涙が出そうになるくらいで、嫌がらせを受けずに安心して食事をとれることにも感激した。これまでは常に監視兵の動向を注視することが習慣になっており、しっかりと飯ごうを握りしめ、略奪者に絶えず警戒の目を向けながら、まるでサルのように食事をとっていたのだった。不潔でぼろぼろの服を着て、化膿した傷口にぼろ布を巻きつけたわれわれは、間違いなくみすぼらしい動物か何かのように見えたかもしれないが、高地の収容所から突然解放されたことによって、大いに元気を回復した。この収容所では、チュンカイに向けて出発する前日の夕方に、捕虜の一人が目を見張るようなやり方で五度目の自殺を図った。彼は幸運なことに救助され、回復を遂《と》げて運よく戦争を生き抜くことができた。

脱走者の処刑

ターサオでの休憩は2日間で、3日目に出発した。今回は10人ずつ一台のトラックに乗せられた。ジャングルの道に沿っての移動は、前回よりもさらに不愉快で苦しいものだった。5時間後にターマカームで停車して、そこで初めて線路が敷かれているのを目にした。メークローン川には近隣のジャングルから伐採した木を荒削りして建設された橋が架かっており、その上にはすでに汽車が走っていた。100ヤード〔91メートル〕ほど川の上流では、捕虜の大集団が、ジャワから鋼鉄製の支柱を運搬する目的で、より耐久性のある橋を作るために杭打ちの穴を掘っている姿が見えた。この橋は今でも現存しており、カーンチャナブリーを訪れる旅行者向けの観光スポットになっている。日本軍は川床にこれらの杭を沈めるために、人を杭打ち機代わりに使っており、高い壇上に立った日本軍の技術者に指揮されながら、捕虜の集団が分割されたロープを引き寄せていた。それはさながらピラミッドの建設の場面を思い起こさせるような光景であった。激しい嵐が吹き荒れる土砂降りの雨の中、チュンカイに戻る列車に乗るため、線路のそばの切通しの底にできた水溜まりで横になり、約5時間待機していた。出発する頃にはすでに真夜中になっていた。ついに機関車に牽引《けんいん》されたおなじみの鋼鉄製の貨車が到着し、われわれは迅速に貨車に乗せられると、チュンカイに向けて移動を開始した。到着後、監視兵に怒鳴られながら列車を降り、ゆらめく炎の明かりの中で点呼が行われた。よろめきながら収容所に入ると、衛兵所の外に4人の人間が縛られている姿が見えた。彼らは脱走しようとして捕らえられたのだ。翌日われわれは整列

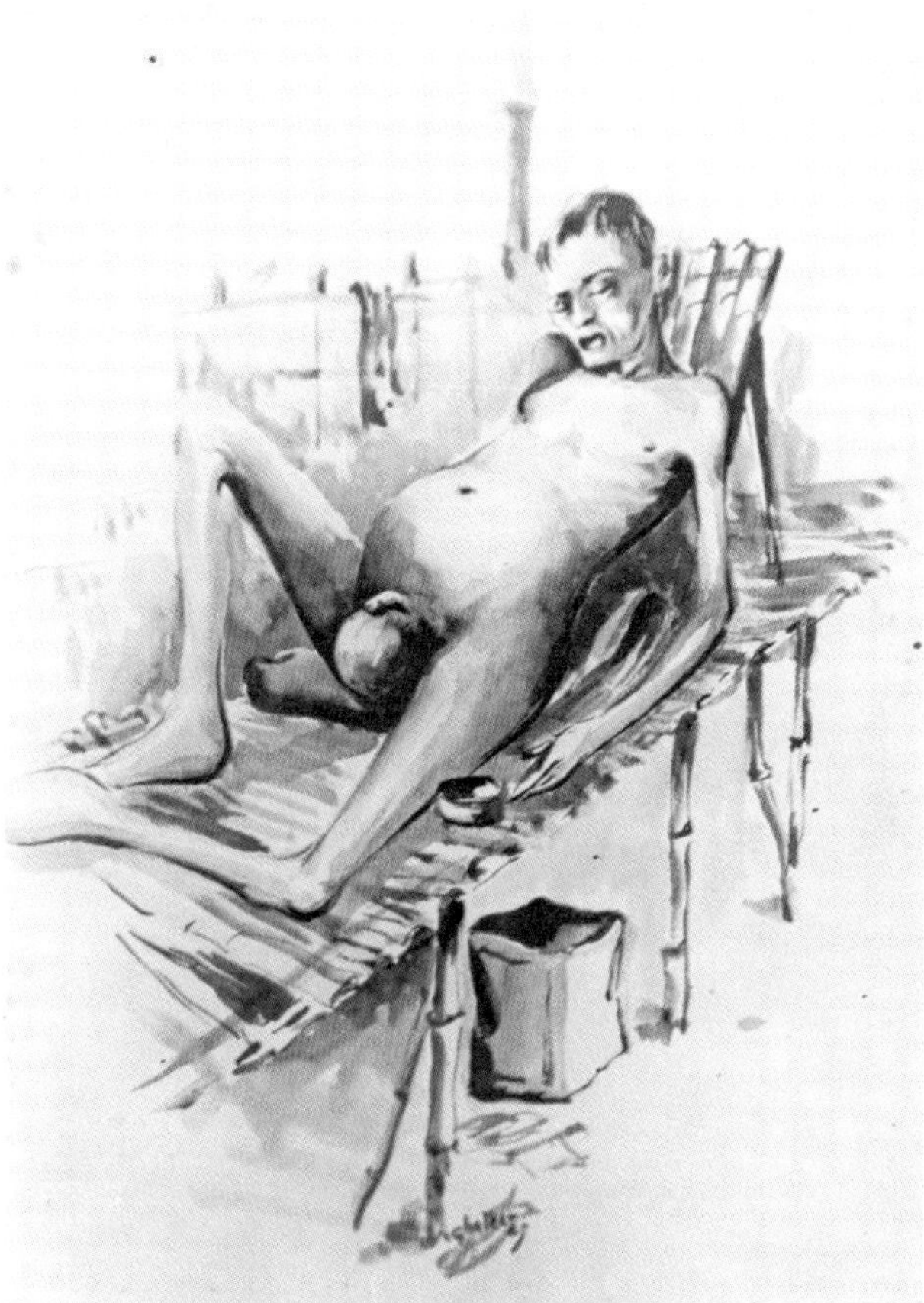

飢餓による浮腫。腹部や陰部、脚部などに多く見られた。チュンカイ、1943年。

上：コレラ患者用テントの一つ。泥と糞便のぬかるみに横たわる患者たち。脱水症状を緩和するために応急に用意された点滴装置が見える。瓶と聴診器のゴムチューブを使用していた。
下：コレラ病棟。雨季はまさに沼となり、患者は竹で支えられた、日本製の腐ったテントで覆われているだけだった。
ともにヒントク、1942年。

させられ、彼らが自分の墓穴を掘り、撃たれてその穴に入れられる姿を見せられた。これは新しい収容所に入るにあたってあまり希望の持てない始まりだった。

最初の夜は、夜中の3時頃に空っぽで壊れている小屋に容赦なく押し込められた。自分の絵や記録は巧妙に隠しておいたが、所持品の検査がなくてほっとした。体中あざだらけで痛む中、濡れたぼろ布にくるまって、へこんでいる竹の台の上に崩れ落ちて眠った。泥だらけの地面に横にならざるをえなかった同じグループの何名かは、体を乾かす機会がなく、悲惨な状態にあった。潰瘍《かいよう》の傷口が剝《む》き出しのままの患者は、発狂しそうなくらいにひどく患部が痛んだはずであり、びしょ濡れで冷たい状態にあるわれわれは、発熱から免《まぬか》れることができなかった。夜が明けると小屋の外に出て、繊細でふわふわした感じの竹の茂みのそばに立ち、ジャングルの鳥たちが早朝に鳴く声を聞いていた。夜風はおさまり、雨は少しの間止んでいた。イギリスで迎える春の朝と違って、辺りはまばゆく新鮮な空気が漂い、太陽が昇る兆《きざ》しを感じて、その数分間は喜びのオアシスのようであった。イギリスに戻ってから朝早く起きたときは、一番鶏がなわばりのために鳴き始める声を聞くと、いつもこの瞬間のことを思い出す。

汚物であふれかえるラトリーン

夜明けと共に、われわれの新しい「病院」施設の実態が初めてはっきりとわかり、非常に落胆させられた。ラトリーンの悪臭と、手足の腐った臭《にお》いが充満していたのだ。小屋はどれもひどい状態で、ニッパヤシの屋根は大部分が吹き飛ばされ大きな穴が開いており、雨が激しく吹き込んだ。竹の台はほとんど崩れており、崩れていないものはすでにへこんでいて、もうすぐ壊れそうな有様だった。ラトリーンは北部の地域よりは少しましなくらいで、ラトリーンに行くまでに裸足《はだし》で一面のウジや大便を踏み渡る必要がなかったのは、最初のうちだけであった。このように不快な状況にあったにもかかわらず、収容所の規模は大きく、川沿いの非常に美しい環境に設営されており、食事は北部の地域にいたときより改善され、きちんとした売店があったので、元気づけられた。近くにある小さな集落から子供たちの笑い声が聞こえ、川にはタイの舟が忙しく行き交《か》う姿が見え、外部の世界から遮断された感じが少し和らいだのだった。

われわれは川で体を洗うことができたので、トバイアス・スモレットの小説『ハンフリー・クリンカー』が愉快に思い出された。太って不潔なイギリス人の紳士たちが、バースの温泉に自分たちのだぶついた体を浸からせることによって、余分な肉を減らそうとする描写が頭に浮かんだのである。小説のこの場面と、骨と皮にやせ細りながらも、お互いの容姿や失禁する様子を笑い合ったり冗談の種にしながら生き残ろうと苦闘しているわれわれの姿はどんなに対照的だったことだろうか。チュンカイについては、周りの環境が美しかったことと、死人や病人から発せられる悪臭がひどかったこと、仲間の捕虜たちが驚くべきユーモア精神と創意工夫を発揮していたことなどが、混ざり合って思い出される。ここでも監視兵の態度に目立った違いはなかったが、少なくとも体を壊すような鉄道建設の仕事からは解放されていた。最初の数週間は赤痢患者の小屋で過ごしたので、われわれの「病棟」やその患者たちの絵を、ペンを使った淡彩画で描き、特に私の横にいたほとんど骨と皮ばかりの患者を描いた。彼は大学で数学の講師をしていた数学者だった。彼に元気があるときはたくさん話をしたもので、私にとって以前は退屈としか思えなかったテーマについて彼は解き明かしてくれ、今度はとても興味深く思えた。彼の熱中

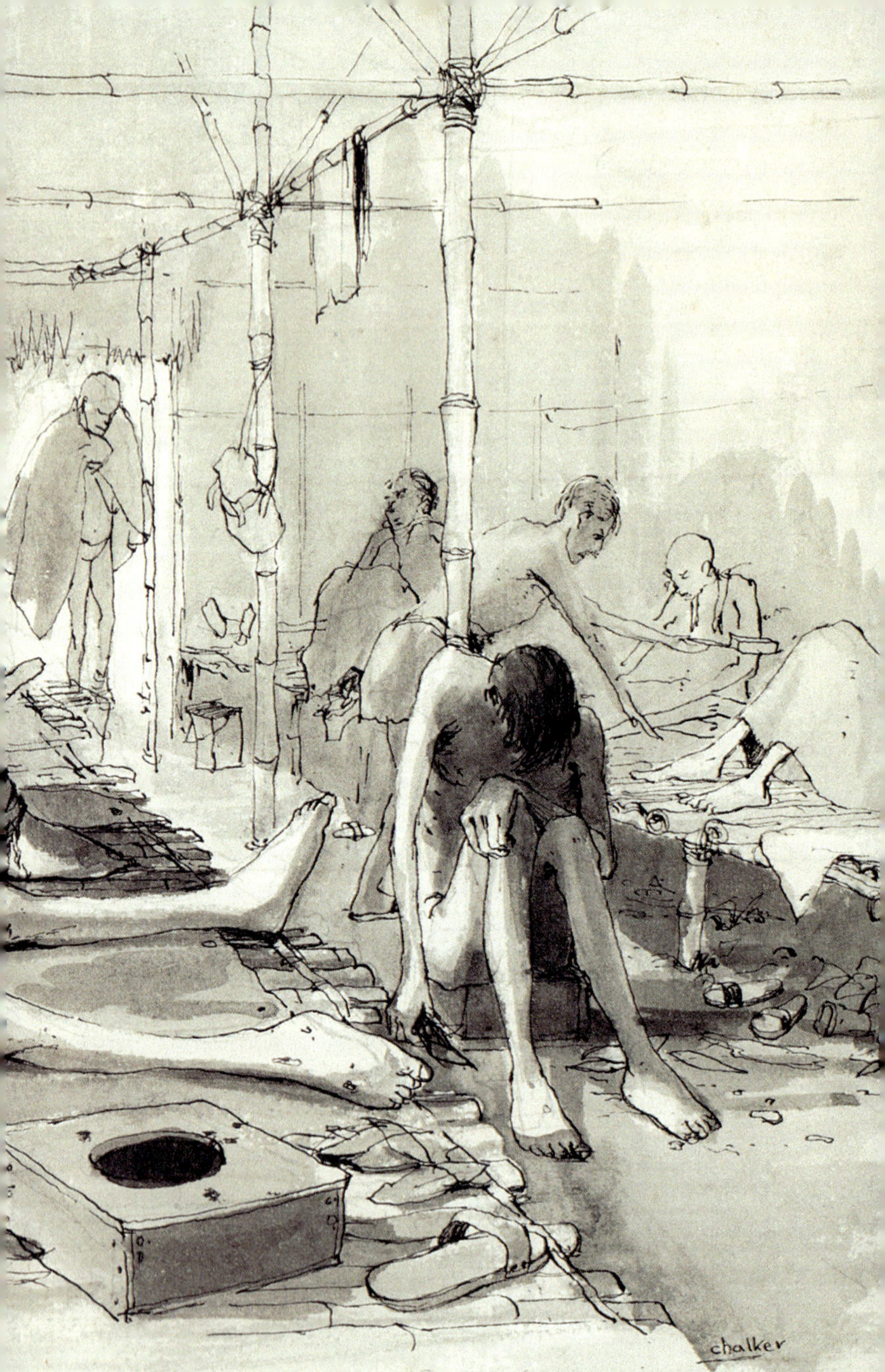

← my bed space here

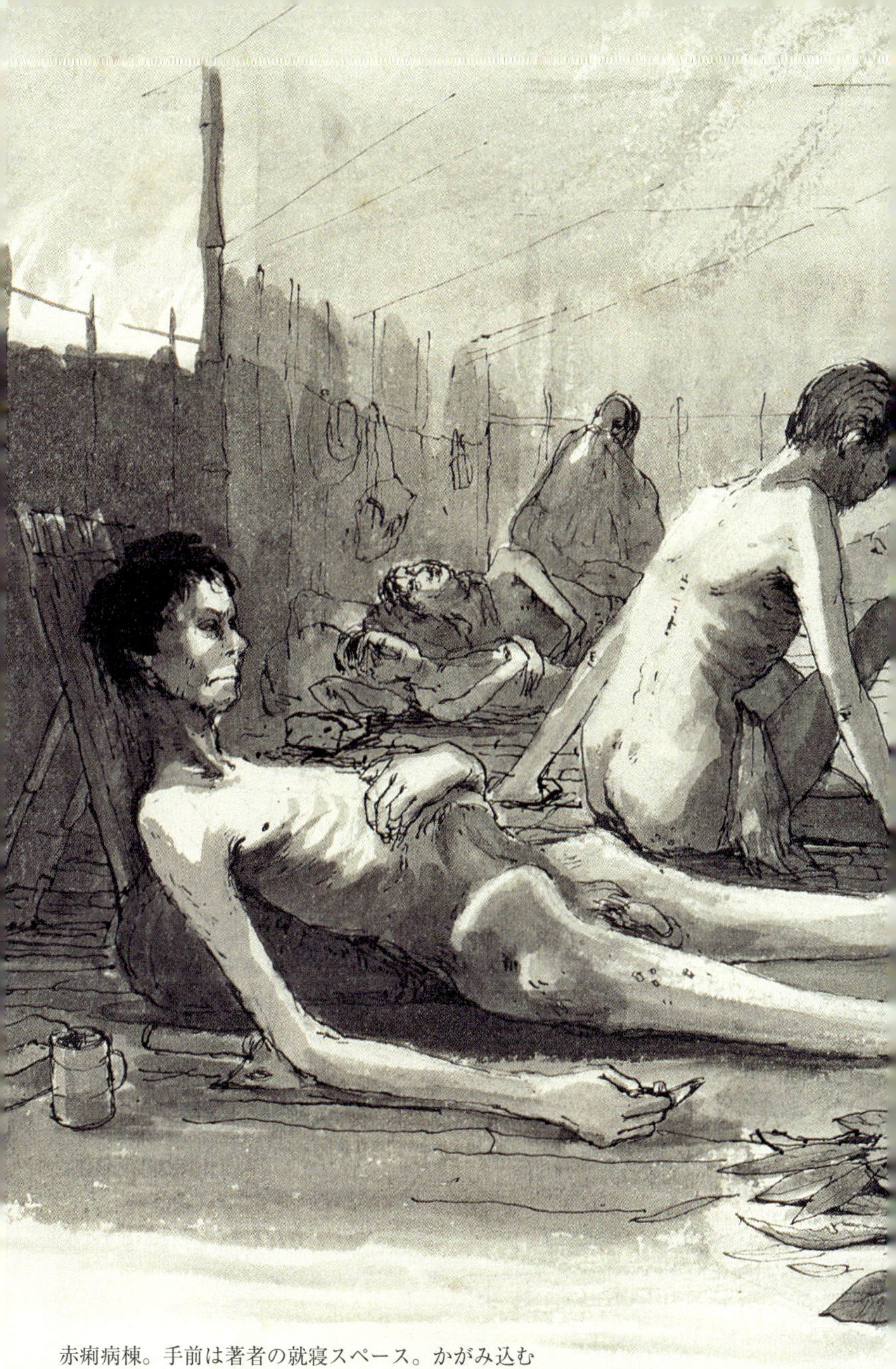

赤痢病棟。手前は著者の就寝スペース。かがみ込む
赤痢病患者が描かれている。チュンカイ、1943年。

ぶりには説得力があり、私も次第に夢中になった。ある昼下がり、微積分学の楽しさについて語りながら私を魅了している最中に、彼は突然話を止め、愉快そうに含み笑いをすると、息を引き取った。それは、安らかな最期に見えた。彼が生き残れないであろうことは承知していたものの、その死はやはりショックだった。残念なことに、彼の名前と住所を紛失してしまい、彼が誰であったのか未だにわからないままだ。

健康を回復するにしたがい、より動けるようになった捕虜は、収容所の職務を果たさなくてはならなかった。例えば炊事場の火を焚《た》くための薪を集めにいったり、川から水を運んだり、ラトリーン用の穴を掘ったり、小屋を修繕したり船荷の積み降ろしを行った。ときには、薪を探すために少人数のグループが収容所の境界線の外に連れていかれることもあった。われわれに常につきまとっていた恐ろしい悪夢は、北部の地域に再び送り返されることで、もし戻った場合は帰還できる望みがほとんどなかった。北部で病人が増えるにしたがい、作業の交代要員への要求も増加した。日本人によって捕虜の健康状態の再検討が絶えず行われ、作業に適すると見なされた人員でグループが作られて、北部の労働収容所に送り返されたり、鉱山や造船所で働くために日本に送られた。

泥とウジムシにまみれて

タイの3月と4月はひどく高温多湿で、この時期に、ヨーロッパ系ジャワ人の友人と忘れられない夕べを過ごした。彼はフルート奏者で、ジャワの伝統的な音楽やクラシックから抜粋した静かな曲を奏でてくれるのを、川べりに座って聴いたものだった。しばしば熱帯の光り輝く月夜の下で過ごしたこのような時間は、とても魅惑的だった。毎日、日没のちょうど前にシロトキが夜のねぐらに戻るために川上に飛んでいき、鏡のように穏やかですばやく流れ過ぎる川にその姿が反射するのが見え、サイチョウの鳴き声が聞こえてくることもあった。ときおり、夜間にオオコウモリの群れが静かに頭上を滑空《かっくう》することがあり、そのシルエットが夜空に映り、近くのマンゴーの木に黒い布のようにぶら下がった。テナガザルがときどき叫び声を上げたり、夜のねぐらに落ち着く間に断続的にキャッキャッと鳴いたりするのが聞こえ、小屋の中では大きなヤモリが竹でできた支柱に止まって鳴く声も耳に入るのだった。このような自然の美しさに満ちた忘れられない瞬間が、悪臭や死骸、死にあふれ惨めな光景が繰り広げられている小屋の数ヤード以内に訪れることが奇妙に思えた。

1943年5月の終わり頃、タイでの滞在期間中、最悪の嵐に見舞われた。この暴風雨はあたかもわれわれを押しつぶそうと決意したかのような荒れ具合で、木々をなぎ倒し、小屋を壊してしまい、非常に不便で大変な思いをした。川は24時間以内に8フィート〔2・4メートル〕も増水し、ラトリーンの土台が壊されたため、その内容物が収容所の至るところにまき散らされてしまった。すぐに新しいラトリーン用の穴を掘る必要があり、土砂降りの雨の中、豪雨によって崩れつつある浅い穴のそばで行う作業は、ぞっとする仕事だった。このような状態でも依然として死者を埋葬する必要はあり、浅い墓所は小さな沼のようになっていた。大きな木が川を旋回しながら流れ、水際で膝上より深く川に入ることは危険だった。体を洗うために、たいていは降りしきる雨の下に立つだけにしていたが、豪雨の勢いが強く、やせ衰えた体がひりひりするくらいだった。このような状況下で目撃した事件がある。二人の病人が背中合わせに並んで新しく掘られたラトリーンでしゃがんでいたところ、細長く深く掘られた穴の側面が、

chalker

舟から病人や死体を降ろす様子。16日間も乗ったままの者もあり、そういう者たちで生存者はほとんどいなかった。チュンカイ、1943年。

上：病棟手術室。緑色の蚊帳に覆われた竹造りの手術室。正面のダンロップ医師と、背を向けているマルコヴィッツ医師が、大腿骨切断手術を執刀している。戦後になって下のスケッチを元に作成。チュンカイ。
下：病棟手術室のスケッチ。チュンカイ、1943年。

突然大きな音を立てて崩れ落ちたので、二人は竹製の足場から死に物狂いでカエルのように飛び跳ねた。このときは、あとから来てよかったとつくづく思った。北部では初期の頃、疲れきっていた病気の捕虜が、泥とウジムシだらけのラトリーンの穴にすべり落ち、汚物の中に沈み込んでしまうこともあった。このような悲劇を防ぐために、竹製のラトリーンの足場を改造する必要があった。

日本人への憎悪と怒り

1943年を通して、ひどい重症患者の一団が昼夜を問わず次々到着した。その中には川船で来る者もあった。このような川から来たグループで、最初に到着した一団を川船から降ろす作業を手伝ったことが思い出される。すでに死んでいるか、瀕死の状態、もしくは非常に症状の重い病人は、七つか八つの荷船に乗せられ、医療的な処置を受けられずほとんど食糧もない中、何日間も竿で進む川船で移動していたのだった。見憶えのある者はほとんどおらず、意識があって話ができる患者は一人も思い出せないくらいだった。われわれも収容所に到着したときはかなりみすぼらしく見えたかもしれないが、彼らはその比ではなかった。悪臭を放つ荷船から哀れな生存者を降ろして小屋に運んでいるとき、日本人に対して憎悪の念と怒りが湧いて涙が出た。川岸で、死体置場の小屋に運び込む前に、遺体に水をかけてきれいにした。

睡眠は浅く、常に緊張を強いられていた。われわれは、いつなんどきであってもすぐに小屋から飛び出せるようにしておく必要があり、それは点呼のために整列したり、作業グループを作るために集められたり、ときには殴られたりするためだった。たとえ重病人であっても、病状にかかわらず参加しなくてはならなかった。このような集合は何時間も続くことがあり、もし日本人が収容所の規律違反を疑っている場合は、一日中もしくは一晩中続いた。整列しているときは誰も列から離れることを許されず、病気の患者は亡くなる場合さえあった。

チュンカイには2000人を遥かに上回る数の重症患者がいた。初期の頃は悪戦苦闘の末、間に合わせで作られた収容所という有様で、イギリス人、オーストラリア人、オランダ人の医師と看護兵からなる少人数の医療スタッフしかおらず、医薬品と医療機器も少ししか使用できない中、重症患者たちが絶えず洪水のように押し寄せた。このような状況下では、力を合わせて生き残るために、可能ならば誰であっても協力の手を差し伸べることが必要だった。北部にいたときと同じように、病気の患者は自分よりも病状の重い患者を手助けし、訓練を受けているものの人数が足りず酷使されている看護兵を患者が手伝い、中には収容所にいる間ずっとこの役割を担っている者さえいた。ジフテリアやツツガムシ病の患者はできる限り隔離され、広汎性の皮膚病やハンセン病の患者の場合も同様だった。コレラ患者は収容所から離れた敷地に収容されていた。潰瘍患者の小屋にいる病人はこの上なく惨めな様子で、ハエにたかられ、交差感染〔異なる伝染性疾患を持つ入院患者間の感染〕の危険があり、腐っていく手足がひどい悪臭を放ち、まるで悪夢のような状況に置かれていた。

即席の外科手術

このような初期の頃のチュンカイで、ルーマニア生まれのカナダ人であり伝説的な外科医のJ・マルコヴィッツ大尉〔教授〕〔163ページ参照〕に出会い、共に働く光栄に浴《よく》した。彼は極めて優秀な実験外科

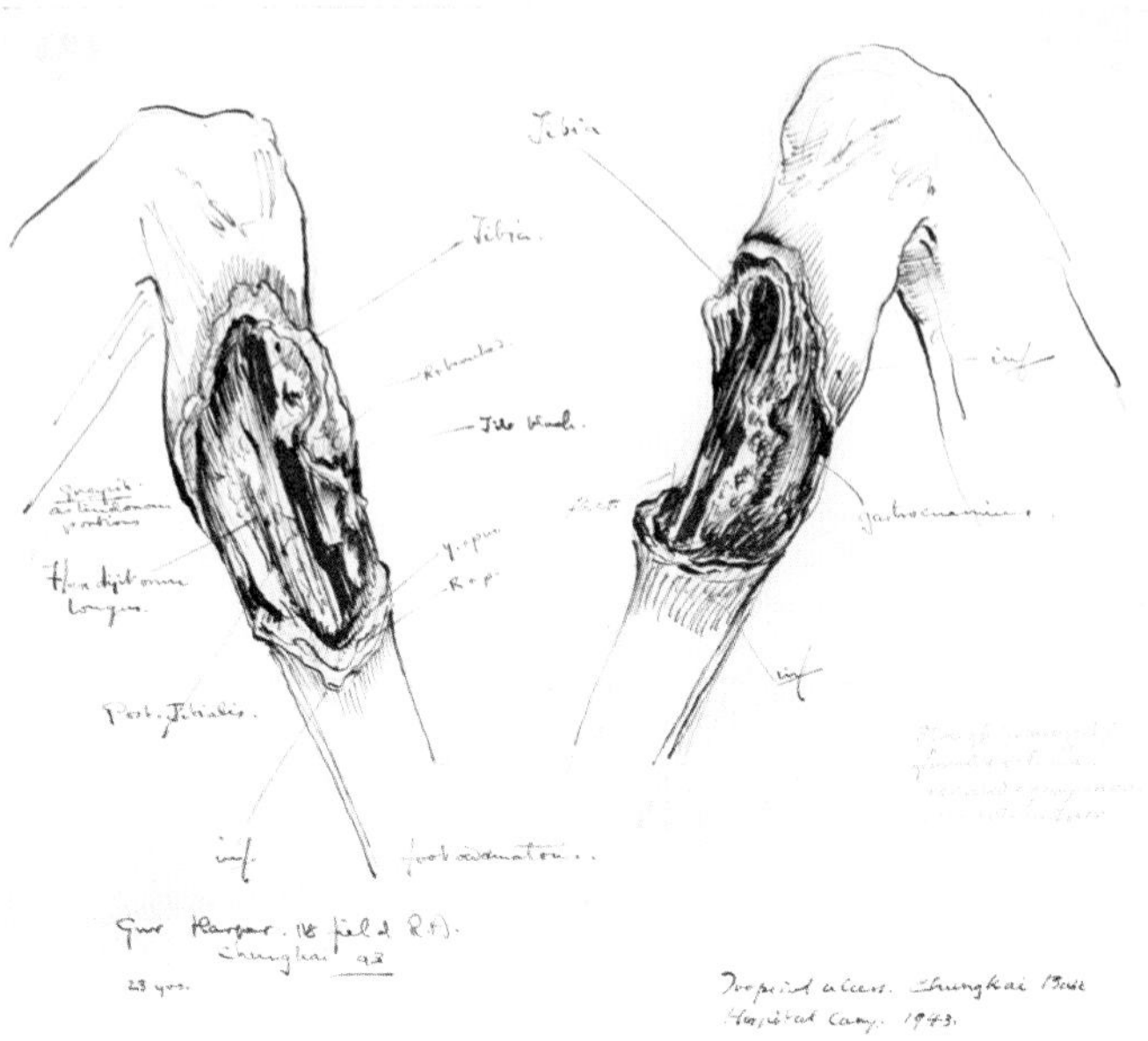

上：熱帯性潰瘍のメモ。膝下に広がる潰瘍と壊疽で、よく見られた症状。チュンカイ。
下：重症の熱帯性潰瘍。マルコヴィッツ大尉が、大工用のこぎりを用い、この患者の脚の切断手術を収容所で初めて執刀した。病棟の隅で、応急の道具を用いての手術だった。チュンカイ、1943年。

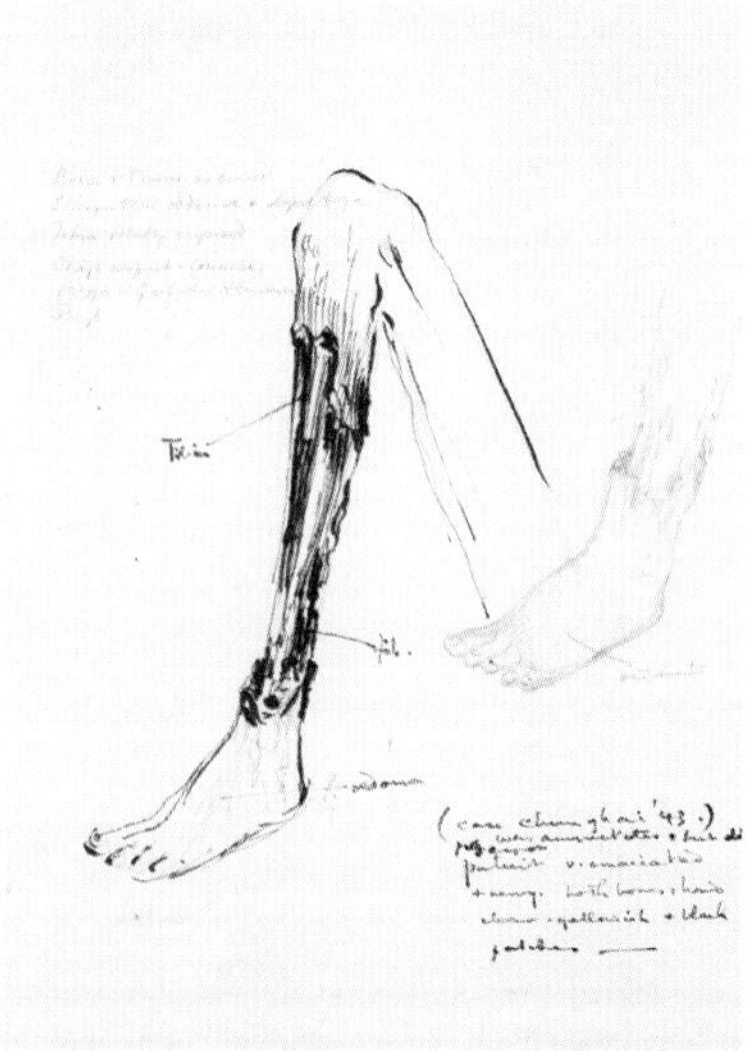

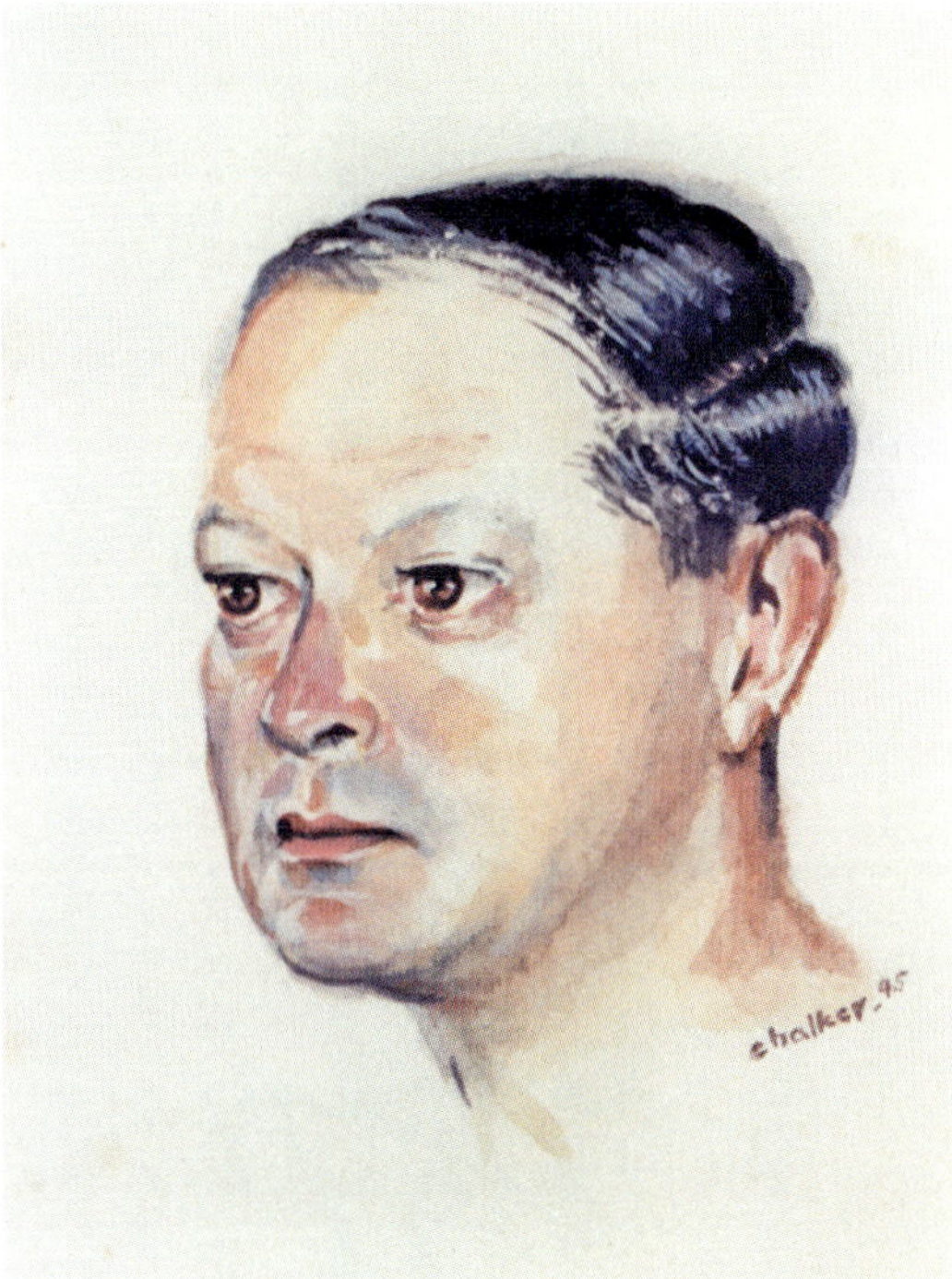

マルコヴィッツ大尉。カナダ人で、チュンカイとナコーンパトム担当の経験豊富な外科医。収容所で、脚の切断手術を最初に執刀し、のちに成功率の高い直接輸血法を考え出した。

医で、1930年代半ばに成功した最初の動物の臓器移植の責任者であり、「マルコ」と呼ばれていた。1943年4月に潰瘍患者が増加する中、彼は患者たちの命を救うために最初の脚の切断手術を必死に行い、成功裡に終わった。最初期は外科手術小屋の端に置かれた竹製の台の上で手術が行われ、その後は竹とニッパヤシの葉でできた別個の小屋に、古い緑色の蚊帳《かや》で囲われた3メートル四方の広さの、より適切な手術室が設置された。蚊帳は大まかにハエと感染を防ぐために付けられていた。9カ月の間に、他のさまざまな外科手術に加えて、マルコは120本以上の脚の切断手術を行った。大半の脚の切断手術と、いくつかの腹部手術には、脊髄《せきずい》麻酔としてノボカイン〔局所麻酔剤〕が使われていたので、患者は手術の間中意識を保っていた。歯科治療のための麻酔は事実上存在しなかった。私は手術室でマルコと一緒に働き、外科手術の記録をとっていた。そのいくつかは、大腿中部の切断や熱帯性潰瘍、ビタミン欠乏症の患者のために、新しい皮弁《ひべん》を形成する方法を発達させる目的で書き取っていた。私が関与した限りでは、潰瘍を患い組織が壊死《えし》して壊疽《えそ》の状態にある患者の場合、ウジムシや腐骨《ふこつ》を、麻酔を使わずにキューレット〔さじ形の器具〕でかき取ったり摘出する必要があった。初期の頃はこのような処置のために、入手可能な外科用ナイフに加えて、デザートスプーンや古いスペンサーウェルズ鉗子《かんし》を使っていた。これらの処置を受けた何百人もの患者たちの激しい苦痛は、筆舌に尽くしがたいものであった。

マラリア、赤痢、ビタミン欠乏症……

患者の全員が共通してマラリアと赤痢の問題を抱え、大多数がさまざまな程度のビタミン欠乏症に加えて、いくつかの重い疾患を併発していた。わずかな量の米の食事では、このビタミン不足を緩和することができなかった。米ぬかは、もみ殻を粉末状に砕いたもので、ビタミンB1とB2を少量含んでおり、少しであれば手に入れることが可能だった。しかし乾燥していてひどい味だったので、飲み込むことのできる患者はほとんどいなかった。タピオカ〔その原料であるキャッサバ〕の根を、粘り気のある水分状になるまで煮詰めて「柔らかい」流動食にしていたが、栄養価は低く、ライムやパームシュガーで風味付けをしないと食べられる代物ではなかった。アヒルの卵は依然として命の危機を救ってくれる大変な貴重品であり、この収容所にいた期間を通して、ごく限られた外部からの入手ルートを保つことができたのは幸運だった。日本人から許可が下りれば、捕虜たちがトマトやその他の野菜をときどき育てていた。しかしながら、たいていは個人が小さな規模で行っているにすぎなかった。

ときおり、時間を作れるときは手作りの釣り針を使って魚釣りをしてみたが、あまり成功しなかった。小さな魚の群れに皮膚の傷を咬《か》まれる恐れがあったので、川で泳ぐときは注意が必要だった。収容所には伝説となった魚の逸話がある。ある患者の陰嚢《いんのう》が白癬《はくせん》に罹《かか》りひどく痛むので川で患部を洗っていると、大きな魚がやってきて、一口で陰嚢を半分食いちぎってしまったのだ。外科的な修復を受けたあと、彼の主な心配は、みだらな行いをして病気に罹り、陰嚢を半分無くしたのではないかと奥さんに疑われることだった。そこで彼は軍医に署名入りで説明付きの証明書を書いてくれるよう頼み、その書類を命がけで守り通したのだった！　ヘビはいつでもよい食糧になった。しかし、北部の深いジャングルに比べて、病院収容所では手に入りにくかった。ニシキヘビがとれれば最高で、かなり大きなカツレツを作ることができた。キングコブラは18フィート〔5・5メートル〕まで成長し、胴回りこそ小さかったが、おいしく食べられた。大きなイグアナは動きがすばやく、捕まえるのがとても難しかった。その白身は繊

潰瘍病棟の一部。膿とウジムシを、スプーン、はさみ、スペンサーウェルズ鉗子で、麻酔薬もない状態で取り除いた。チュンカイ、1943年。

上：劇場と観客席。
下：かつら。ぼろぼろの帽子に、盗んだ麻をほぐして縫い付けた。
ともにチュンカイ、1943年。

細な味わいだったので、中国人に非常に珍重されていた。切羽詰まって野生のネコや野良犬、果ては大きなネズミの脚まで食糧にしたが、南部のバーンポーンで腺ペストが発生した疑いが生じたので、チュンカイではネズミを食べることを控えた。

コレラの発生

1943年6月に北部でコレラが発生し、すぐにチュンカイにおいても、私のいた小屋で最初の発病者が出た。熱帯の病気の中でも、コレラは最も恐れられていた。発病時の症状は激しく病状が急速に悪化し、急な脱水を起こして数日のうちに命が奪われるのが常だった。この悪性の病気の拡大を防ぐために、遺体は焼かれるか、チュンカイで行っていたように、収容所から十分離れた場所に深い穴を掘って、そこに埋葬された。コレラ患者を看護することは、軍医や看護兵の側に多大な献身と勇気を要し、コレラが流行していた期間を通して緊急規則を非常に厳密に遵守する必要があった。収容所中で飲料水を沸騰させなくてはならず、水の配給量はわずかだった。食器は熱湯と消毒剤に浸して殺菌することが必要だった。日本軍はコレラをひどく恐れ、リゾールと過マンガン酸カリウムの殺菌剤をすばやく作り出した。川で体を洗っている最中は、水が口の近くにかからないよう、最大限の努力を払う必要があった。毎年雨季のコレラ流行期にはとても苦しめられ、終わる度にいつも安堵するのだった。1943年のコレラ流行は何週間も続き、多くの犠牲者が出た。特にアジア人労働者の収容所は日本人から完全に隔離され放置されたままで、医療の助けをまったく受けることができなかったので、多くの命が奪われたのだった。毎年コレラによって、アジア人の収容所全体がいくつか全滅させられた。

チュンカイでは、病人用の小屋の状態こそ原始的であったが、臨機応変さと創意工夫によって収容所は非常に良好に機能しており、医療的・外科的な成果は語り草になるほどであった。鉄道建設が行われていた時期には、たとえ医療品があったとしても、日本軍は手に入る限りのものを自分たちで使うために占有していたので、日本軍から支給されることはほとんどなかった。１９４４年に赤十字からわずかな配給品が手に入るまでは、軍医たちは入手できる、もしくは編み出すことのできるどんな種類の材料でも活用しなくてはならなかった。

収容所の作業場では、各種の道具や装置が、雑用に使うため、もしくは病院で使用するために作り始められた。発明の才と即席に何かを作り出す能力は、生き残りのために非常に重要だったのである。マッサージと理学療法の知識を持つ何名かが小さなグループを作り、患者が抱える筋肉やその他の部位の障害を軽減したり、ビタミン欠乏症によって手足が不自由になった患者や、切断手術を受けたり症状が重い潰瘍の患者を助けるために働いた。この試みはある程度の成功を収め、竹製の小さな訓練用器具が考案され開発されたが、のちにその器具は、１９４４年にナコーンパトムの大規模な病院収容所で改良が加えられ、使用されたのだった。日本軍から許可を得ていたので、理学療法を受けた患者の記録を小さな中国製の手帳につけていた。特に潰瘍患者の記録と、脚を切断して収縮を起こした患者にマッサージや毎日の訓練を行い、治療の成果によってどの程度患部を伸ばせるようになっているのかを計測して記録していた。私は計測のために、目盛りのついた木製の測定用補助器具を考案した。マッサージには潤滑油としてココナッツオイルを使用し、患者の皮膚が炎症を起こすのを防いだ。古いブリキの缶と盗んできたパイプの一部を使って粗雑だが効果的な蒸留器が組み立てられ、蒸留水が作られた。それは、

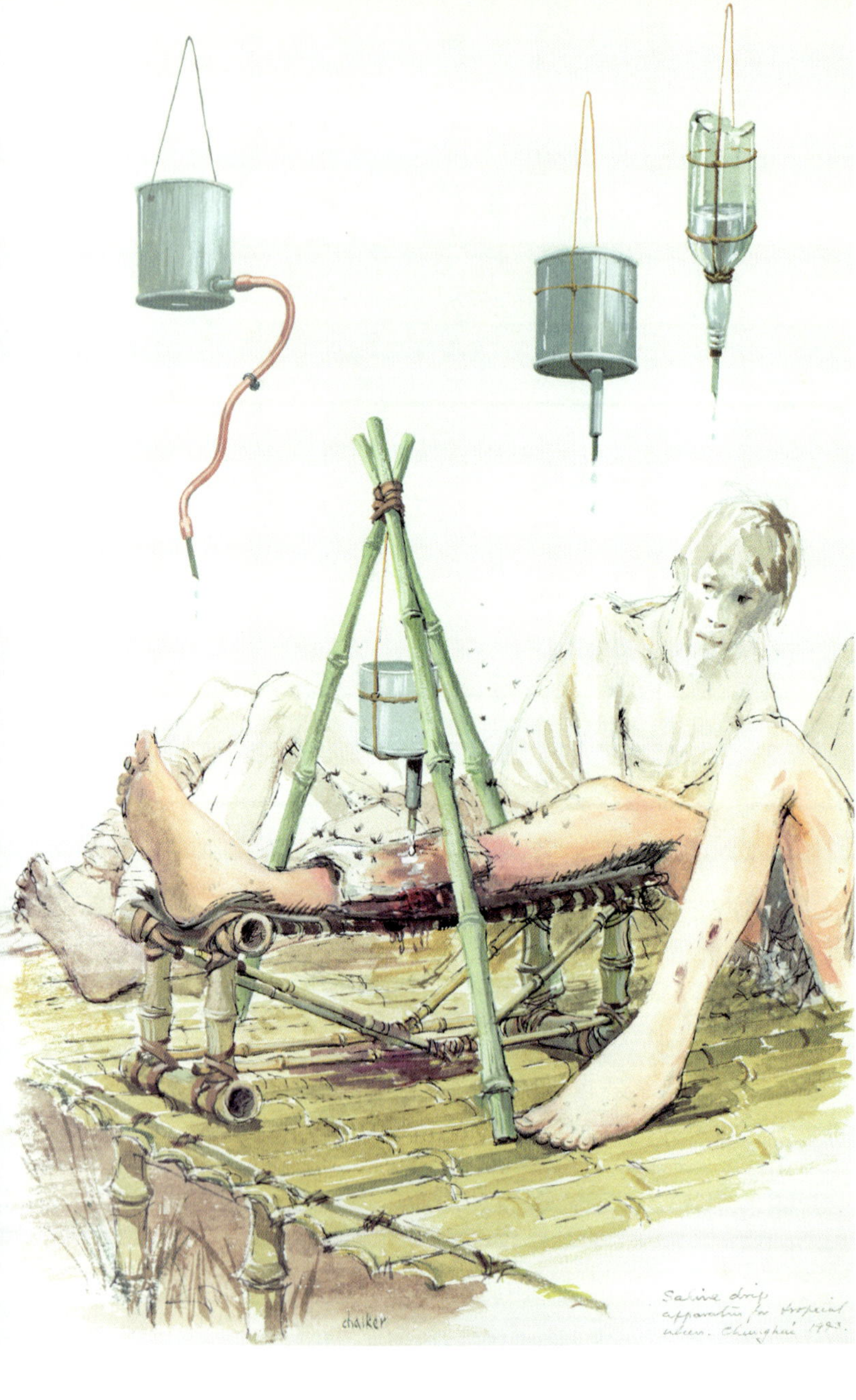
chalker
Saline drip
apparatus for tropical
ulcers. Chungkai 1943.

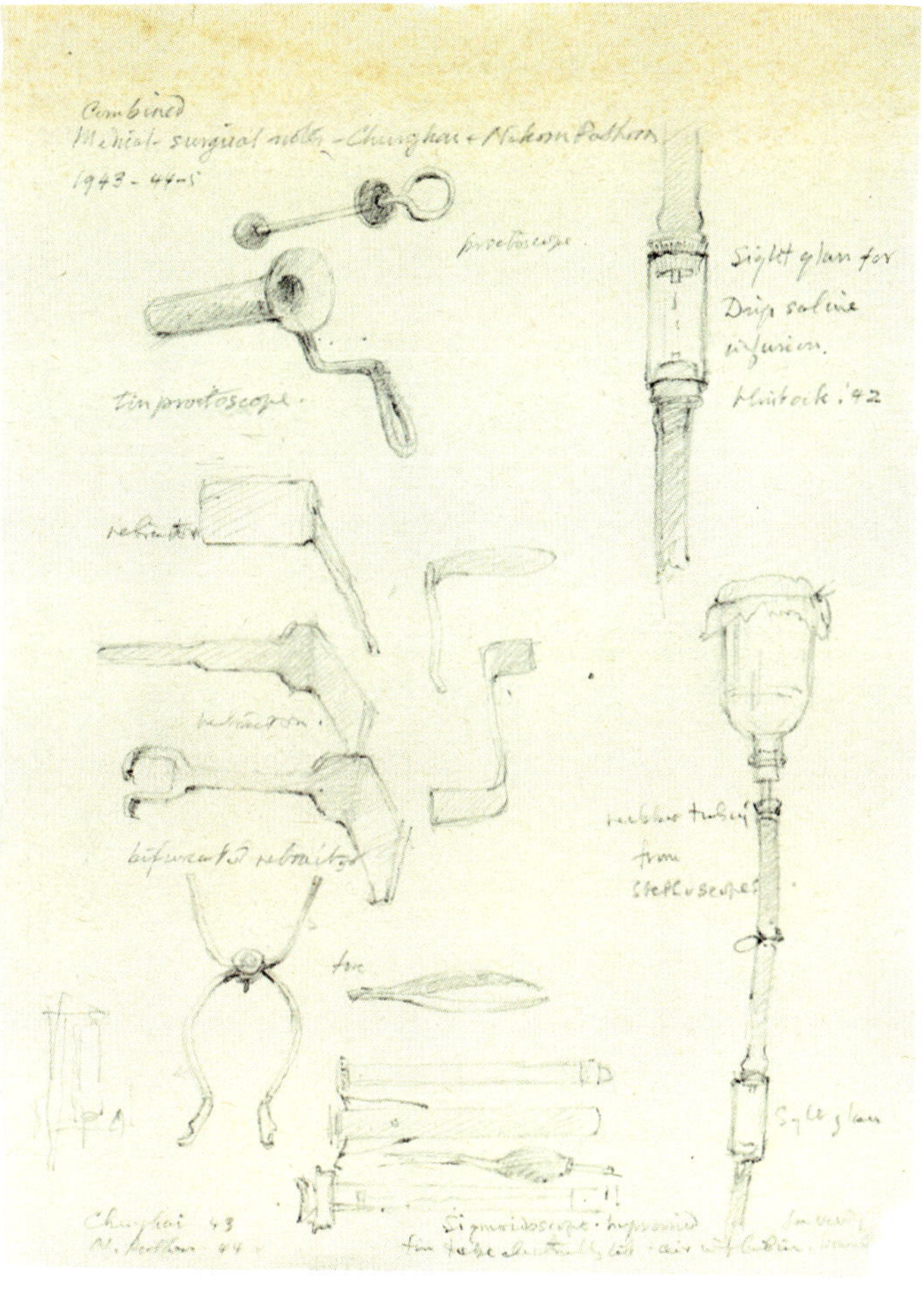

収容所で作られた直腸鏡や牽引器などの内科・外科用医療器具。1943－45年。

潰瘍に罹った患者のために、応急に作られた点滴装置。竹に吊り下げた古い缶や瓶に聴診器用ゴム管が取り付けられた。古びた蚊帳やぼろ布がガーゼの代わりに使われた。チュンカイ、1943年。

コレラの犠牲者が脱水に苦しんでいるときに、静脈注射によって患者に塩分補給を行うための食塩水用に使われた。整形外科用のベッドと調節可能な歯科治療用の寝椅子〔215ページ参照。頭のあたる部分と背もたれ、治療器具を置く部分が調節できる〕は竹だけを使って作られ、理学療法用の小さな器具が編み出され始めた。

生き残りを賭けて

切断手術を受けた患者たちは、並外れた勇気と不屈の精神を発揮していた。脚を失ったことについて冗談を言い、誰が竹製の松葉杖を使って最初に起き上がれるか競争をしていた。いったん動けるようになると、彼らはあらゆる種類の活動に参加するようになり、そのうちの一つは「松葉杖競走」だった。タバコを賞品にして、一定の期間を定めて賭け事が設定されることもあった。脚を失った者の何人かは、代用コーヒーやハイビスカスの葉を乾かして作ったお茶を販売するなどの小さな商売を始めていた。切断手術を受けた者は、大半がすぐに松葉杖を使って動き回れるようになり、多くの者が収容所の作業場で義肢を作る手伝いをし、非常に効率的なものができ上がったのだった。そのような義肢の最初のものは、丈夫な竿竹の上部3分の1を三方向に割り、そこに切断されたあとに残った太ももの基部を支えるための「バケツ」のような形の支持物を取り付けて作られた〔194ページ参照〕。そのバケツは古い軍隊の背嚢の布を使って作られ、上部のへりには、ジャングルの木から採取したカポック〔パンヤ綿〕が詰め込まれた。去勢牛の皮を細長く切り、そのうちの2本をバケツの布の前方に縫い付け、同じく牛の皮で作った細いベルトと縫い合わせることによって、太ももの基部に合うように調節することができた。そのすべての部分を、軍隊用のベルトを引き裂いて作った糸で縫い合わせたのだった。もっとあとに作られた義肢はさらに洗練されていて、大部分が木を使っており、しばしばふくらはぎや足の形に木を成形し、膝や足首の部分で関節のように連結させて作られた。皆先を争って「新しい脚」を手に入れようと躍起になり、手脚を失ったとしても、熱帯性潰瘍に苦しめられた数カ月間の苦闘からやっと解放されて、患者たちは生きる意欲を取り戻したかのように見えた。

以前北部に向かって行進しているときに出会った「コカブ」がチュンカイでの最初の所長だった。彼は日本人の性質の矛盾した一面を体現した人物であった。ある朝早く、小さな理学療法グループの一員として、私は彼の小屋に呼び出された。カーンチャナブリーでの宴会のあと、コカブは首と肩に残存痛を抱えており、痛みを和らげるために「マッサージ師」を必要としていたのだった。彼は通訳を通して私に対する命令を怒鳴りつけ、二人の武装した監視兵が見張る中、15分ほど首と肩をマッサージさせられたものの、いつものように彼に叩かれなくてほっとした。コカブはその後数日間、他の4人のマッサージ師を試し、以後いつでも要求されたときにマッサージをするよう、私を指名した。それから数週間にわたってこのようなマッサージが定期的に行われたが、監視兵の立ち会いはなくなり、通訳だけが残るようになった。マッサージが終わるとコカブは手を叩き、当番兵に食事を持ってくるよう怒鳴るのだった。私は彼の低いテーブルの片側に敷かれたマットに座るよう命じられ、ご飯を食べたり、お茶やスープを飲んだのだった。通訳を通して、コカブはイギリスの大学生活や教育システム、銀行業やバレエ、絵画について鋭く理知的な質問をしてきた。彼はそれらの事柄について予想外に詳しく知っており、他にもさまざまな話題についての質問をしてきたのだった。彼は私が日本について質問をすることを許可

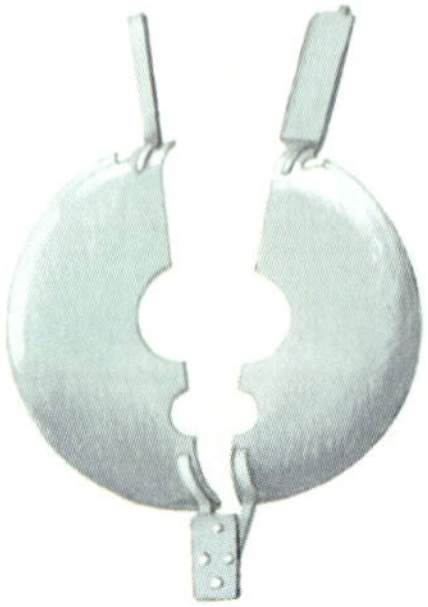

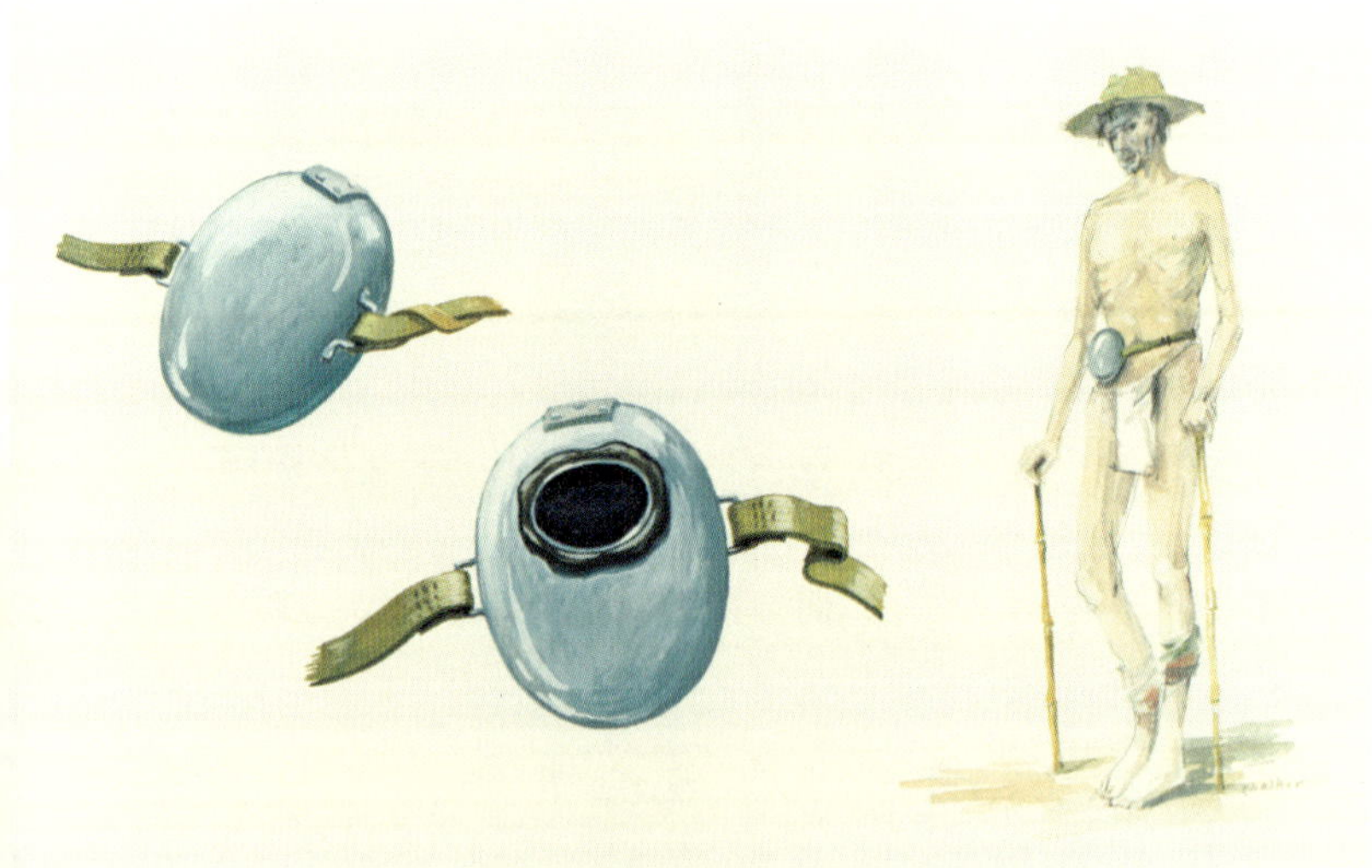

外科手術用吸引器具。足で操作する。缶と木材、子牛の皮、聴診器のチューブで作られている。1944－45年、ナコーンパトム手術室で常時使われていた。

上：麻酔用マスク。陸軍支給のガスマスクの一片とコンデンスミルクの缶をガーゼで覆ったもので作られている。
下：人工肛門形成用の器具など。オランダ製水筒を利用し、古い雑嚢の革ひもがつけてある。
ともにチュンカイ、1943年。

したので、大学生活や神道、日本画について尋ねた。すでにその残忍性や虐殺を働いたかどで悪名高かった人物とこのような興味深い議論を交わしたことがほとんど信じられなかった。

「捕虜になるなどありえない」

あるときコカブになぜ人の命をそう軽く見ているのか尋ねてみた。彼の答えは単純で、「私は軍人である。捕虜になるなどありえない」というものだった。将校で狂信的なサムライであるコカブは、物事をすべて白か黒かの両極端にとらえており、それ以外の状態は容認できないのであった。日本人の洗練された美への愛好心や物腰、しきたりや穏やかな神道の概念、自制心などは、他者や自分たち自身に向ける残忍性の傾向と大幅に食い違っているように見えた。自虐的な要素と加虐的な要素を併せ持っていることは明白であり、これらの要素がいかに狂信的言動に向かうかは容易に理解できるのである。コカブへの定期的なマッサージが終了して間もなく、彼と部下の軍曹たちが、ある夜、カーンチャナブリーでいつもの芸者遊びをしに出かけたあと、早めの時間に戻ってきた。収容所に入るなり、コカブは当直の監視兵のうち2名がいないことに気がついた。彼らはタイの女性を求めて川下の小さな村まで出かけていたのだった。コカブと軍曹たちは二人を捜しに出かけ、夜遅くに消えた監視兵を連れ戻すと、3時間以上にわたって殴り続けた。彼らの叫び声はすさまじく、撲殺されることは疑いの余地がなく、死に至った。

手短な処罰は、規律違反などの理由で上級将校によって野外で行われるか、違反者は憲兵隊に引き渡された。

衣類はいつも不足しており、擦《す》り切れてぼろぼろの状態で、死者の衣服を取る以外、交換品を手に入れることはできなかった。古い毛布の切れ端から衣類まで、シャツや半ズボンの材料になりそうなものなら何でも死者のものを利用させてもらった。しかしわれわれの大半は裁縫仕事の素人だったので、新しく手作りした半ズボンをはいて座る姿を見ると、作品は大失敗だったことがわかるのだった。オーストラリア人の多くが編み物をすることができたので、古い靴下やセーターの残りから毛糸を引き抜いて、切断手術を受けた患者のための切断部用カバーなどを編んだ。それは熱病患者の小屋にいたときのことだったのであるが、シンガポールの燃え上がる家の中で拾った中国の絹糸のことを思い出した。驚いたことに、隣の病人はオーストラリア人の農家出身者で、子供の頃、オーストラリアの奥地でおばから刺繡《ししゅう》を習った経験があるとのことだった。私は小さな針を2本持っており、彼は大きくがっしりした手で精妙な縫い物の方法を教えてくれた。二人とも動けなかったので、よい暇つぶしになった。彼の指導によって数日間かけてまずまずの作品ができ上がり、今でもそれを大切にしている。

精神を病んだ捕虜たち

鉄道建設の収容所では、容赦ない強制労働の圧力や病気が原因で、極度のうつ病や抑うつ症に罹る場合があった。その一方、笑い声が絶えなかったのも確かで、いつも何かしら動き回っていて、機嫌がよいコックニー〔ロンドンっ子〕やオーストラリア人と一緒に過ごすのは楽しかった。ツツガムシ病の発作から回復して高熱病患者の小屋にいたとき、体は大きいがひどくやせ衰えたオーストラリア人が、暑い午後に小屋の向こう側で寝ていたが、性器が勃起してしまい、腹部の辺りにかけていた汚れた布が突か

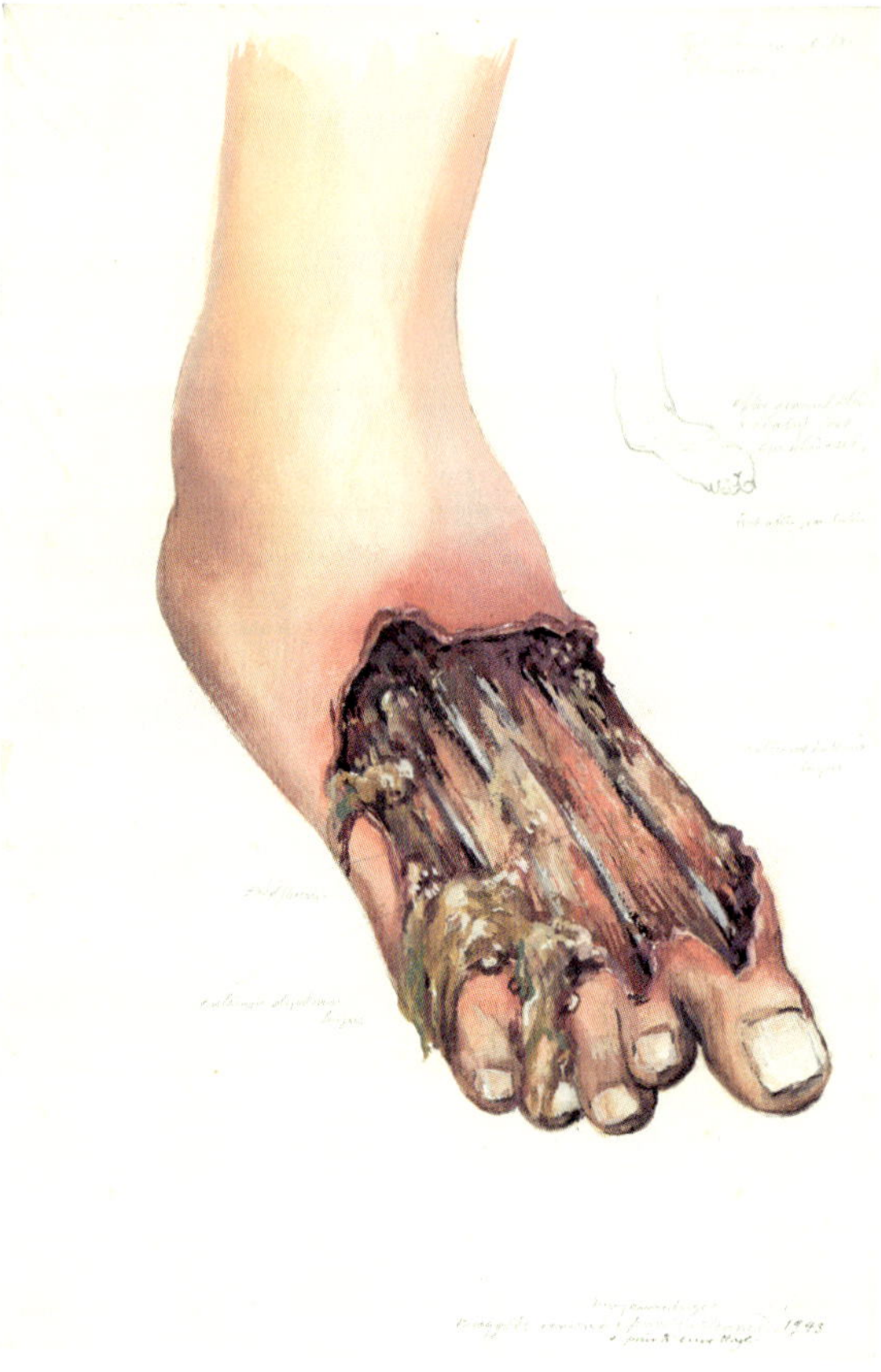

熱帯性潰瘍。泰緬鉄道沿線では、このような膝や足の潰瘍が多発したが、薬も包帯もなかった（上、左ページともに）。チュンカイ、1943年。

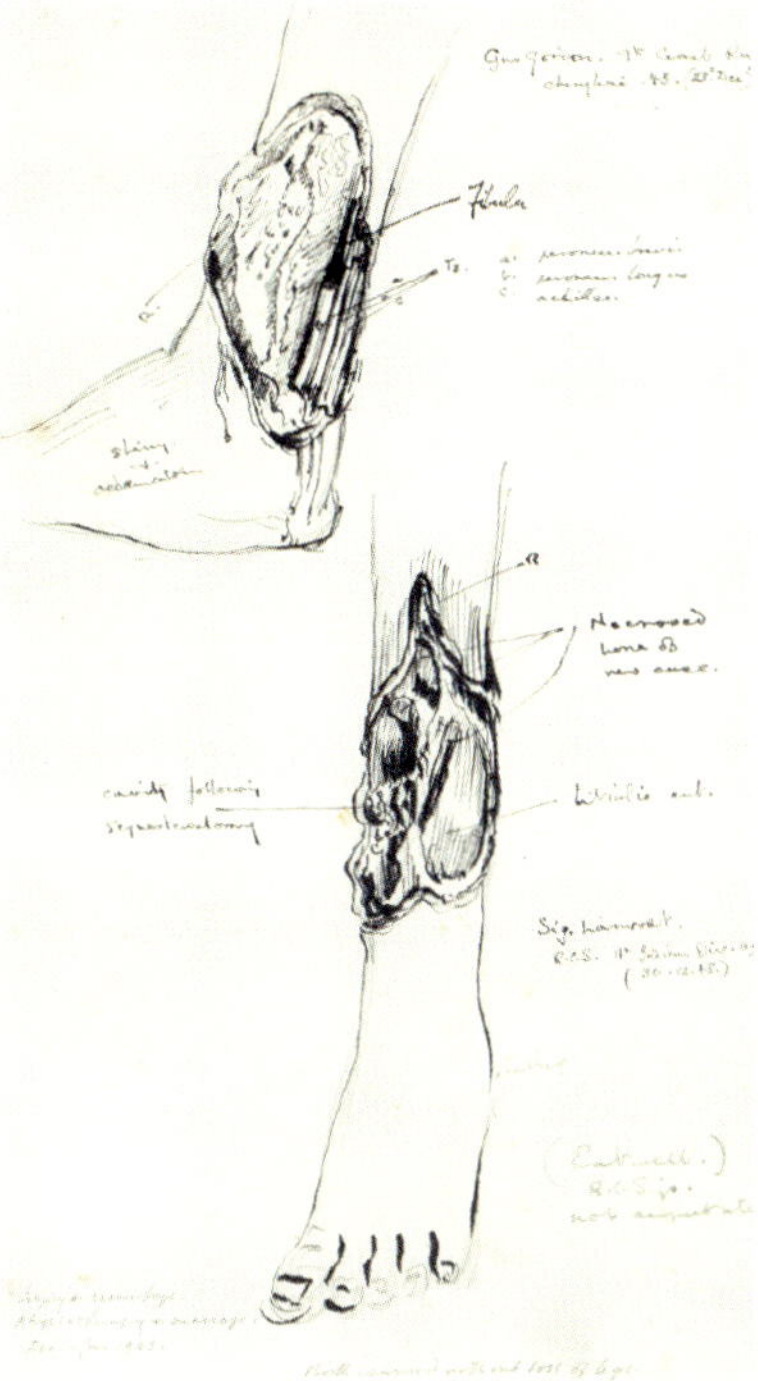
Fibula
cavity following
sequestrectomy

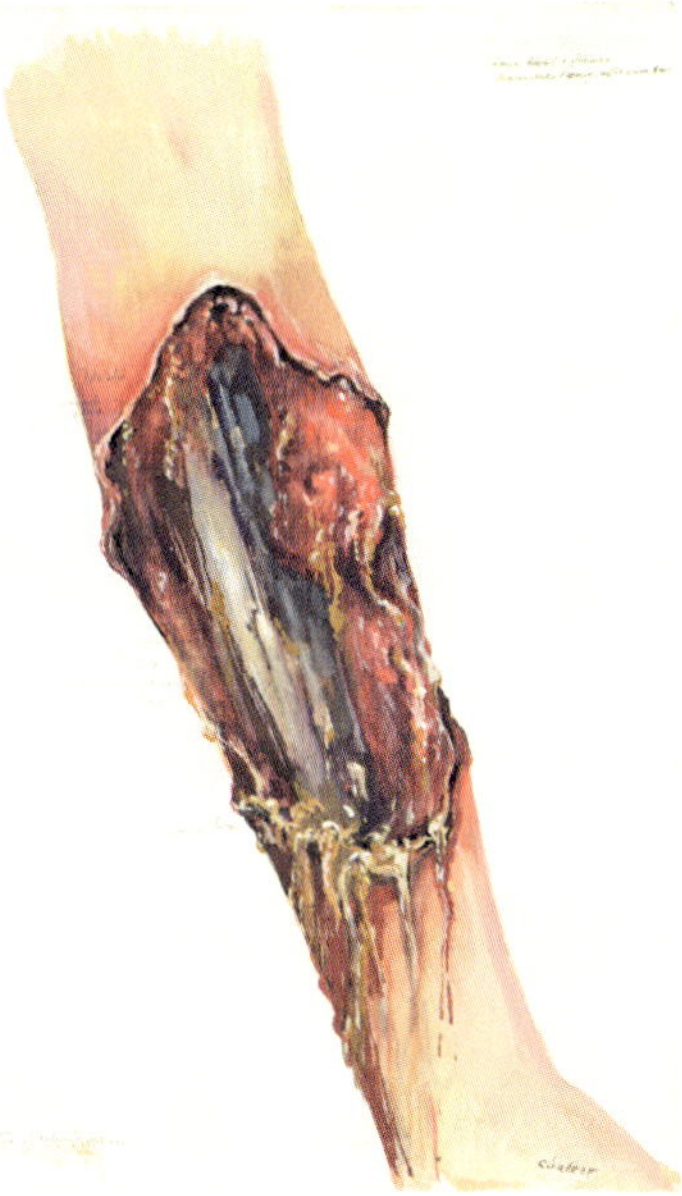

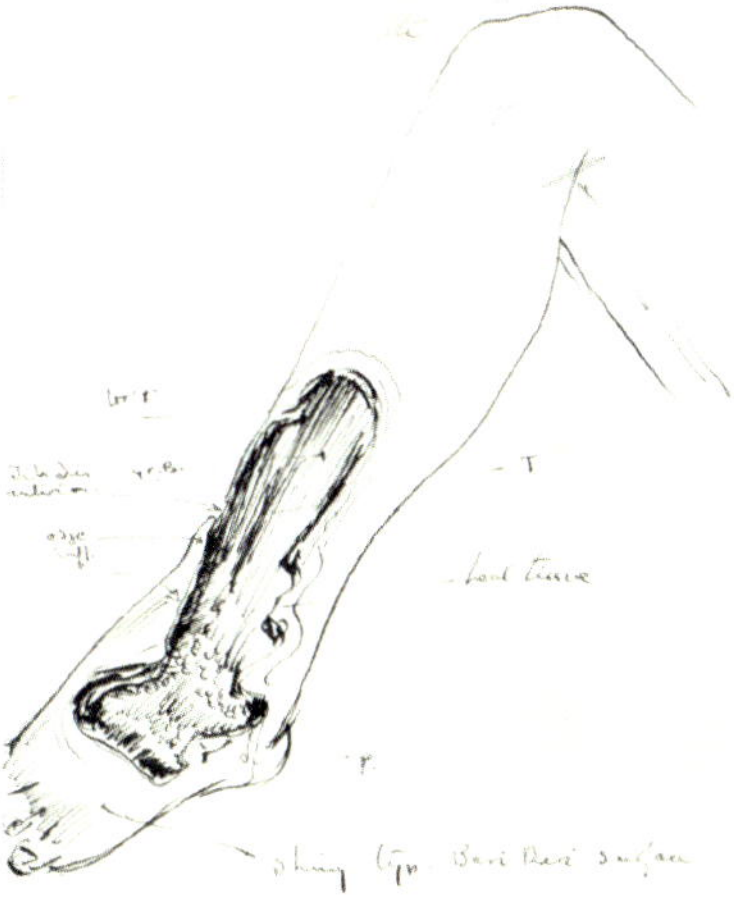

れて脇にどけられてしまっていた。われわれのように体を壊した人間にこのようなことが起こるのは前代未聞で、この不思議な出来事のニュースはすぐに小屋中に広まった。離れた場所にいたある患者が、ちょうどアヒルの卵を食べ終えると、寝ているオーストラリア人にそっと忍び寄り、大きくて斑点のある青い卵の殻を、元気な部分の先にかぶせた。その頃には、小屋中の患者たちが笑い転げていた。しかし一人の「信心深い」イギリス人だけは例外で、ベッドから起き上がって殻をどけてあげようとしていた。そのためにオーストラリア人は目を覚ましてしまい、この人物が彼の性器に干渉しようとしていると思い込んだので、怒って起き上がると強烈な一撃を加えた。そのため敬虔な男は竹のベッドから叩き落とされ、泥だらけの床に落ちたのだった。われわれは腹の皮がよじれるほど笑いが止まらず、この出来事は、数多い鉄道建設にまつわる愉快な伝説の一つに加わったのだった。

私と同じ砲兵隊出身のコックニーの砲手について悲しい話がある。彼は大きな赤い鼻をしていたため、「ビューグル」(bugle)〔鼻の意〕というあだ名で呼ばれていた。彼は脳マラリアを発症したのだが、この病気から回復する者はほとんどいなかった。譫妄《せんもう》状態になり、最期の5日間昼も夜も埋蔵された宝を探し続け、興奮して叫びながら、発掘の様子やこれから期待される発掘物について詳細に語るのだった。彼の病状は絶望的に重かったにもかかわらず、小屋を通り過ぎる者は誰もが、毎日の実況中継に興味を持つのだった。悲しいことに、彼は宝を見つける前に命を落としたが、彼が天国で宝を見つけることができるよう、われわれ全員が願ったのだった。

別の患者でスキリコーンという、背が高くやせ衰えていて親切な男がいた。彼はウォルターミティ〔空想にふけって自分を英雄に仕立てる人物〕のような生活を送り始めてしまい、それらしい音や身振りでときには開拓時代の西部のガンマンとして想像上の馬に乗ったり、またあるときは想像の世界でオートバイのエンジンをふかしていた。最初は彼が精神障害のあるふりをしているのかと思っていたが、残念ながら症状は本物だった。ある朝彼は脱走して、川を泳いで渡ると向こう岸にあるジャングルの中に消えたのだった。監視兵に捜し出され、西部のガンマンとして笑いながら戻ってきたが、裸で体は濡れており、想像上の45口径の銃を監視兵に撃ち続けたので、監視兵は当惑して動揺していた。この脱走事件ののち、収容所長は精神衰弱の患者のための特別な囲いを作るよう命令を下した。その後スキリコーンには翌年ナコーンパトム病院収容所で再会した。

自殺をする者は比較的少数だったが、病気の患者が、病因も不明なままなぜ自殺を図ったのかを推測することは、心をかき乱されることだった。鉄道建設現場で働くタミル人労働者の一部は、臨床的徴候として現れているより遥かに重い病気を自分が抱えていると確信してしまうと、精神的に打撃を受け、しばしば24時間以内に死去するのだった。このようなことが少数ではあるがヨーロッパ人の患者の間でも起きた証拠がある。ある夜、鼻をひどく骨折してしまい、手術を待っていると、脚の潰瘍から順調に回復しつつある患者が手術小屋の向こう側にいて、起き上がってベッドの上で前後に体を揺らし始め、もうすぐ死ぬとうめき続けた。私の隣にいたのは午後に脚の切断手術を受けたばかりでひどく具合が悪いオーストラリア人だった。彼は陽気で威勢のいい性格だったが、その患者の泣き言が1時間絶え間なく続いたのでうんざりして、ひじを使って体を起こすと、「兄弟、もし死ぬんだったらなるべく早く死んで、少しはおれを寝かせてくれ」と大声で叫んだのだった。その後1時間以内にうめき声を立てていた患者は死んでしまい、オーストラリア人は最後にあのような言葉をかけたことをとても後悔した。翌

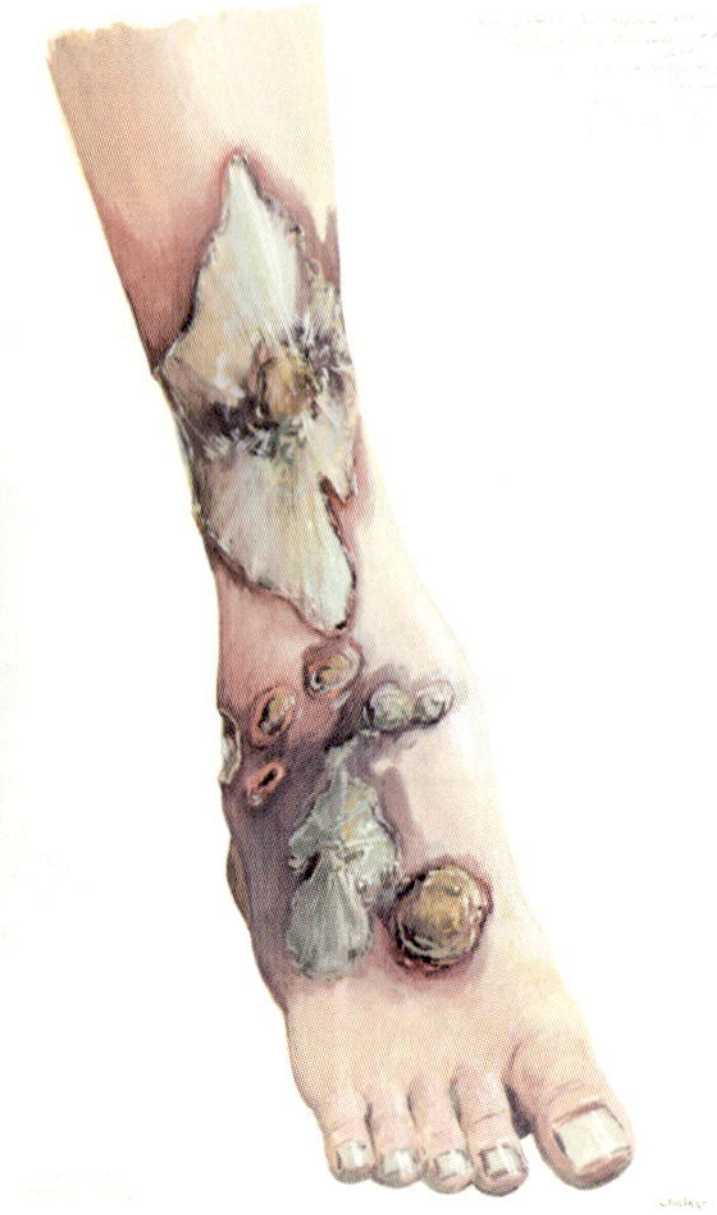

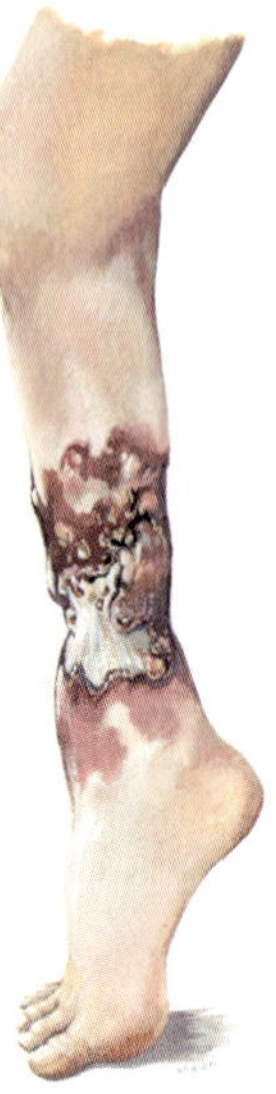

右上：移植のための植接用片が必要な典型的な重症潰瘍。激しい筋肉の収縮が見られる。チュンカイ、1943－44年。
左上：回復に向かう肉芽が出てきた熱帯性潰瘍。ナコーンパトム、1944年。
下：膝下応急移植の成功例。チュンカイ、1943年。

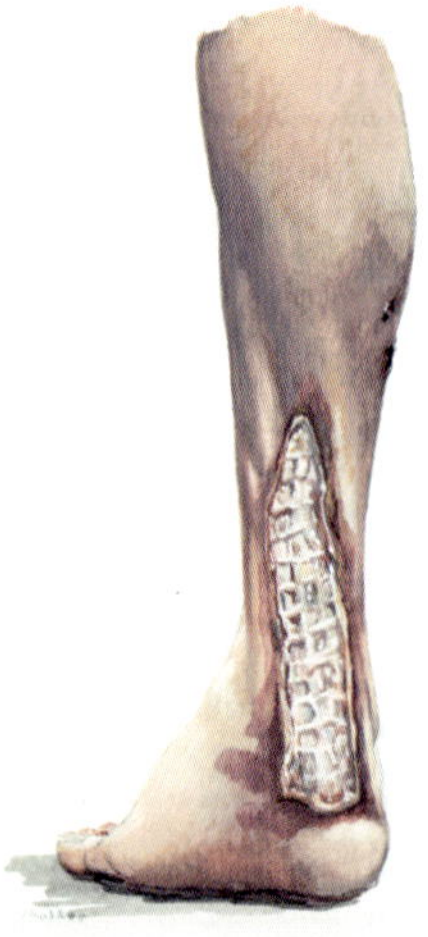

左に炊事棟、右は多数ある外科治療用の小屋の一つ。チュンカイ、1943年。

日検死解剖が行われたが、手術小屋の患者の中で、誰よりも肉体的に遥かに状態のよかったこの患者がなぜ死亡したか、もっともな理由は見つからなかった。

泰緬鉄道の完成

1943年10月17日、鉄道の両端がコンコイターで連結した。そこは263キロ〔起点からの距離〕北の地点で、25日に正式の開通式が行われた。とうとうバーンポーンからタンビュザヤまで全長450キロの鉄道が通り、これでバンコクからビルマのモールメインを経てラングーンを結ぶ長距離鉄道が開通したのである。完成は最終期限よりも2カ月早かった。このニュースはさまざまな監視兵によってわれわれに広められ、彼らはうなずきながら低いうめき声を出し、何度も「よくやった」と言いながら喜びを表していた。しかしながらこの事業を達成するために、どれほど人命が失われ、どれほど人びとが悲惨な状況に苦しんだであろうか。病気の捕虜と部分的に「回復した」だけの捕虜が、引き続き鉄道工事のためにまとまって北部に送り返されており、ひどく重症の患者が絶え間なく収容所に到着する状況は変わらず、その数が減ることはなかった。

10月の終わり頃、容姿が類人猿に似ていたことから「ゴリラ」のあだ名で呼ばれていた日本人の曹長が、コカブの例に倣って、肩と背中のマッサージを要求してきた。日本人宿舎で働いているイギリス人に、やせ細ってはいるがプロの重量挙げ選手がおり、彼と競争をして、ゴリラは患部を痛めたのだった。即席で作った重量挙げの道具を使用して、白いフンドシだけを身にまとい、低くうなりながら自分の無能力さに欲求不満で「バカヤロー」と叫ぶゴリラの姿は、仕事を終えたあとのわれわれを毎晩楽しませてくれた。細身の、熟練したイギリス人捕虜が、日本人の持ち上げることができない重さを嬉々として持ち上げ、これらの競争を大騒ぎしながら見ることは、よい気晴らしになったのだった。

その容姿にかかわらず、「ゴリラ」は凶暴な監視兵ではなく、捕虜に対して比較的親切な態度をとっていた。マッサージが始まるやいなや、彼はすぐに深い眠りに落ちることに気がついた。二度目に訪ねたとき、ベッドの下にヨードホルムの大きな瓶があるのを見つけた。これは非常に貴重で、ほとんど手に入れることのできない殺菌剤だったので、以後マッサージを行うときはマッチ箱に似た小さな箱を持参するようになった。彼が寝始めるやいなや、足を使ってベッドの下から瓶をそっと動かすと、片手でマッサージを続けながら、もう片方の手で瓶のふたを外し、貴重な透明の薬品をいくらか箱に移したのだった。8回以上のマッサージによって、潰瘍患者の小屋で使うための少量のたくわえを隠し持って逃げることができた。

当意即妙の生活

病院収容所では、以前より幅広い活動を行うための時間的余裕があった。たいていの商売の経験や技能を持つ人材が揃っていたので、収容所の作業場や、娯楽活動で大いに役立った。収容所には、時計職人やスズ細工職人、遺伝学者や薬剤師、馬具屋や皮なめし人、ヘビを捕まえる者や物語を話す者、俳優やかつら職人、仕立屋や芸術家、音楽家や作家、楽器製作者やあらゆる種類の専門家がいた。粗雑なタバコの葉が入手しやすくなったので、タバコの葉を巻くための紙を扱うことができた者は、自分の要求する値段をつけることが可能となり、収容所での生計が十分成り立つのだった。その一方、他人に誰彼

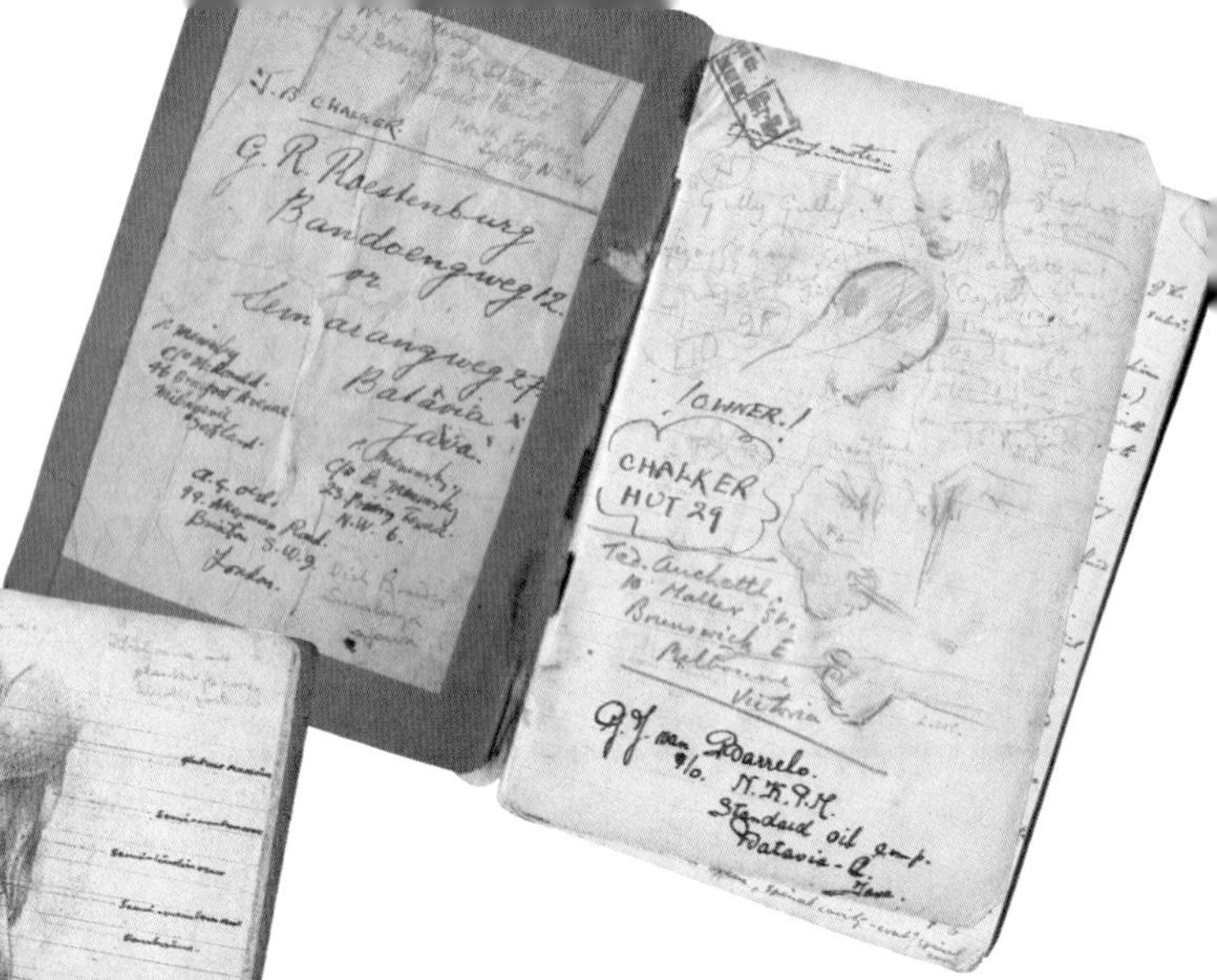

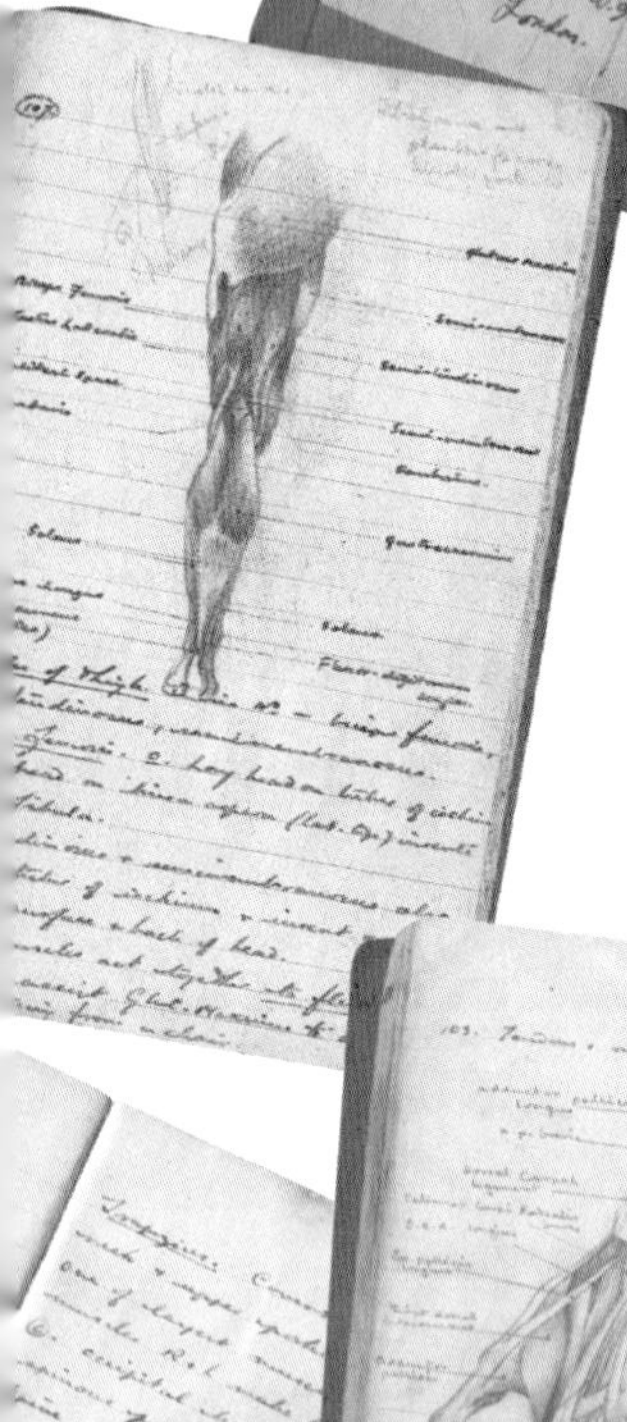
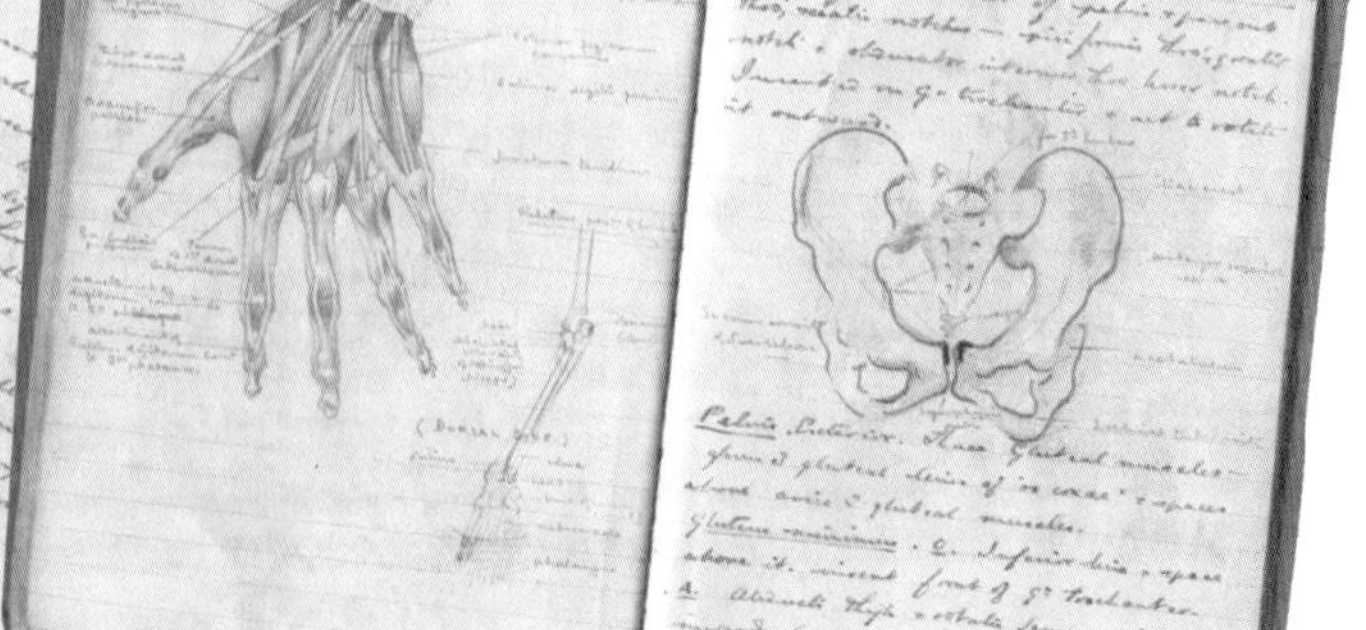
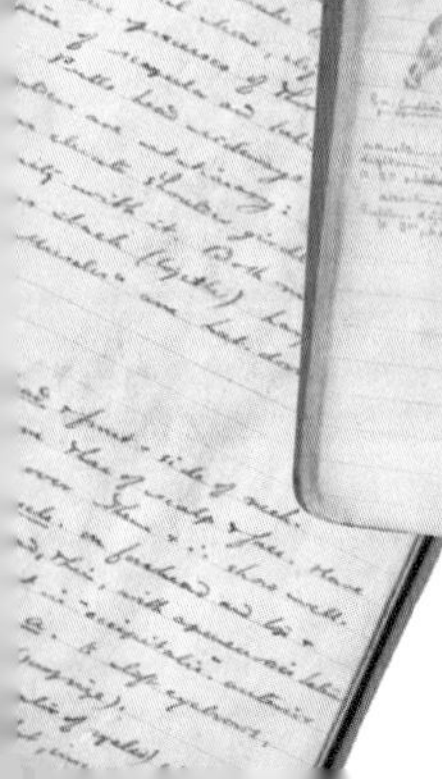

チュンカイ、続いてナコーンパトムでつけていた解剖メモ。チュンカイ、1943年。

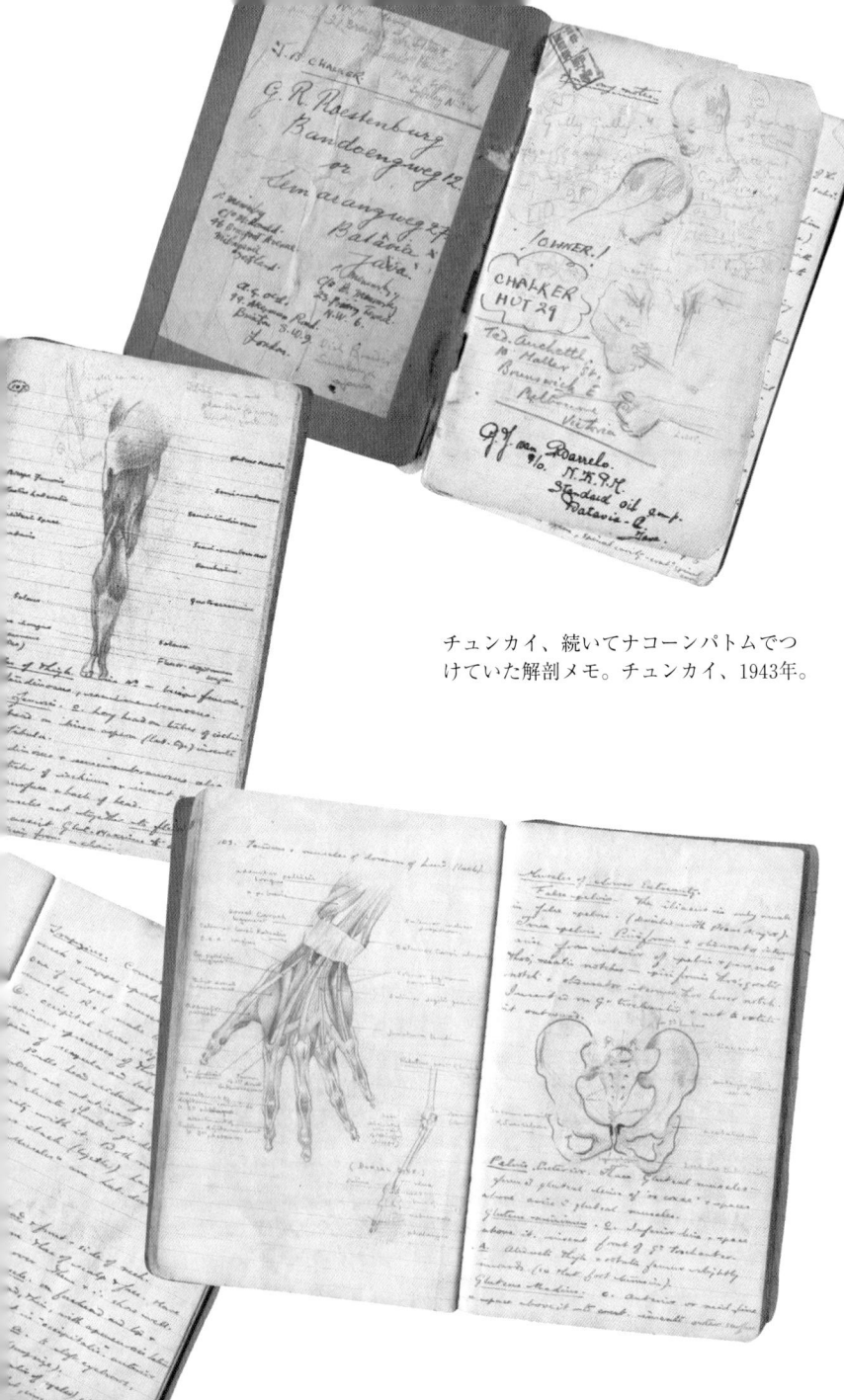

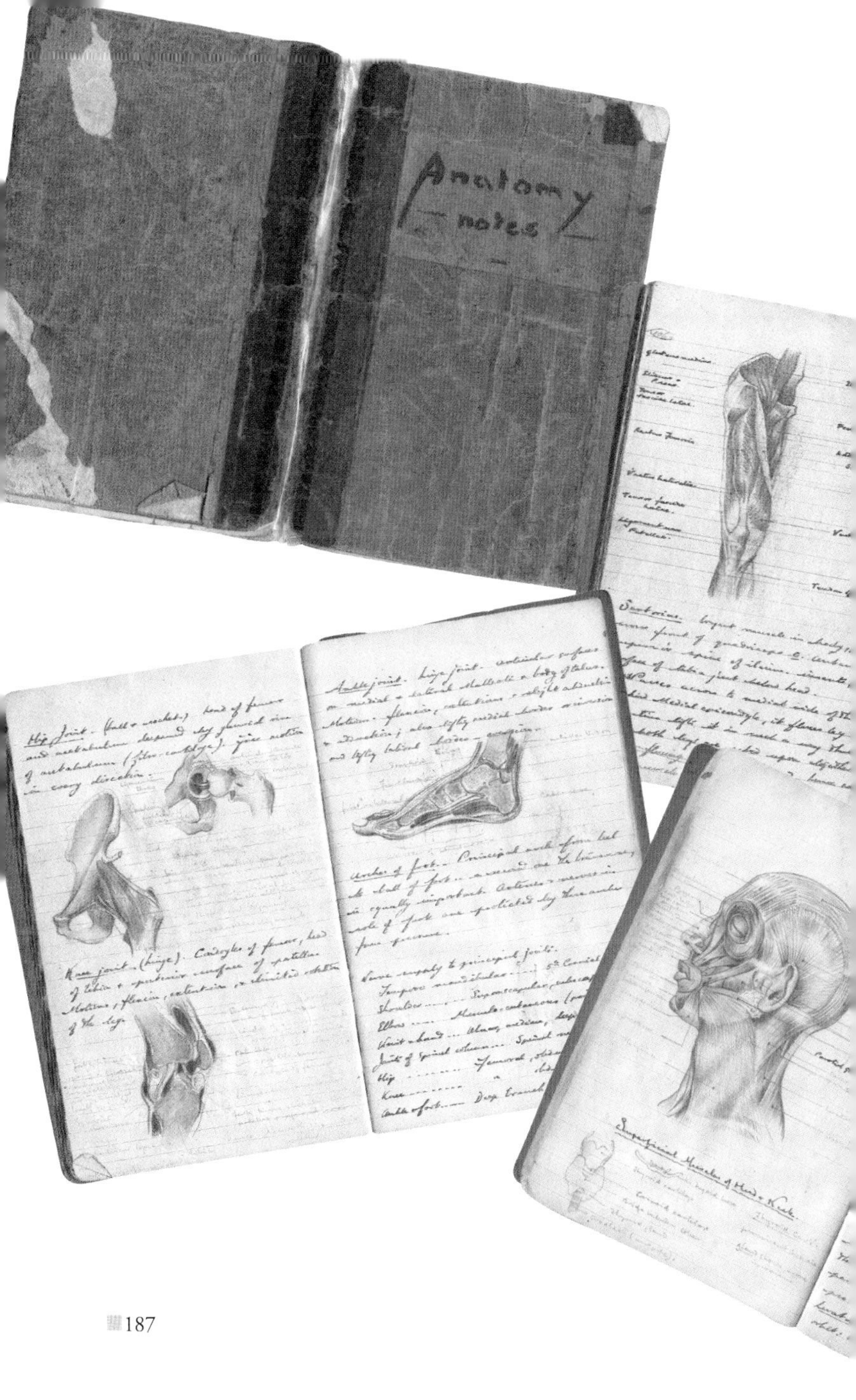
Anatomy
notes
Sartorius
Hip Joint
Ankle joint
Superficial Muscles of Head & Neck

かまわずに寄生して生きるような卑劣漢がいたのも仕方がなかった。

竹は、非常に役に立ち、用途の広い素材だということがわかった。密閉されていて空洞なため水に浮き、北部では多くのタイ人が竹で作ったいかだの上に家を建て、四季を通して川の上で暮らしていた。ジャングルの中では、竹は直径18センチまで大きくなり、節の部分で切断して、水を入れる容器や貯蔵容器として使えるのだった。竹に切り込みを入れて組み合わせることによって、家具から家まで何でも作ることが可能だった。竹の円筒形の節はかなりの強度があり、長い部分は縦に切り、内側の部分を取り除けば、山腹の小川から水を引くために使うことができた。つややかな外皮を剝くと、長くて薄い皮がとれたので、敷物や帽子を編んで作り、小さめな節を切ると、マグカップやランプ、おたまやナイフとフォーク、ほうきやその他の日用品の材料となった。竹と同じように、入手できる限りのブリキの缶や、針金や布地の一片や、どこかから持ち出したり盗んできた自動車のタイヤの小片や金属、釘などは大切にされ、貯蔵された。すべてのものが貴重であり、何も無駄にはしなかったのである。

私は「マルコ」と共に働いているときに自分が描いた絵を集め始め、「ウェアリー」ダンロップと共に働いてからは、そのコレクションがかなり増えた。それは、1944年にチュンカイにいた時期と、その後ナコーンパトムに移った時期のことだった。これらの記録をわれわれは何とか隠し通すことができた。しかしながら、監視兵から絵を隠すことはできても、自然界からやってくる敵には苦しめられた。一度や二度のことではなかったが、特に北部にいたとき、地中に埋めた竹筒の中にゴキブリが入り込み、繁殖して中の絵を食い荒らしてしまったので、絵は自動演奏ピアノ用の穴あき楽譜の小片のようになってしまい、完全に台無しになった。その絵を何枚かは描き直したが、多くの絵は永久に失われてしまった。その後、シロアリがゴキブリに加わり、彼らは最大限の注意を払って密封した容器にも入り込んで、中身を食べてしまうのだった。別の隠し場所としてニッパヤシの葉で作った屋根があった。しかしネズミが屋根に隠した物を押しのけてしまう可能性があり、ときどき日本軍が屋根ふき材の中を検査する習慣があったので、隠し場所としては十分安全とはいえなかった。

「勉強会」を開く

1943年の終わり頃、チュンカイで新しい所長のサイトウさんが「スケッチのできる者」を要求し、彼の元に出頭するよう私が命令を受けた。サイトウさんは分別のある人物でコカブほど恐ろしくはなかったが、彼の命令には従わなくてはならなかった。彼は私に日本軍の葉書の束を手渡すと、タイの人びとと風景についての小さな水彩画を描くように命じた。私はこの仕事をするために絵の具と絵筆が必要であると主張したので、数日のうちにサイトウさんから日本の毛筆と、ほとんど使用に適さないタイ製の小さな安物の絵の具の箱を手渡された。しかしながら、監視兵に絵画の道具が見つかったときに、この小さな贈り物を利用すれば言い訳が立つのだった。一日に20枚の絵を描くように命令され、もし用意できない場合は殴られて「ノーグッドハウス」〔懲罰小屋〕に幽閉されると脅されて、数週間疲れながらも仕事をこなしたのだった。これは不安に駆られる長丁場の仕事で、たいてい夜に、竹のランプで燃えるココナッツオイルの小さな灯心の明かりの下で行った。サイトウさんはこれらの絵を同僚の将校たちに配り、彼らはそれを日本にいる家族の元へ送ったのだった。この骨折り仕事の報酬として盗品である赤十字の小さな缶入りチーズが渡されただけであったが、終わったときには心底ほっとした。

上：著者の過ごした「マラリア棟」からの風景。
下：病棟近くの小さな炊事場所、日没時の様子。
ともにチュンカイ、1943年。

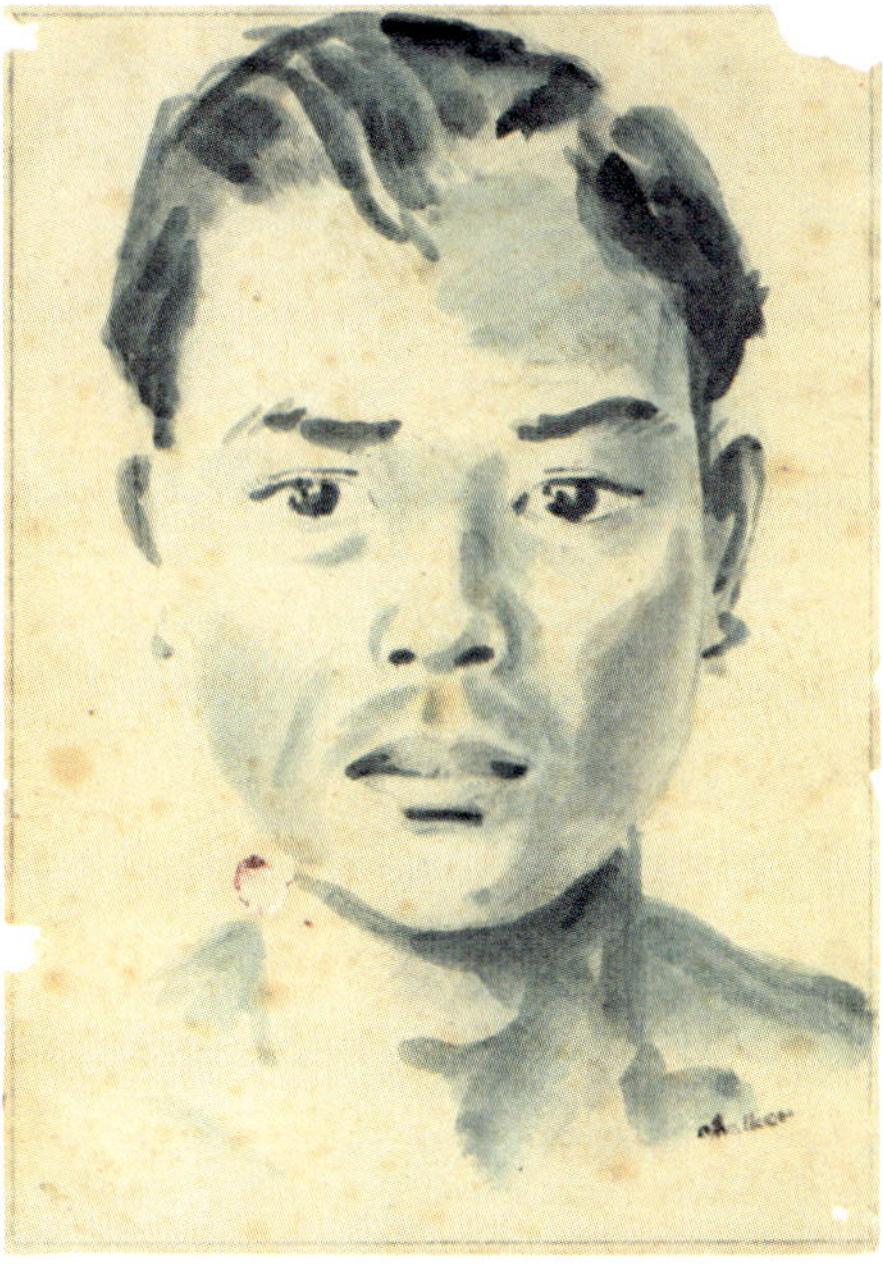

上：劇場。
下：蘭印アンボン出身のユーラシアンの捕虜。
ともにナコーンパトム、1944年。

チュンカイではさらに多くの勉強会が作られ、フランス語やドイツ語、オランダ語の授業が行われた。その他にもさまざまな分野の授業があり、例えば博物学やスキー術、ギリシャ神話やクリケット、チェスや、インド、インドネシアの舞曲形式、生理学、解剖学や絵画、パン・菓子類の製造などについての講義が行われた。友人の中には、コックニーで壁や屋根を伝って忍び込む泥棒の男がいた。さしずめ現代版のロビン・フッドといったところで、自分の職業についてとても愉快に説明してくれた。彼は小柄で物静かだが、とても勇敢で親切な人物で、しばしば命の危険にさらされながら金網を越えて出ていき、タイ人や中国人と接触して、物の売り買いをしたのだった。危険な脱出をしたあとに収容所に戻ってくると、やっと手に入れた食糧のほとんどを、重病人や死に瀕している患者に分け与えたのだった。この目立って勇敢で親切だった男のことは、親愛の情を込めて思い出される。

トランプゲームの会はあいかわらず盛況で、どこかからせしめてきた厚紙にインクと絵の具で絵を描き、ロウソクの蠟《ろう》を塗って新しいトランプのカードが作られた。音楽家たちはかき集めた紙の切れ端を使って楽譜を作り、楽団を結成し始めた。ジャワで指折りのギター奏者であるオランダ系ジャワ人がおり、何とかギターを持ってくることに成功し、われわれに美しい音楽を聞かせてくれた。あるイギリス人捕虜はバイオリンを持っており、別のイギリス人はトランペットを持っていて、両方とも鉄道建設の収容所から持ち帰ったものだった。別のヨーロッパ系インドネシア人に、廃品材料からギターを作り出す特別な能力の持ち主がいて、動物の内臓を使ったり、盗んできた針金を弦代わりにして楽器を作り、素晴らしい伝統的なジャワの音楽を聴かせてくれた。音楽グループの別のメンバーは、お茶用の古い大きな箱やチーク材の小片を使って、調律用の糸巻きを備えたコントラバスやドラムセットを作り上げた。

短期間のうちに、オーケストラが結成されて、イギリス人の素晴らしい音楽家であるノーマン・スミス大尉が指揮した。これらの才能ある独創的な音楽家たちは、クラシックの交響曲からポピュラー音楽まで多岐にわたる演奏を行い、その音楽を通して大勢の捕虜たちに大きな喜びと希望を与えてくれた。楽団員の中からジャズを演奏するグループが現れ、素晴らしい演奏をしてくれた。とても楽しく、士気を高めてくれたので大歓迎された。

二度目のクリスマス

1943年の年末頃、チュンカイに劇場を作って、より正式なコンサートを開催する許可を日本軍から与えられた。収容所では、川のそばに自然にできた浅い盆地があり、そこが大きな観客席になった。オーケストラ席を正面に備えた舞台が土を盛って作られ、竹とニッパヤシの葉を使って大きなプロセニアム〔前舞台〕が建てられた。その裏手には、竹とニッパヤシの葉の屋根に覆われた舞台袖と楽屋が作られた。コンサートが開催される夜は、やせ衰えた観客たちが、ほこりっぽい盆地状の客席に大勢で座ったり横たわったりしており、それは心を打つ光景だった。日本軍の収容所長や多くの監視兵たちが常に出席し、彼らのために特別席を確保しなくてはならなかったけれど。

余った布の切れ端や古い蚊帳を使って衣装を作り上げる必要があった。上演する劇や音楽の内容は、作り出したり記憶を元に古い紙に書き起こしたりしたものだった。

「フィザー」ピアソンはカンユーからこの収容所に移動しており、彼の湧き出るようなユーモアのセンスは劇場の演出に大きな役割を果たした。同じ連隊出身の友人であるアンコーンは、マジックサークル

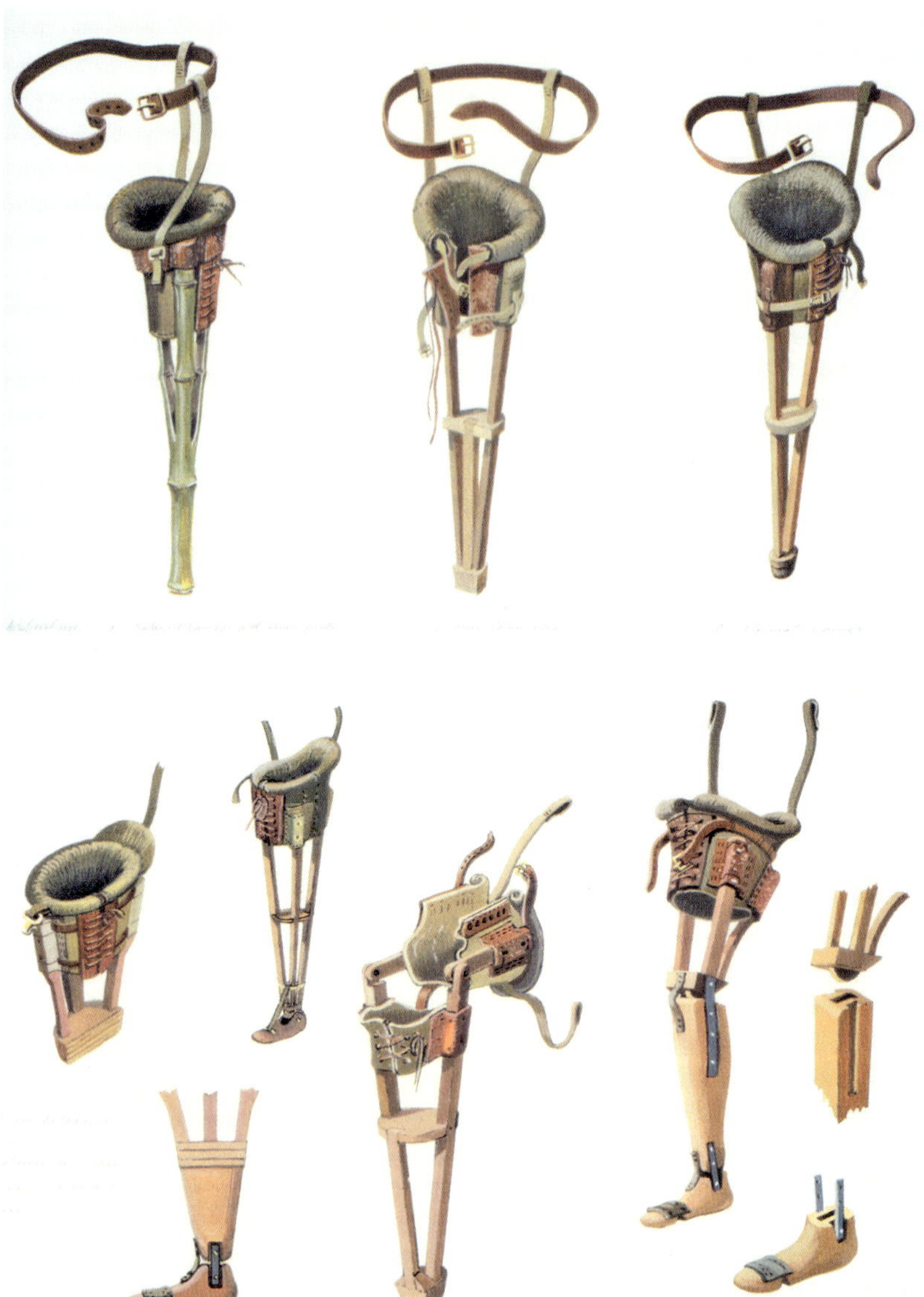

義肢。「切断」患者たちにより、1943年に初めてチュンカイで作られ、その後、1944－45年までナコーンパトムで作られた。この絵は大まかに収容所で描いたメモを元に、バンコクで1945年に仕上げた。

収容所で配給されたノートを使用。義肢などの補助具の仕組み。木、牛皮、バケツを用いてカポックを詰めた。大腿骨を切断した患者のために初めて作られた義肢。ナコーンパトム、1944年。

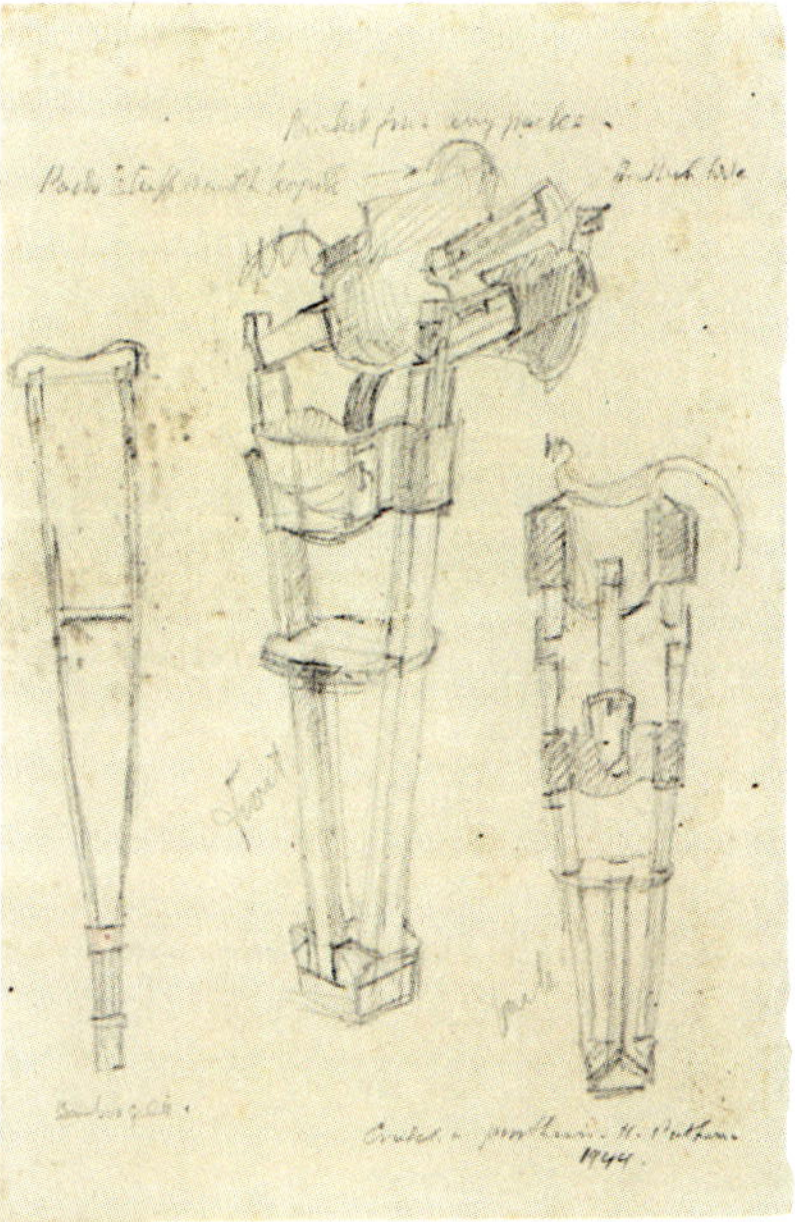

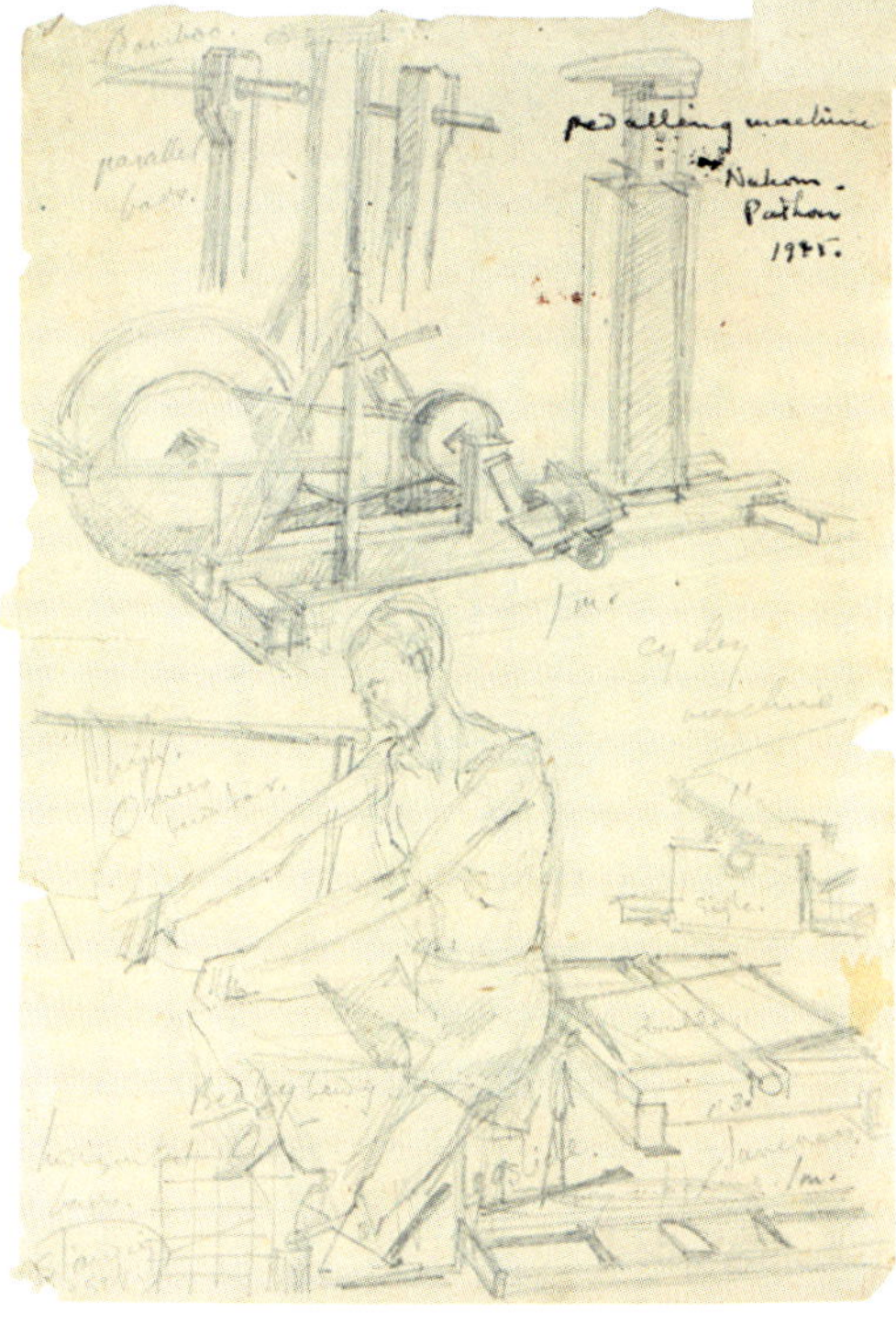

理学療法用器具。ナコーンパトム、1945年。

〔ロンドンにある奇術師・手品師の協会〕の最年少のメンバーで、傑出した手品師だった。チュンカイで、彼は素晴らしい娯楽を提供してくれるだけではなく、禁止されている行為を行っている最中に、監視兵の注意をそらすことができたという面でも、最も価値のある長所を持ち合わせていた。彼は「手品師」として日本軍にも腕前を披露するよう要求され、最後の2年間、われわれと日本軍の双方に絶え間なく娯楽を提供してくれた。戯作やさまざまなショー、戯曲が編み出されるか記憶を頼りに書き起こされ、演劇に関する人材には事欠かなかった。コンサートを開催する許可が下りるかは所長の気まぐれ次第で、全体的に見るとまずまず定期的に開催され、われわれの生活にとって必要不可欠な役割を果たしていた。

捕虜になって二度目のクリスマスが間もなく訪れようとしていた。この公式の休みには、われわれが望むようなやり方で祝祭を行う機会が与えられた。演劇グループと収容所のオーケストラのメンバーは、さまざまな見せ物や音楽を上演するため、特に奮闘したのだった。多大な作業やリハーサル、準備が必要で、収容所の誰もが心待ちにしている特別な行事だった。クリスマスイブには賛美歌やその他の歌が歌われ、動くことのできない患者のために、病人の小屋でオーケストラが演奏を行った。料理人は、小さいが目に見える程度の大きさの肉や炒めた米、パームシュガーなどを使い、米を主な材料にしてさらに変化に富んだ料理を作り出し、米でできた「クリスマス・プディング」も出してくれた。これらの料理に、売店で買ったささやかなぜいたく品であるタピオカのビスケットやバナナ、ピーナッツなどを加えた。収容所のオーケストラと演劇グループは素晴らしい出し物を上演してくれ、われわれは喜びに満ちたこの日の思い出を忘れることがないだろうと感じた。悲しいことであったが、前回のクリスマスと同じように、らっぱ手は翌日も「埋葬らっぱ」を吹き続け、広大な墓所にさらに多くの十字架が立てられた。

1年前に北部にいたときと同じように、大みそかを祝うことが許可され、消灯後の深夜に起きたある出来事のおかげで、われわれの一部にとってその夜は忘れられないものとなった。カナダ人の捕虜が、収容所にひそかに持ち込まれた違法の日本酒を手に入れ、ひどく酔っ払ってしまった。彼は自分が日本兵たちを軽蔑していることをはっきり示すために、衛兵所に小便をするつもりであると宣言した。それは控えめに言っても非常に危険な行為であり、それに加えて禁止されているアルコールを飲んだ事実も発覚してしまうのである。われわれは何とかして止めようとしたが、彼はわれわれを振りほどき、衛兵所に近づくと、監視兵に対して大げさな、芝居じみたおじぎをすると、衛兵所の側面に小便をし始めた。監視兵は彼をいさめたが、いつものように彼を殴るかわりに収容所の向こう側にあるラトリーンを指差し、カナダ人は衛兵所こそ便所にふさわしい場所であると言い張ったので、二人はそれぞれ違う方向を指差しながら、活発なやりとりを続けたのだった。二人がやりとりを続ける間もカナダ人は小屋の側面に小便をし続け、他の監視兵たちが出てきて別の忠告を行った。とうとう彼が多量の排泄を済ませたあとに、監視兵は数回平手打ちを加え、「バカヤロー」と言って彼を追い払ったのだった。再び監視兵に大げさな馬鹿げたおじぎをしたあと、勝ち誇った小便男は笑いながら小屋に戻ってきた。不思議なことに、監視兵もまたこの出来事を愉快に思ったらしく、おそらく新年を祝う行事の一部であると受け止めていたようだった。これは馬鹿げているが愉快な振舞いであり、彼が無傷で戻ってきたことを喜んだ。われわれの一部にとって、少なくとも1944年は笑いと共に始まったのだった。

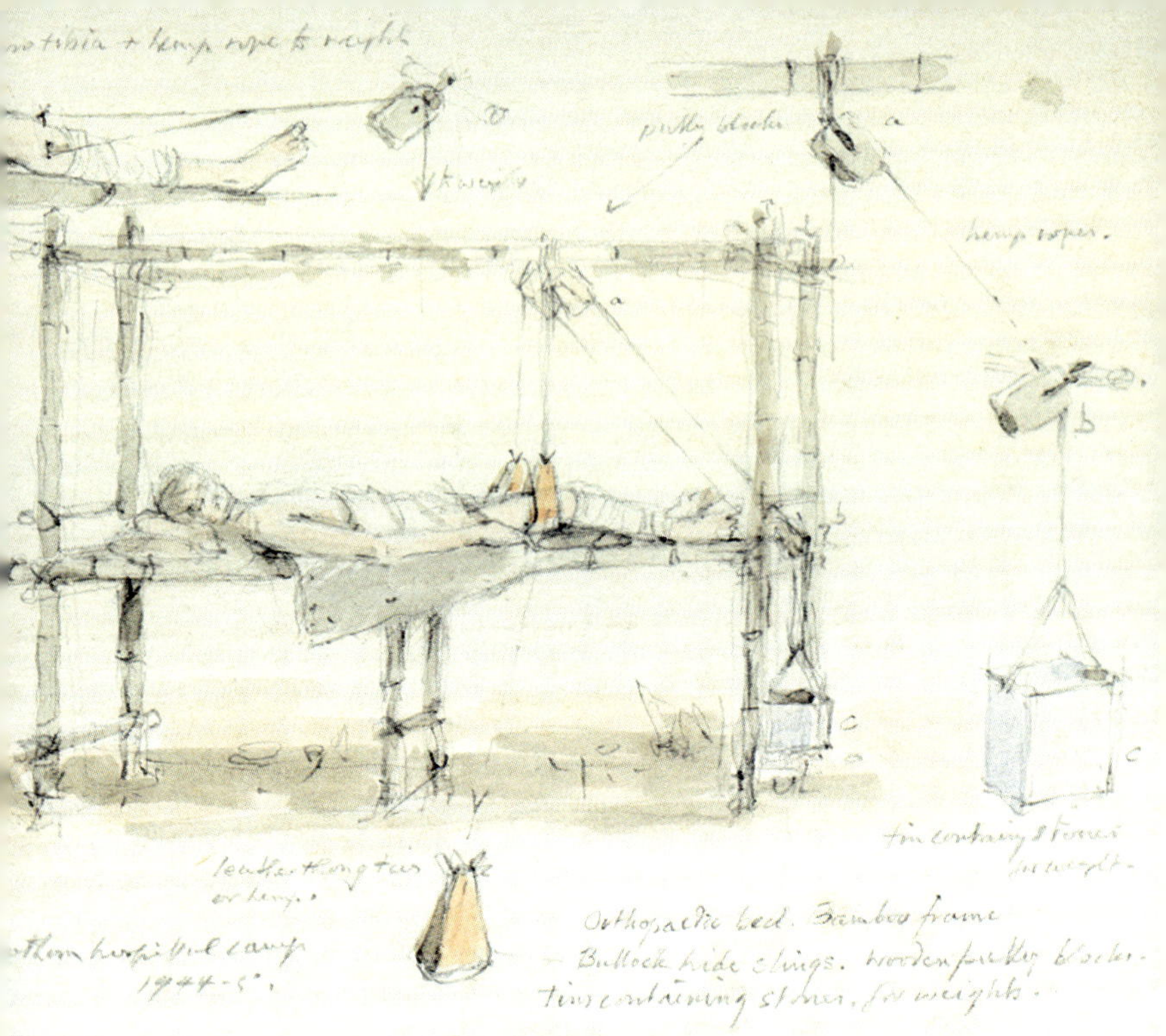

収容所で配給されたノートを使用。牽引用の重りと滑車のついた整形外科用寝台。目の粗い麻のひもと牛皮でできた吊り包帯。13センチほどの釘を脛骨に入れることが、足の牽引に効果的だった。ナコーンパトム、1944－45年。

施薬所。米とイーストをタイ製の壺の中で発酵させている。後方には盗んできたコンデンスミルクの缶でできた蒸留酒製造器具。この独創的な器具を用い、濃度90%アルコールを造り出し、潰瘍や傷口を消毒した。消毒液はこれ以外に手に入らなかった。外科手術に必要な縫合用の糸は、動物の上質の腹腔膜や綿糸、パラシュートのひもなどを代用し、煮沸のあと、アルコールにつけて保存した。ナコーンパトム、1945年。

ダンロップ大佐

1月17日、非常に喜ばしいことに、ウェアリー・ダンロップ大佐が上級軍医の職を引き継ぐためチュンカイに到着した。彼は行動力があり、外科手術の技能や組織運営の能力が高いことと相俟《あいま》って、常に変わらぬ思いやりを持ち快活であるということが、われわれにもすぐに感じられた。マルコと共に、われわれは二人の特別優れた医師から手当てを受けられることになり、直《ただ》ちに士気が高まった。短時間のうちに、必要とされていた各種の改善がなされ始めた。収容所と病棟の衛生や医療活動、日々の食事や追加の食糧を買うための収容所の財源、設備や薬剤などがすぐに改善されたのだった。

これも1月の出来事だったが、別の小屋に移ると、竹のベッドで再びオーストラリア人と隣り合わせになった。私が外科手術の記録をつけているのを見ると、彼は絵の具を持っていると言い出した。驚いたことに、背負い袋から、12色のチューブ入りのウィンザー&ニュートン社製の、未使用の水彩絵の具セットの箱を取り出した。このオーストラリア人は画家ではなく、絵の具を使うつもりがまったくなかったことを考えると、これは二重の驚きだった。彼はシンガポールでこの絵の具セットの箱を見つけ、さしたる理由もなく北部の鉄道建設収容所に持っていき、病気になったために再び持ち歩いてチュンカイに来たのだった。私は直ちにこの絵の具を、いくつかのアヒルの卵と1カ月間まるまるの「稼ぎ」と交換したので、絶好のタイミングで想像だにしえなかった素晴らしい絵の具を所有することができた。

問題は、どうやってこの絵の具を隠すかであった。ブリキの箱を別の用途に使うために片付け、最初は小さなチューブを背負い袋の横ポケットの二重になった部分に隠そうとした。次の持ち物検査のときに絵の具が発覚することは避けられた。しかしポケットに重みが加わったことと、絵の具のチューブが押しつぶされたことが重なり、外から見てはっきりわかるようになってしまった。そのため、絵の具を竹筒に入れて地中に埋める必要があったので、出し入れがしにくく、その後絵の具を使うことができなかった。あとで何とかそのうちの2本を取り出すことに成功し、前から少しだけ所持していた絵の具と共に持ち続けることができたので、とても役に立った。

故郷からの便り

3月初めに手紙が届いた。量が少なくほとんどが18カ月も前のものであったが、家族とのつながりを与えられ元気づけられた。不運にも、悪趣味な冗談か何かのように、所得税の通知を受け取った捕虜がおり、怒るのも無理なかった。ほとんどの場合、手紙によってなぐさめられたり勇気づけられたりした。だが中には家が空襲に遭って死傷者が出たことや、妻が別の恋人を見つけたなどの、家族にまつわる悲劇的なニュースを伝える手紙もあった。しかしながら、意外な展開もあった。ある捕虜は自分の妻が彼の元から去ったことを知ったのだが、前々から妻をひどく嫌っていたので、このニュースに大喜びであった。彼は大いに気力を取り戻し、健康状態まで回復して、のちに小さな「パーティ」を開いてこの出来事を祝ったのだった。

連合軍の航空機が断続的に上空を飛行するようになり、3月初めには、航空機からの襲撃の間に対空砲火の音が下流から聞こえてきた。それはターマカーム橋に向けられたものではないかと推測された〔ターマカームはカーンチャナブリーの外れにある交通の要衝。メークローン川とクウェーノーイ川の合流地点付近〕。

手術室。ナコーンパトム、1945年。

ナコーンパトム、1944－45年。

爆撃は著しく増加しており、われわれはその様子と、日本人が落ち着きをなくす様を見て元気づけられた。6月初めに、バンコクから64キロ北にできたナコーンパトムの新しい大規模の病院収容所に重病人を移送することがわかった。その収容所は、チュンカイより状況が改善されているとのうわさだった。捕虜は適当にグループ分けされて、われわれは持ち物を集めて移動に向けて準備を整えた。私は竹筒に隠して地中に埋めていた絵を取り出すと、貴重な絵の具の蓄えと一緒に背負い袋の二重底に詰め込んだ。外科患者の記録をウェアリーのためにつけており、彼はその一部をベッド回りで使っている小さな机の天板の隠し場所に入れて、持っていってくれることになっていた。大いに喜びかつ安堵したことに、ウェアリーもわれわれと一緒に移動することになった。われわれは新たな希望を胸に抱いて環境の変化を心待ちにしたのだった。

第6章 1944年6月―1945年8月 ナコーンパトム「病院」収容所

ナコーンパトムへ

1944年6月半ばにチュンカイを出発してナコーンパトムに向かい、すでにオーブンの庫内のように熱くなったおなじみの鋼鉄製の箱型トラックに詰め込まれた。ガタガタ揺れるトラックに乗ってメークローン川を渡り南方に進み、とうとうバーンポーンの東にあるノーンプラードゥクの広大な鉄道操車場に到着した。ここで夜を迎えることになったのだ。われわれはトラックから降りることを許可され、最初は積み上げられた枕木の上に寝転がって、話をしたり周囲の物音に耳を傾けたりしていた。それは空が澄んでいて星が見える夜だったが、11時頃に偵察機がこの地域を旋回すると同時に、日本軍の空襲警報がかん高い音を立てた。鉄道の操車場は明らかに標的であり、われわれはそのど真ん中にいたのである。

夜間に病人の多くはトラックの中に再び担ぎ込まれ、われわれはトラックの下にもぐり込み、戸外の空気を吸いながら地面や枕木の上に寝転がった。モンスーンはすでに始まっており、再びずぶ濡れにな

ナコーンパトムで銃剣訓練をする
日本兵と朝鮮人監視員。収容所の
メモを元に戦後描かれた油絵。

ナコーンパトムで銃剣訓練をする日本人と朝鮮人監視員。チーク材でできたライフルと分厚い紙張子甲冑。1945年。

るつもりはなかったのだ。思い出されるのは、居心地の悪い枕木の上に横たわりながら、隣にいた若いサフォーク〔イングランド東部の州〕の農家のピーター・クラークと、馬や獣医の診療について語り合い、イギリスの田園地方について感傷的な思い出にふけったことである。クラークは脚に厄介な熱帯性侵食潰瘍《かいよう》を患っていてひどい痛みを抱えていたが、二人ともこの数時間のことを、不思議に快い思い出として記憶している。夜が明けるとすぐにトラックに戻り、次の宿泊地に向けて移動を続けた。われわれが操車場に留まったタイミングはとても幸運であった。というのも、2日後に激しい空襲があり、近隣の労働収容所にいた多数の捕虜が死傷したからである。空襲の間、日本軍の曹長が、身の危険が迫っていたにもかかわらず、燃えさかる小屋に何度も出入りして、負傷した捕虜を引きずり出して運んだという話である。これもまた、日本人の不思議に矛盾した行為の一例である。われわれが到着したあとすぐに、ナコーンパトムにひどく負傷した患者が運び込まれた。

「病院」収容所にて

この収容所は、1万人の重病人を収容するため特別に建てられたのだった。長く続く小屋は木で作られ、ニッパヤシの葉で屋根がふかれていた。広大な敷地内にはさまざまな木が生えており、ココヤシやパルミラヤシ、マンゴーやザボン、プルメリアなどがあった。それぞれの小屋の周りにはマラリア予防のための排水溝が掘られ、ラトリーンの穴はコンクリート製だったので、モンスーンの最中に崩れ落ちる心配もなくなった。

宿営地から7キロほど先に、大きな仏教寺院の丸屋根が見えたが、それは巨大なハンドベルを逆さにして柄《え》を上にしたような形をしていた。寺院の丸屋根と尖塔は、オレンジ色と黄金色のタイルで覆われ、長いヤシの葉が丸屋根を覆うように垂れ下がっていて、中途半端にカムフラージュしているように見えた。この不思議で素晴らしい寺院は、われわれにとって文化的な存在の象徴になり、もっと近くで見てみたいと強く思った。

クウェーノーイ川から離れてみて、川がとても便利であったことを懐かしく思い出した。例えば仕事が終わったあとに水浴びをしたり、すぐに水を汲むことができたし、舟や人びとが行き交《か》っていた。特にジャングルの美しさを恋しく思った。熱帯雨林に覆われた山々の尾根が広大に広がる風景や、テナガザル、象、鮮やかな青色のカワセミ、ラケット状の尾を持つオウチュウの曲芸飛行や、ジャングルから聞こえてくる音すべてが、常に好奇心を刺激して喜びを与えてくれていたことが、われわれが暮らしている悲惨な状況を埋め合わせる助けとなっていたのだ。

ナコーンパトムの収容所は設立されてからしばらく経っており、すでに北部の収容所から送られた病人を受け入れていた。イギリス人将校の指揮下にあり、もっと以前から徹底的に状況の改善を要していた。相当な困難と反対に遭いながら、軍医のウェアリーは、差し迫って必要とされていた組織と業務の改善という非常に骨の折れる仕事に再び着手した。そして彼は固い決意と駆け引きの上手さ、たゆみない活動力によって、この仕事を成し遂《と》げたのだった。上級軍医は目下コーツ大佐で、彼はオーストラリア人の神経外科医であり、メルボルンでウェアリーの同僚だった人物である。このような二人の有能な医師に、マルコヴィッツやクランツ少佐、ヘーゼルドン少佐などの外科医が加わり、堂々とした外科チームが結成された。内科治療のほうは、イギリス軍医団のヴァーディ大尉と、オランダ軍医団のラルセ

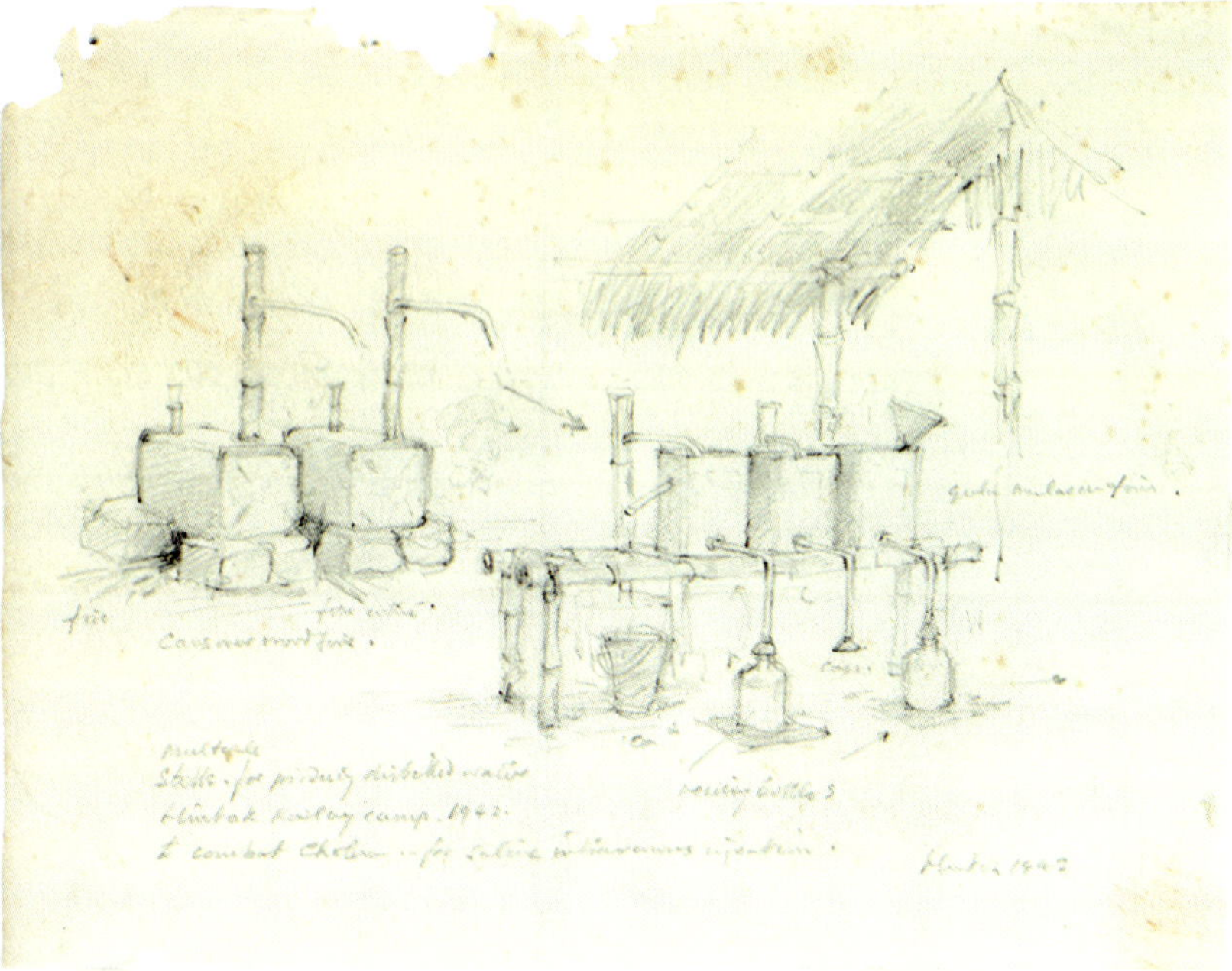

上：応急に作った並列式蒸留器。コレラ患者への点滴に必要な蒸留水を精製するため製作した。古いパームシュガーの缶、盗んできたパイプ、竹でできている。ヒントク、1943年。
下：「蒸留器」。コレラ患者への点滴に必要な蒸留水を作るため、ヒントクとチュンカイで用いられた。古いパームシュガーの缶と盗んできたパイプで作った。

ナイジェル・ライト。科学者、遺伝学者、役者であり、素晴らしい友人だった。チュンカイとナコーンパトム、1943－45年。

ウィム・カーン。オランダの偉大な俳優で、風刺的なユーモアあふれる劇作家。ナコーンパトムで戯曲5本をオランダ語と英語の両方で仕上げた。チュンカイ、1944－45年。

ン中佐の担当で、両者は熱帯医学の経験が豊富なかけがえのない内科医だった。医療品をいくらかチュンカイから運んできてはいたものの、配給は依然として惨めなほど不十分であり、以前にも増して即席で必要な物を作り出さなければならなかった。

創意と工夫の「医療行為」

大工や金属加工職人やあらゆる種類の職人たちが、ウェアン少佐とウッズ少佐の指揮の下、病院や収容所で日常的に使用するために、さまざまな種類の非常に有用な道具や備品を作り始めた。植皮のための工夫に富んだ四重針と共に、能率的な肋骨の切断機、脊椎《せきつい》針や注射器が考案された。ペダルで操作する歯科用ドリルを改良して、直径が1インチ〔2・5センチ〕程度の小さな円形の骨切断用のこを動かすための動力にした。それは、当初、脳腫瘍《のうしゆよう》を患うアメリカ人パイロットに開頭術を行うために開発されたものだった。骨用のニブラー〔切断用機器〕として抜歯《ばつし》鉗子《かんし》を使用しなくてはならず、古い家庭用ナイフをよく研《と》いで、数少ない通常の手術道具と並んで、依然として立派に使用していた。チュンカイのときと同じように、聴診器の管を、さまざまな種類の器具に使うゴムの連結部品に使用した。外科手術用の縫合《ほうごう》糸の代わりに、木綿糸や絹糸が使用された。その上、豚やスイギュウの腹膜を細長く切り取ったものを、煮沸《しやふつ》消毒したあと貴重なエーテル少量に浸けて、最後にヨードチンキを少量加えたアルコールに浸して、これも手術用縫合糸の材料とした。また、パラシュートのひもを回収して小さく引き裂いたものも縫合糸の材料として使用した。

熱帯性潰瘍に肉芽《にくが》が形成されると、広範囲にわたって赤く腫《は》れて剝《む》き出しになった組織を縫合するための植皮手術が行われた。これらの処置を行うには厳密な無菌状態が必要であり、収容所の非衛生的な状況下で多くの手術が成功したのは、処置に関わった人びとの功績である。直接輸血というマルコの救命方法は、ここで最大の効果を発揮した。それは献血者から集められた血液を、凝固が始まってから5分間木製の泡立て器で撹拌《かくはん》し続けて、何枚も重ねたガーゼで濾《こ》したあとに輸血される、脱繊維素血液を使った試みだった。この方法で、多くの輸血が実施されて成功を収めた。

ナコーンパトムで使用するために、整形外科用のベッドと調節可能な歯科治療用の椅子が新たに組み立てられ、収容所の作業場チームは不可能に思える仕事を成し遂げていた。より精巧な義肢が絶えず作り出され、脚を切断した患者たちの多くは、杖やその他の補助具なしに歩き回り始め、毎日少しずつ生活を楽しめるようになった。

収容所の調剤室を増設した小さな場所で、チャップマン軍曹とオランダ人の科学者が、米と酵母の培養菌を発生させ、二つの原始的な「蒸留器」（日本軍の監視兵が捨てたコンデンスミルクの缶を日本人居住地区から盗んできて作られた）を使って90度のアルコールを作り出した。それは外科手術のときにぜひとも必要なものだった。薬学の知識を用いて、花や植物から風味付けのための添加剤を抽出したり、リトマス試験紙用にペーハーを示すための色や、エッセンシャルオイルも抽出された。私の友人で遺伝学者のナイジェル・ライト（211ページ参照）が、この独創的な科学チームで重要な役割を果たしたのだった。

「体操」の強要

ナコーンパトム収容所では、動くことのできる患者のすべてと収容所員が、集合場所で形式ばった体

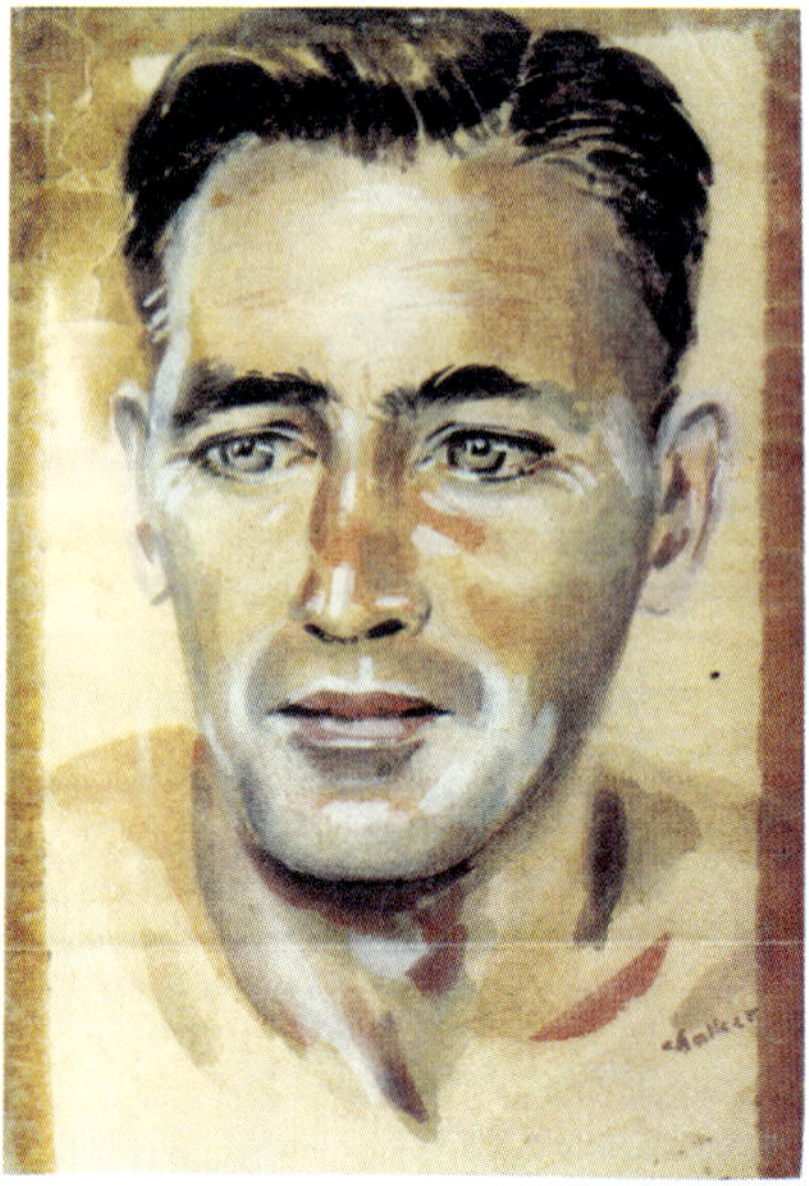

ダルシー・ウォルターズ。オーストラリア軍の砲兵隊員で、トランプ橋建設に従事。カンユー、1943年。

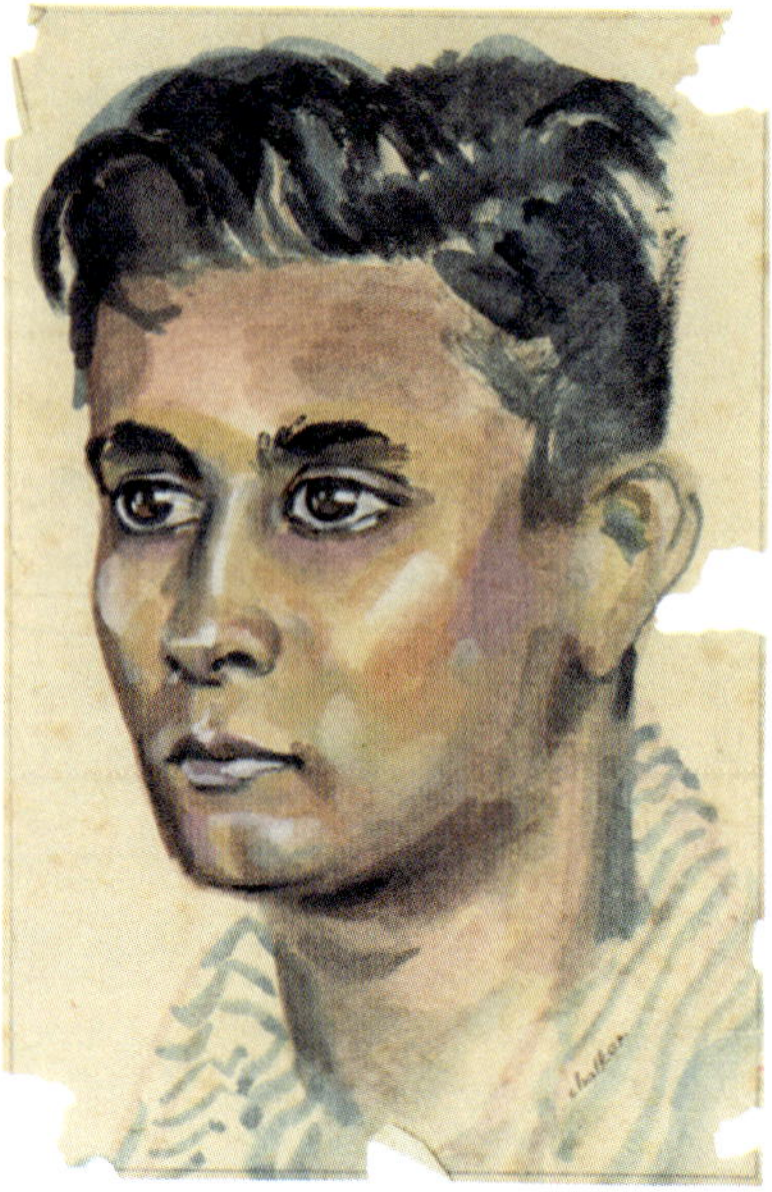

イギリス系インド人の医療看護人。チュンカイ、1943年。

竹で組み立てられた調節可能な歯科用の椅子、松葉杖ほか。ジャングルの収容所にて。

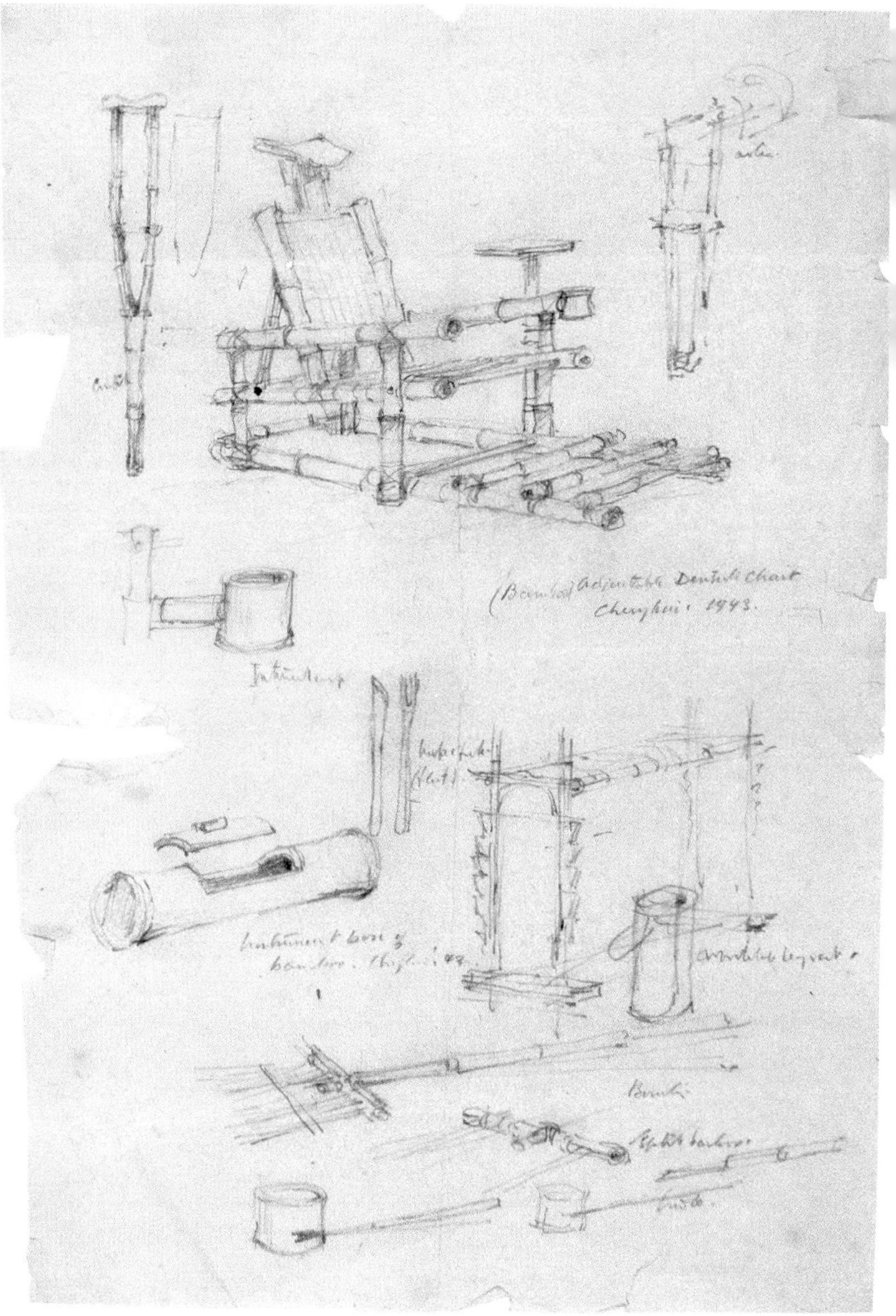

(Bamboo) Adjustable Dentist Chair
Chungking 1943.
Bamboo
Split bamboo

操に参加するよう日本軍から強要されていた。日本兵が竹製の高い壇上に立ってこれらの体操の指揮をとり、伴奏として収容所のオーケストラが日本の童謡を演奏した。うれしいことに、ときおりオーケストラは伴奏をグレン・ミラー風にして盛り上げてくれた。この体操はリズミカルで、考えながら行わなくてはならず、無理をせずにとても愉快に体が必要とする運動を行うことができたので、あらゆる面でイギリスの学校と軍隊で行われている「体操」よりも遥かに有益に思われた。私が患者の運動を担当していたとき、チュンカイで神経衰弱に罹《かか》り、ウォルターミティのように暮らしていたスキリコーンと再び付き合うようになった。他の多くの患者と共に、彼はナコーンパトムに移送され、収容所内に建てられて「厳重に閉められていた」小さな囲い地にいた。そこには小さな小屋とラトリーン、太い竹でできた高い柵に囲まれた運動場があった。理学療法マッサージのチームの一員である私の任務の一つは、この悲しい場所を訪れて、患者たちが何らかの運動を行うよう励ましたり、治療のための処置を行うことであった。スキリコーンは何かしらの喜びの感情を表すことができる唯一の患者で、運動を行う前に、私と一緒に毎日ラトリーンでかくれんぼをして遊んだものだった。その他の患者たちは大半がふさぎ込んでおり、黙って自分の殻に閉じこもり何時間も座ったままだった。ときには静かに涙を流し、しきりにぼろ布や古い毛布の切れ端を頭からかぶって、まるで老婆のように見えた。ここは不幸な場所だったので、スキリコーンの愉快な気質が、たとえ意図したものではなかったとしても、悲しみに沈んだ患者たちの気分転換になったことに感謝した。

　おそらく、タイで過ごした悲惨な年月の中で最も忘れられない大きなことは、捕虜たちが並外れて成果を上げたことである。それは、医師たちがめざましいリーダーシップと勇気を持ち、献身的で、すべてのランクの者が固い意志でさまざまな独創的能力を発揮したことと併せて、命がけで鉄条網を乗り越えて、必要な補給品を物々交換や盗みによって入手した勇敢な捕虜たちによって生み出されたのだった。捕虜たちは力を合わせることによって、いくら凶暴な日本軍にもコントロールできない、ある種の団結力を発揮して、生き残るための魔法を生じさせたのだった。

1944年7月までに、ナコーンパトム病院収容所では5000人以上の重病人を収容しており、翌月以降、その人数が8000人に増加した。

連合軍による空襲

われわれがこの収容所に来たときから連合軍による航空活動が着実に増加しており、しばしば頭上から爆撃機の音が聞こえ、ときおり遠くのほうで爆弾が投下される音を耳にした。爆撃はノーンプラードゥクにある操車場とターマカーム橋に集中して行われている様子だった。空襲警報は監視兵を動揺させ、彼らはサイレンが聞こえるたびに叫び声を上げながら、かき乱されたスズメバチのように駆けずり回った。

われわれの収容所は航空機から特定されていなかったが、ビルマやノーンプラードゥクの捕虜たちが死傷したことを思い出すと、不安であった。

しばしば監視兵の分隊は伝統的な戦闘用甲冑《かっちゅう》に似ている分厚い紙張子でできた甲冑を身に着け、大きなフェンシングの面をかぶり、午後の数時間にわたって精力的に銃剣の訓練を行っていた。ライフルの形に似せたチーク製の長い棒を使って、軍曹やその他の高官の監督の下、彼らは耳障りな叫び声を上げ

上、左：カンユー、チュンカイ及びナコーンパトムのスケッチメモ。1942－45年。

ナコーンパトム、1945年。

main guard room. M.P.
far distance
pile of sleepers
wood pile
grass.
entrance to P.O.W compound from main road
Nakorn Pathom 1944-5.
Base Hospital camp

ながら、互いに突進して突き合うのだった。その騒ぎが届く範囲にいる病人は、うるさくていらいらさせられたので、おそらく意図的ないやがらせだったのだろうと私には思われた。

内科や外科のスタッフの指導の下、理学療法ユニットはかなり拡大され、さらに多くの需要があり、収容所の作業場の協力を得て、精巧で効果的な理学療法の器具が生み出され始めた。この器具作りのために、病棟に加えて、小屋の一つにも小さなスペースが確保されるようになった。

収容所の「劇場」

チュンカイのときと同じく、広い集会場の一角に舞台を設置することが日本軍によって許可された。チュンカイの舞台のように背景が絵のごとく美しいわけではなかった。しかし構造はこちらのほうが洗練されていた。竹とニッパヤシの葉を使い、土を盛って作った高い演壇や、ちょっとしたオーケストラ席があり、楽屋や十分に広い舞台袖、竹製の幕や、盗んできた麻で作ったロープで操る「大道具操作場所」まで備え付けられた。

実に幸運だったことに、傑出した音楽家が何人もいて、再びノーマン・スミス大尉が率いており、その上優れた俳優やプロデューサーたちにも恵まれていた。プロデューサーの中で特に傑出していたのは、オランダ人のユーモア作家であり政治風刺家のウィム・カーン〔211ページ参照〕であった。いうなれば、国際的に有名な俳優で脚本家であるピーター・セラーズのオランダ版といったところである。彼はナコーンパトムで5本の脚本を書き、そのすべてが最初はオランダ語で、次は英語で上演された。私は光栄なことに、オランダ語版の2本の劇と、引き続き英語版の劇の舞台に立つ機会を得た。もう一人の素晴らしい俳優兼プロデューサーはマラヤからやってきたイギリス人遺伝学者のナイジェル・ライトで、彼はクアラ・ルンプルで最も成功を収めている劇団を指揮していた人物である。広い分野で才能を発揮している演劇人と音楽家を起用することができて、われわれは上演作品の制作を非常に心待ちにしていた。風刺劇やバラエティショー、演劇などが考案されたり記憶を元に書き起こされた。ひとたび配役について合意が形成されると、個々の脚本を余った紙の切れ端に書き写し、ときには一枚一枚の紙を綴じて小さな本を作ったりもした。通常リハーサルは仕事を終えたあと夜遅くに行われ、自発的に参加する人材には事欠かなかった。あるときには、一度に四つのショーのリハーサルを同時に行っていたことが思い出される。すべての脚本を日本軍の収容所長に提出して承認を得る必要があり、ショーが制作されるか中止になるかは所長の気分次第で、しばしば警告なしに中止の決定が告げられるのだった。

衣装や小道具には、捨てられた端切れがあれば何でも使い、医師が必要としなかった品々も使われた。竹やコプラのマット、ロープやひもの切れ端、蚊帳《かや》の小片や近くの木からとってきたカポック、色のついた紙や生地の切れ端、ヘビや動物の皮、羽や木材などすべてが貴重であった。軍の装備品の真鍮《しんちゅう》など、軟質金属の小さなかけらを打ち延ばして針を作り出し、ぼろきれから引き抜いて糸を作った。われわれの中にプロの仕立屋がいてとても役に立ったとはいえ、女性の洋服をデザインする専門家はいなかったので、女性のドレスに関するわれわれのおぼつかない記憶に頼らざるをえなかった。ウッドハウス〔イギリス生まれのアメリカの小説家〕の劇を上演することになり、二人の女性が下着姿で登場する場面が必要だったので、収容所中で尋ねたところ、二揃いのシルクの女性用コンビネーション肌着が出てきたのだった。持ち主たちは、彼らの記念品が返却されることと、彼らの名前は伏せたままにしておくことを、

クウェーノーイ川を見下ろす風景。
亜熱帯の熱帯雨林に覆われた、山がちな地帯である。1987年。著者撮影。

戦争日記。

貸し出しの条件にしたのだった！　粗雑に作られたブラジャーの詰め物としてカポックを使ったり、日本人から盗んできた未加工の麻を竹の櫛《くし》ですいて、蚊帳でできた縁なし帽に縫い付けてかつらに仕立てたりした。これらの小道具は、すすや木灰の混ぜもので色を付けたり、タピオカの「にかわ」を接着剤として混ぜ込んだ土色の泥を色付けに使った。われわれは何とか真面目な演劇からサーカスまで上演することに成功して、サーカスでは動物やピエロも登場したのだった。ナコーンパトムで書かれていた劇評のために、二人の人間が入って演じる象が竹のマットで作られ、木灰で色付けされてとても上手くでき上がった。昼興行の間に気温が華氏１００度〔摂氏約38度〕を超えてしまい、象の後ろ足が崩れ落ちたのは愉快な出来事だった。熱帯の暑さの中で昼興行を行うと、メーキャップやひげが落ちて道化芝居のようになってしまう場合があったものの、ショーの水準は目立って高く、捕虜たちの感覚を正常に保つ助けとなり、惨めな環境で気晴らしをもたらしていたので、われわれの生存にとって重要な役割を果たしていた。

メーキャップや衣装を着色するには、雨水を貯めるために収容所に作られた貯水池から掘り出されたさまざまな美しい粘土が使われた。赤褐色や灰色、鮮やかな黄色やほとんど黒に近い色の粘土を乾かし、粉状にして細かくすり潰した。この材料に、手に入る限りの動物の油脂や茹《ゆ》でたタピオカの根を加えて、布や竹のマット、蚊帳などに付けるための接着剤を作り出した。すすや焦がしたコルクはおなじみの代替物で、両方とも化粧箱に不可欠であった。チョークや衛生兵から許可された赤チンも一緒に使われていた。マンゴーやその他の木の樹皮の小片を茹でると、上手く焦げ茶色の染料を作り出すことができた。

収容所生活と人間

捕虜としての生活の中で、不断の勇気や他者への献身的な気配りなど、多くの傑出した行為が行われた点は素晴らしかったものの、やはりわれわれは通常の欠点や弱点を持つ普通の人間の見本でもあった。自己の利益への打算が伴った振舞いがあり、いくつかの事例では、打算が意図的な嫌悪すべき行為につながり、それは明るみにすべき類のものであった。

われわれの一部は、ある高位のイギリス人軍医が、同僚に気づかれないよう、病気の捕虜を北部の鉄道建設に派遣されるグループに入れた事件を決して忘れることができない。病気の捕虜が収容所の劇場で、俳優兼プロデューサーとして突出した才能を発揮していることへの嫉妬からだ。高官は自分を脚本家であると思い込んでいたようで、この温和で博学なイギリス人科学者であった捕虜に対してとった行動は不可解だった。この事実は犠牲者が私の友人であることを知っていた衛生兵によって発見され、次に私がその事実をオーストラリア人の上級軍医に報告すると、軍医は心を痛めて立腹し、すぐさま作業班のリストから病人の名前を外してくれた。この捕虜は多くの者より年上で、背中の腫瘍を切除する手術を待つ病気の患者であり、彼を北部に送り込むということは、間違いなく死を意味した。報告をした件で私は問題の高官に呼び出され、見境なく怒号を飛ばす様子から、彼が罪悪感を抱いていることが明らかだった。彼の行為を殺人に等しいと言うと、彼は私を上官への侮辱罪で告発すると答えた。私はもしこの収容所で生き残れた場合、この件を将来軍法会議にかけることを求めると返答し、彼の卑劣な行為を公式に調査する義務があると考えていることを伝えた。私を告発するという脅しに関しては二度と

TO ALL ALLIED PRISONERS OF WAR

THE JAPANESE FORCES HAVE SURRENDERED UNCONDITIONALLY AND THE WAR IS OVER

WE will get supplies to you as soon as is humanly possible and will make arrangements to get you out but, owing to the distances involved, it may be some time before we can achieve this.

YOU will help us and yourselves if you act as follows :—

(1) Stay in your camp until you get further orders from us.

(2) Start preparing nominal rolls of personnel, giving fullest particulars.

(3) List your most urgent necessities.

(4) If you have been starved or underfed for long periods DO NOT eat large quantities of solid food, fruit or vegetables at first. It is dangerous for you to do so. Small quantities at frequent intervals are much safer and will strengthen you far more quickly. For those who are really ill or very weak, fluids such as broth and soup, making use of the water in which rice and other foods have been boiled, are much the best. Gifts of food from the local population should be cooked. We want to get you back home quickly, safe and sound, and we do not want to risk your chances from diarrhoea, dysentry and cholera at this last stage.

(5) Local authorities and/or Allied officers will take charge of your affairs in a very short time. Be guided by their advice.

日本の陸海空軍は全部聯合國に降伏し、日本天皇陛下もこの降伏條件に御親署あらせられたので太平洋戦争はこれを以て終了した。

この傳単の上には日本軍の捕虜となった聯合國側の兵士と抑留された聯合國人民に対する聯合國當局の指令があり、即ち「日本軍抑留下にある聯合國の将兵及び人民は須く各自の現位置に止まり、冷静沈着に聯合國軍当局の今後の命令を待つべし」

日本の衛兵諸君がこの傳単を入手した時直ちに收容中の聯合國将兵及び人民に渡し、彼等に対しては出来得べきの親切を以て取扱はれたし。衛兵諸君はこの傳単を渡した後、即時各自の宿営地に歸還すべし。

IN accordance with the terms of the surrender of all Japanese forces signed by His Majesty the Emperor the war has now come to an end.

These leaflets contain our instructions to Allied prisoners of war and internees whom we have told to remain quiet where they are.

Japanese guards are to ensure that the prisoners get these leaflets and that they are treated with every care and attention. Guards should then withdraw to their own quarters.

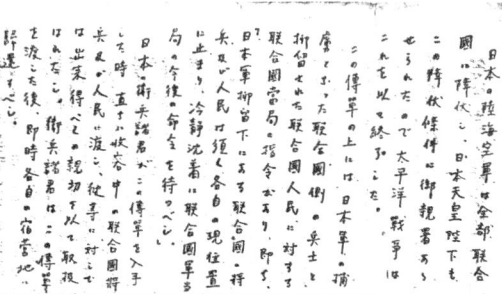

解放時に著者が所持していたタイ紙幣。

右：航空機から収容所に落とされたパンフレット。日本語と英語それぞれで、日本の降伏を告げている。

言及されることはなかった。しかしこの男が、終戦後に最も早く国家表彰を与えられたうちの一人であることに気がつき、奇妙に感じた。一体何のために?とわれわれは不信感を抱いたのだった。

北部の収容所で、多くの者が怒りを持って思い返す出来事があった。同じ収容所の捕虜たちがキニーネ不足によって脳マラリアや黒水熱で命を落としていたにもかかわらず、二人のイギリス人将校が、キニーネの錠剤の入った瓶を個人的利益のために外部の連絡役相手に売り飛ばしており、そのうちの一人は常習犯だったことが発覚したのだ。私が思い出せる限りでは、この問題は即刻秘密裡に処理され、二人は収容所から追い出されてリンチを加えられた。

死者の埋葬

1944年中頃のある朝遅く、多くの重爆撃機が、頭上を波のように連続して飛行していくのが見えた。少し離れたところにある攻撃目標を爆撃する音が聞こえ、うれしく思いながら耳をそばだてていた。連合軍の航空機による攻撃の際、日本軍が航空機で対抗した形跡はまったく見られなかったので、太平洋で形勢が逆転したのではないかと希望を抱いたものだった。

同時に、連合軍が反攻に成功した場合、捕虜たちはどうなるのか不安になり、長期にわたって日本軍の行動に接した経験から、何か不吉なことが起きる可能性があると感じていた。日本軍はすべて自分たちの望み通りに事を進めているわけではないとわれわれは疑問を抱き始めた。北部から移送されてくる病人たちの報告では、鉄道がひどく爆撃されており、線路や車両が連続的に損傷を受けているため、ビルマへの鉄道輸送が制限されているという話だったからである。

しかしながら、われわれは毎日の仕事を変わらずに続けていた。生きるために必要な食糧や水は十分にあり、できるだけ多くの楽しみを盛り込みながら、その日暮らしの生活を送っていたのだ。捕虜たちは互いに頼り合いながら、ウェアリーやマルコなどの偉大な人物から大きな力を得ていた。多くの患者が命を落とすか回復する中、鉄道の修復と維持のために北部に派遣される一団が集められる一方、日本人によって無慈悲にふるいにかけられ、日本本土へ移動させられる捕虜もいた。毎日「埋葬らっぱ」が演奏され、墓地は容赦なく増えていった。ある日、墓地のそばで朝鮮人の監視員が弱々しい笑顔――もしくは薄ら笑いのどちらか区別がつかないが――を浮かべながら、林立する痛ましい十字架を指差すと、「すべての男たち、長い休みか?」と言った。確かに、とても長い休息についているのに違いなかった。

監視員たちの記憶

他の収容所と同じように、日本人監視兵と朝鮮人監視員は、サディスティックな人物から理性的な人物まで多岐にわたり、たまに害のない騙されやすい者もいた。その一人である無器量な朝鮮人は「トケイ」というあだ名で呼ばれており、愚かな振舞いによってわれわれの味方になってくれた。彼は、捕虜から時計を買って収容所の外で売り払い、大きな利益を生み出すことに夢中になっていた。よくしかめ面をして身振り手振りを交えながら小屋中を大股で歩き、その間中「トケイ、トケイ」と言い続けていた。われわれは、まだ禁制品の時計をいくつか持っていると彼を騙していたので、持ち物検査がこれから行われると聞きつけたときはいつでも、彼は狂ったように自転車に乗ってやってきて、「ケンサ、ケンサ」と叫びながら小屋中に触れ回り、将来売買取引ができるかもしれない時計を守ろうとしたのだっ

ノートの表紙。著者は絵を描くのにこの紙も使用した。チュンカイ及びナコーンパトム、1943－45年。

捕虜たちの労働グループのリスト。ハヴロック・ロード、1942年。

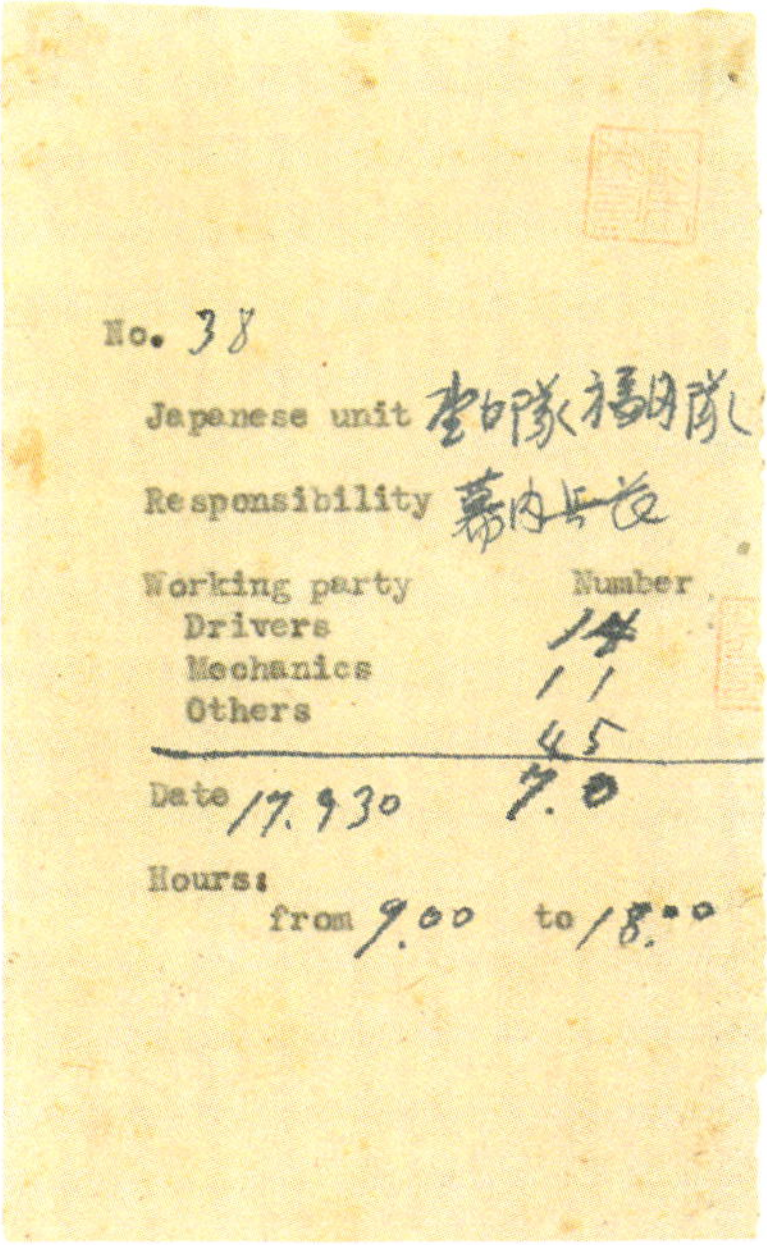

No. 38

Japanese unit

Responsibility

Working party	Number
Drivers	14
Mechanics	11
Others	45
	70

Date 17.9.30

Hours:
from 9.00 to 18.00

収容所での医療審査。捕虜たちの労働適否を決めるため、日本軍の収容所長によって行われた。戦後に描かれた大きな油絵。

た。時計や宝石類を所持することは日本人によって厳しく禁止されており、持ち物検査の際に見つかると没収され、ときには処罰を受けるのだった。例外は医師たちで、収容所長の許可を得て時計を所持することが許されていた。

収容所のオーケストラに属しているバイオリン奏者を訪ねて、よくわれわれの小屋にやってくる小柄な朝鮮人の監視員もいた。彼はバイオリン奏者のベッドの上に1時間ほどあぐらをかいて座り、朝鮮と日本の曲を鼻歌で歌い、バイオリン奏者がその曲を演奏してくれるのを待つのであった。彼はいつでも「音楽家」のために少量の食糧を贈り物として持参し、演奏が終わるたびに丁寧に感謝の意を伝えた。この並外れて温和な監視員は、自らを熱心な仏教徒であると明言しており、いかなる捕虜の虐待にも決して個人的に関わったことがなかった。われわれは、彼の来訪と、奏でられる静かな音楽を楽しんでいた。

三度目のクリスマス

捕虜として三度目の、そして最後のクリスマスをナコーンパトム病院収容所で迎えることになった。みなが待ち望んでおり、十分に計画が立てられた。以前と同様、クリスマスイブには聖歌が歌われ、クリスマスの朝には希望者に向けて礼拝も行われた。動くことのできない患者のために、病棟の中で行われる礼拝もあった。

料理人は心に残る料理を出してくれた。朝食には米の「ポリッジ」〔おかゆ〕と卵が出され、昼食は肉と特別な添え物が出て、本物の紅茶と米でできたクリスマスケーキが続き、極上の夕食には、われわれの飯ごうに識別できる量の肉が盛られたのだった。

午前中に、ナイジェル・ライトと共に医務室にいる友人を訪問しに出かけ、G・ワイズマンとそのパートナーであるG・W・チャップマン軍曹に挨拶した。そのとき収容所で製造した強いお酒をほんの一口もらったが、レモングラスで風味付けがしてあり、すごく刺激が強かった。親しい友人で画家仲間のロブ・ブラジルが加わり、私の絵の具を使って一緒にクリスマスカードと誕生カードを作った。カードの材料は血漿《けっしょう》が入れられていた容器の古い包装紙で、作業をしながらお互いのことを話題にし合って大いに楽しんだ。昼食のあとは「競馬会」が開かれた。それは水濠を備えたある種のグランドナショナル〔リバプールで毎年行われる大障害レース〕といった趣だった。ウェアリー・ダンロップやその他の医師たちが精力的な競走馬の役になり、さまざまな軽量の「騎手」たちが彼らにまたがって、とても愉快な午後を過ごした。収容所のオーケストラは一日中演奏を行い、夜にはコンサートが開かれ、劇団は夜の部の公演を行った。今回は収容所で経験した中で最も楽しいクリスマスだった。

1945年の新年を多くの音楽と歌と共に迎え、不十分な環境の中でできる限りのお祝を行い、新たな希望と共に新年が明けた。1月中旬には、医療従事者ではない将校や患者、その他の者たちがナコーンパトムから別の収容所に移動になった。思うに、機会があれば捕虜たちが組織的抵抗を行うのではないかと恐れてのことであったのだろう。収容所に移送されてくる病人は減っていき、依然として北部や日本に作業班が派遣されていたので、収容人数は約7000人まで減少した。

捕虜皆殺しのうわさ

5月の終わりにヨーロッパで戦争が終結したとのうわさが流れ、翌日に小柄な朝鮮人の監視員がやってきて、「ドイツ、終わりか」「すぐに、兵隊みんな、終わりか」と意味深長なコメントをした。われわれは、この発言が、日本が間もなく戦争を終え、捕虜の「兵隊」がみんな「終わり」なわけではないことを意味するように願った。すぐに外部の秘密情報によってヨーロッパの戦争が終結したことが確認され、このニュースに大喜びしたのだった。少なくとも、故郷の人びとはついに安全になったのである。

6月には日本軍の行動パターンが変化し、彼らが何かに悩まされていることは明らかだった。うわさによると、太平洋でアメリカの形勢が有利になったようで、われわれは、ビルマでも連合軍が事を上手く運ぶように願った。鉄道への爆撃は続き、ターマカームでメークローン川に架かっている橋が著しく損傷したことは聞いており、南タイで連合軍の爆撃機があまり反撃を受けていないことは確かなようだった。ある夜、われわれが見守る中、上空の黒い点のように見える連合軍航空機が空爆のため南に向かって飛行していた。そのうちの2機が向きを変え、右側のライトが素早く点滅するのが見えたので、われわれは歓声を上げ、監視兵は激しく怒ったのだった。

収容所の周囲は、幅が広く深さのある堀で囲まれており、その後ろには15フィート〔4・6メートル〕近い高さの壁が築かれていて、夜も昼も武装した監視兵によって巡視されていた。気がかりなことに、今やその壁のすべての角に機関銃が設置され、堀を見渡せるようになっていたので、明らかに、その堀を巨大な墓場にでもするつもりのようであった。連合軍がマレー半島かタイに上陸した途端、すべての戦争捕虜が皆殺しにされるといううわさはすでに広まっていた。それはうわさというよりも真実に近かったことは確かであり、日本帝国軍によって連合軍上陸の折にはすべての捕虜を射殺するようにとの命令が下されていたことを、のちに解放されてから聞いたのだった。ウェアリーはこの命令を知っており、すでに活動的な捕虜からなる秘密の防衛グループを結成し、捕虜の殺害が試みられた際に、われわれを担当している監視兵と、機関銃を構えている兵に対して反撃に出るための計画も同時に練られていた。この不穏な可能性を裏付けるかのように、8月の初めのある日の午後、音楽好きな朝鮮人の監視員がやってきて、われわれのうちの二人に対して静かにそして悲しそうに言うには、「すべての兵士」は「終わり」であり、しかも「すぐに」とのことであった。この発言に「アメリカ人、イギリス兵、ドカーンドカーン」という言葉が続き、そう遠くない将来に切迫した攻撃が行われる可能性があることを匂わせた。彼は頭を振りながら申し訳なさそうに「よくない、よくない」と繰り返し、われわれはこの惨劇がいつ起こりそうであるのか、彼からいくらか聞き出すことができた。彼が指を使って「日付」を示したので、おそらく8月21日までしか時間がないと彼が知ったことがわかった。彼は明らかにこの卑劣な計画を嫌がっており、われわれと同じく、ただ故郷に帰りたいと願っているだけだった。しかし、彼の恐ろしい予言をただの可能性にすぎないと受け取ることにして、われわれは黙ったままやるべき仕事を続けた。東京裁判の記録から、すべての戦争捕虜抹殺の緊急命令が8月1日に発令されている事実が明らかにされている（『極東国際軍事裁判速記録』第148号（9）にある「最後の処断」のこと）。

日本軍降伏

この頃には朝鮮人たちは捕虜に対して前ほど攻撃的ではなくなり、この戦争と、その主君である日本人に対して、彼らの態度はすでに変化しているようだった。

緊張は高まりつつあり、「トケイ」でさえ、自転車に乗って巡回するのを止めた。何か困ったことが起きた様子で、3年と半年間そうであったように、楽天主義に立って生き続けてきたわれわれは、誰かが何とかしてこの戦争を終わらせてくれることを願った。そして、8月14日と15日に、監視兵だけでなくわれわれの軍医の間にも動揺が走った。8月16日の夕方、ウェアリーやコーツ、その他の高官たちが、日本軍の収容所長に呼び出されたあとに戻ってきて、全員を収容所の劇場のそばに集めた。それからコーツ大佐が、日本が降伏したことと、自分たちはもはや捕虜ではないことを知らせたのだった。歓声が湧き上がり、安堵の涙が流され、大きな喜びに包まれた。数分のうちに、隠されていたイギリス国旗とアメリカ国旗、オランダ国旗が取り出され、竹竿に高く掲げられたのだった。われわれは、自由人として、ややぼうっとしながら、収容所中を歩き回った。

翌日、二つの巨大な原爆が日本に投下されたことを知ったが、詳細は不明だった。この原爆投下によって戦争が終結し、われわれのうちの多くの命が救われたことを知った。しかしながら、一部の捕虜はこの事実によっても救われなかった。悲しいことに、やせ衰えた遺体を墓場まで運び続け、「埋葬らっぱ」が引き続き演奏される中、小さく悲しげな竹の十字架を立て続けなくてはならなかった。それでも、少なくとも重病患者への助けは間もなく到着する予定であったし、まだ生きていたのだった。

第7章

「地獄」と「天国」の中間で

宙ぶらりんな状況

そのときわれわれが置かれている状況は実に奇妙であった。日本兵は依然として武装しており、安全のためという名目でその後2週間、捕虜を監視し続けたが、われわれは表向きには自分たちの高官の直接の指揮下にあった。タイでは、捕虜の殲滅《せんめつ》に対抗する目的で、勇敢なアメリカ人・イギリス人の奇襲部隊が中国人やタイ人のゲリラと共にジャングルの中にわずかに潜伏しているだけで、その他の連合軍の部隊はまだ到着していなかった。完全武装のいら立った日本軍の戦闘部隊が大勢タイの国中に散らばっており、状況は緊迫して細心の注意を要した。

しばらくの間は収容所に閉じ込められていたが、その間に高官たちが、緊急の医療支援と食糧品の補給を依頼するために、適切な機関に連絡をとりにバンコクへ出かけた。あいかわらず収容所での仕事を続ける一方で、最も病状の重い患者を移送するための準備をする必要があった。数日のうちに、薬品や衣類、毛布や蚊帳《かや》などの補給品を積んだ最初のダコタ〔輸送機〕が到着した。これらの天の恵みといえる航空機は100フィート（30メートル）上空にやってきて、収容所の中央にある道に沿って非常に大きな貨物を投下すると、乗組員がわれわれに向かって手を振る中、上空に上がっていった。これが、4年近い期間にわたる捕虜生活の中で、外部にいる味方との初めての接触であり、とても心を動かされた。すぐにカーキ色の訓練用衣服が配給され、何年にもわたってぼろ布や手作りの衣服を大切に使ってきた経験のあとでは、新しい支給品は落ち着かなく奇妙な感じがした。自分で使っていたぼろ布や、特に長い期間友人のような存在であったシラミだらけの古い羊毛のセーターの残りを捨てる決心をするのは難しかった。

日本が降伏をした数日後にジープが収容所にやってきた。ジープを見るのはそれが初めてだった。乗車していたのは奇襲部隊のグループの一員で、ヨーロッパのアウシュヴィッツやベルゼン、ブーヘンヴァルト、トレブリンカやその他の場所で、ドイツが行った残虐行為についてのニュースを初めて伝えてくれた。われわれに非常に近い西ヨーロッパ人が組織的大量虐殺に関与していることに、捕虜の多くが唖然としたのだった。この知らせは忘れることのできない印象を残した。

収容所の「外」へ

2週間後、一部の捕虜は収容所の外に出る正式な許可を得た。ある朝、オーストラリア人の友人であるウェーリー・カーリーと共に外出した。もはや、監視兵におじぎをしたり、怒鳴りつけられたり、気をつけをさせられたり、直立不動の姿勢をとったり、ぶたれたり、持ち物検査をされることはなく、用心深く常に警戒を怠らずにいる必要もなくなった。しかしながら、その感覚は依然として残っており、注意深く、追われている動物のような鋭い本能を持ち続けながら歩いた。素足のまま小村落の中を歩いていき、とうとうナコーンパトムの町外れに到着し、タイ人の子供であふれている幼稚園に行きあたった。たちまち愛らしい小さな子供たちに取り囲まれ、彼らはグルグル踊りながら、われわれヨーロッパ人の鼻の大きさを笑うのだった。これは、自由な世界の魅力的な始まりであり、忘れられない優しい瞬間であった。そして、収容所から長いこと見つめていた仏教寺院のプラ・パトム・チェーディーに向かった。タイ人たちは仏陀に対してハスの花を捧げており、とても親切なことに、食べ物と、寺院の敷地の外にある露店で買った花を差し出してくれた。素晴らしい寺院の美しさやその音、匂いと共に、その日に出会った優しい人びとの思い出はいつも私の心の中に残っている。われわれは彼らと共にひざまずくと、真心を込めてハスの花を捧げたのだった。

朝鮮人監視員への援助

収容所では食事の質が飛躍的に向上したものの、より栄養のあるしっかりした食事をとるためには、縮んでしまった胃をゆっくりと回復させる必要があったので、米を主食にした食事を続けた。われわれは決して熱帯病やマラリアの悪寒《おかん》から解放されたわけではなく、赤痢に悩まされ続けることは、依然として日常生活の一部だった。3週間目の終わりに監視兵たちが収容所から撤退した。最もサディスティックであった監視兵たちの一部は、報復を恐れてとっくの昔に逃亡していた。しかしながら、ある朝、音楽好きの朝鮮人の監視員が衛兵所のそばで自分の軍隊用リュックサックの上に座っている姿に気がついたので、そばに行って話しかけた。どうやら、朝鮮人たちは即座に日本人によって除隊させられ、自力で故郷に帰るようにと放置されていたようだった。彼は故郷の朝鮮にどのようにして帰還したらよいのかわからないのだった。日本人が自分たちの部隊の一員にこのように冷淡な態度をとることに驚き、この一風変わっていて小柄で悲しげな監視員を気の毒に思った。少なくとも、われわれは帰国の旅を心待ちにすることができた。彼にいくらかのお金とタバコを渡して幸運を祈り、彼は涙を流さんばかりに感謝した。

9月の初め頃、ルイス・マウントバッテン卿夫人が多数の捕虜収容所を訪問するためにタイに到着した。タイの情勢は依然として危険であったにもかかわらず、収容所までやってきて、最も病状の重い患者をナコーンパトムから空輸したり移動させる手筈を速める上で大きな役割を果たした夫人の自発性と気遣い、優しさを、われわれは決して忘れることができない。

同じ時期に、ウェアリー・ダンロップがナコーンパトムを離れて、バンコクに向かいオーストラリア軍司令部を設立することになった。一、二日のうちに、彼からの伝言を受け取り、それは、彼に合流して公式の戦争記録を完成させるのを手伝ってほしいというものであった。これはとても名誉なことだったので、数少ない所持品と、隠し場所から取り出したデッサンや絵の荷造りをして、出発に備えた。重病人は収容所から運び出されており、私は共に働いた友人や患者たちに別れを告げて、1年近くも私の住み家であったこの場所を最後に歩いて回った。われわれを捕虜という立場から解放してくれるトラックの後ろに乗って最後に収容所の姿を見たときは、複雑な気持ちがした。それは、仲間付き合いや友情、生き残るための戦いや、間一髪命をとりとめている痛ましい病人の行列、ほとんど解決不可能と思われた困難を克服するための創意工夫や団結の努力、笑いや楽しみ、ジャングルの魅力や、その他多くのすべてを置いて立ち去らなくてはならないことへの複雑な思いであった。

日本への感情

依然として残り続けているのは日本に対する感情的な争いの気持ちであって、収容所で生活をして生き残った多くの人びとがそうであるように、その気持ちを懐かしいとは決して思わなかった。

6万人ものイギリス人、オーストラリア人やオランダ人の戦争捕虜が鉄道建設工事に従事するために送り込まれ、2万人近くがそこで命を落とした。残りの人びとは、体の一部が不自由になったり、ひどくやせ衰えたりしたが、比較的健康であった者も含め、ぎりぎりのところで運命の巡り合わせによって生き延びて帰還することができたのであった。この他にも、多くの戦争捕虜たちが、日本に向かう途中に南シナ海・東シナ海で溺れ死んでおり、さらに何百人もの捕虜が、日本の労働収容所で命を落としている。鉄道建設事業のために日本人の下で強制労働させられた20万人もの中国人やマレー人、タミル人やタイ人、ビルマ人たちは、そのほとんどが死亡した。これらの犠牲者の正確な人数はこれからも決してわからないし、日本占領期における一般市民の死傷者数も同じく不明のままである。

もし広島と長崎に原子爆弾が投下されず、連合軍が日本とタイ、マレー半島に侵攻する必要があったとしたら、少なくとも100万人かそれ以上の連合軍の兵の命がさらに失われたかもしれないし、同時に、罪のない無数の一般市民が犠牲になったかもしれない。鉄道工事に従事したあとに生き残った4万人の捕虜たちや、シンガポールやその他の地域にいた7万人の捕虜たちもまた、確実に根絶させられたであろう。ほんの数日の差で生き残ったわれわれのうちの多くが、ドイツや日本より先にアメリカが原子爆弾を完成させた事実を深い感謝の念と共に思い返すのだった。それは非常に接戦だったのである。太平洋で勝利するためにアメリカが払った犠牲や、ヨーロッパにおける戦争でアメリカが果たした極めて重要な貢献、救難のためにイギリスに食糧や軍需物資を補給してくれたことについても、依然として感謝の念を抱いている。それらが欠けていたら、イギリスは確実に侵略されていたであろう。少なくとも、生き残ったわれわれのうちの幾人かは、アメリカ人への恩義と、同じくオーストラリア人やニュージーランド人、インド人やアフリカ人など、イギリスのために多大な犠牲を払ってくれた人びとへの恩義も決して忘れないのである。

第8章 バンコク、ラングーン、そして故郷へ

戦争犯罪人の逮捕

出発した日の夕刻にオーストラリアの医療本部に到着した。そこはワチラウット・カレッジ〔バンコク版のイートン校〔イギリスのパブリック・スクール〕である〕の建物に設置されており、花の咲いている木々や灌木《かんぼく》に満ち、小さな湖のある美しい場所であった。私はウェアリーの元に出向き、自分の宿舎を見つけにいった。うれしいことに、ウェアリーの当番兵でボディーガードとして名高い「ブルーイ」〔牧畜犬という意味の通称〕バターワースがそこにいたので、われわれは自由の身になった喜びを分かち合い、本部での仕事を共に行ったのだった。

バンコクの状況は特に奇妙であった。日本兵は完全に武装したままで、将校たちは自動小銃と日本刀を身に付け、一番高級な自動車を乗り回していた。町には今のところ自由に行動することのできる戦闘部隊の兵士たちがうようよしていた。それと同時に、すべての階級の日本人と朝鮮人の戦争犯罪人が捜し出され、尋問のためにトラックいっぱいに乗せられ連れ去られたのだった。これらの光景は、アリス

が不思議の国で体験した出来事のように非現実的に思えた。

奇襲部隊員と落下傘兵によると、情勢は極度に扱いにくくなっていた。小規模の戦争状態を誘発する恐れがあるので、摩擦を起こすようないかなる種類の活動をも行ってはならないと彼らに警告されたのだった。このような奇妙な状況をさらに複雑にするのは、中国人とタイ人が、日本占領期に端を発する古い恨みを互いに晴らし合っている事実であった。タイ人は日本の侵略を受け入れる他にほとんど選択肢がなく、タイの人口のほぼ半分を占めていた中国人〔実際はそれほど多くはなかった〕は、たとえ消極的であったとしても、侵略者に対してあらゆる方法を尽くして抵抗する決意をしていた。中国人は占領期に大変な苦難に遭い、日中戦争の間に中国本土で同国民が大虐殺された事実を心に留めていた。必然的に、中国人とタイ人の間で複雑な問題が持ち上がり、特にタイ人と日本人が協力をしていた事実に関して問題となったが、それには一部タイ人の密告者が起こした問題が含まれていた場合もあった。

その結果、二つの党派の間でときどき小さな内輪もめの対立が起きた。ときには一般市民とタイの警察官の間で争いが勃発することもあり、街頭での銃撃戦を含むこともあった。私もそのような騒動に二、三度巻き込まれたことがあった。その中で最も愉快だったのは、中国料理店にいたとき、銃弾がわれわれの頭の真上を通過して大きな鏡を木《こ》っ端《ぱ》微《み》塵《じん》にしたので、粉々になったガラスの破片が降り注いだ出来事だった。それはまさに西部劇の映画の一場面のような感じで、そのあとわれわれはガラスの破片をきれいに掃除すると、そのまま食事を続けたのだった。これらのすべてが日常茶飯事のように思えてきて、大いに笑った。医療本部の宿舎で隣のベッドにいた奇襲部隊員が、山ほどの雑誌と一緒に、予備のステンガン〔軽機関銃〕の一つを押し付けてきた。バンコク中を旅行している間、この銃を常に持ち歩き、町でときどき遠くから狙撃された際には、報復のため一度や二度使ったものである。

ダンロップ大佐と共に

ウェアリーと共に仕事をするのは楽しく、バンコクの古い町並みや、素晴らしい建築物を見る機会に恵まれた。そこはすべての願いが叶うという、莫大な財宝が眠るアラジンの洞窟のような場所であった。そしてドイツ人教授の家庭に滞在するよう招待を受け、このような魔法の中で生活している感じがさらに強められた。この教授は極めて優秀な眼科医であり、かなりの名声を博する外科医であると同時に、過去にベルリン大学で医学の講座を受け持っていた。彼はユダヤ人であったため、ナチスとゲシュタポに追跡され、家族と共に何とかアビシニア〔現エチオピア〕に逃亡し、数年後にバンコクに落ち着いたのだった。彼の妻は非ユダヤ系の白人であったが、反ナチスのジャーナリストかつコンサートピアニストで、ドイツ人の最初の夫をナチスに殺害された過去を持っていた。夫妻には男の子と女の子が一人ずつあった。息子のピーターには生まれつき語学の才能があり、通訳としてウェアリーの医療本部で働いていた。彼は完璧な英語とフランス語、ドイツ語とタイ語、広東語と標準中国語、そしてアビシニア語を話した。彼は19歳であり、非常に難しい科目であると考えている数学を大学で勉強するつもりであった。私はピーターと本部で出会った。彼は私が戦場で描いたデッサンに興味を持つようになり、義理の父親に会って、特に医療の記録を見せるよう招待してくれた。ある晩バンコクの中央にある彼らの美しい家に招待され、素晴らしいタイ料理をごちそうになったあと、18歳になるピーターのとても美しい妹と教授と共に座り、彼の母親がベヒシュタイン製のグランドピアノでモーツァルトやリストやその他の音楽を奏でるのを聴いた。惨めな捕虜収容所での生活の直後にこのような機会に恵まれ、感動のあまり涙をこらえるのが大変だった。

バンコクで仕事をしている間、教授の家族と共に滞在する誘いを受け、さらなる教授の親切に浴《よく》した。ウェアリーは寛大にも滞在許可をくれたので、バンコクでの残りの期間はこのジェイコブソン一家の下で暮らし、彼らを通して、町やそこに住む人びとに大いに接することができた。さまざまな種類の魅惑的な会合に連れていってもらい、高貴なタイ人の優雅さと美しさの中にあって、自分は奥地から出てきたカウボーイのような気がした。他にも、中国人やタイ人の商人や、その他大いに興味をそそられるさまざまな人びとに出会った。ロングボートに乗って何マイルも運河を旅行し、寺院を探検したり、丸木舟に乗った商人たちと、共に座ってごちそうを食べるなど、極東だけが与えてくれる魔法のような魅力を大いに楽しんだのだった。教授が手術室で仕事をしている最中に何度も立ち会う機会があり、彼のために何枚か外科手術の様子をスケッチした。ウェアリーのために仕事をして、ジェイコブソン一家と余暇を過ごす日々は、喜びに満ちた期間であった。

決められた期間で収集できるだけの記録は揃い、ウェアリーがついにオーストラリアへ帰国しなければならなくなって、この夢のような日々は終わりを告げた。すでに年末に近く、まだウェアリーと共に行う仕事がたくさんあったので、彼に同行してオーストラリア経由で帰国することを希望していた。しかしながら、イギリス軍の締め付けは依然として存在し、オーストラリア人との幸福な結びつきは断絶された。ウェアリーとブルーイに別れを告げたが、彼らとは共にさまざまな経験を分かち合い、他の多くの人びとと同様、私はウェアリーのおかげで生き延びたのだった。ジェイコブソン教授と温かな家族に別れを告げるのはさらに悲しく、別離はとても辛いものであった。

故郷に帰る

バンコクを出発した日は雨が降っていた。奇襲部隊員のジープでバシャバシャ音を立てながらドンムアンの滑走路に向かって進み、ラングーン行きのダコタに乗る予定だった。それは依然として冒険だったが、親しい友人と仲間たちと別れたことが寂しく感じられ、輸送機の床に座って、われわれが奇妙な年月を送った山々の遥か上空を暴風雨に揺られながら北に向けて飛行をするのは、気持ちが暗くなるような旅であった。ラングーンでは、快適な棟付きテントを非常に愉快なスコットランド人のREME〔イギリス陸軍電機・機械工兵隊〕特務曹長と共有した。彼はビルマでの軍事作戦の際にずっとインド部隊に所属していた。そこで3週間イギリスに向かう船を待ち、楽しい時間を過ごすことができた。彼は自分のジープを所有していたので、毎日プローム・ロードを約80キロ走って彼の所属していた部隊の元に向かった。そこには湖がいくつかあり、折りたためる上陸用舟艇と、巨大なアメリカ製の船外モーターを活用して、日向《ひなた》で何時間もサーフィンをして楽しんだ。夕方はインド軍の友人たちと共に過ごし、いつも素晴らしいインド料理を食べて暮らした。

ここで過ごした3週間はあっという間に終わり、最後には、特務曹長を非常に慕っていたインド人部隊の隊員たちが、曹長のために送別会を催したので、忘れられない幕切れとなった。私はこのときに彼と共にいる光栄に浴したので、二人で朝の3時に歌を歌いながらジープに乗って、（未だに砲弾の穴だらけの）プローム・ロードを走って帰途についた。二人ともひどい服装をしており、首にはインド人たちが儀式の際にくれたレイをたくさんかけていた。翌日、われわれはすでに超満員のイギリス行きの船に無理やり押し込まれた。理解できない何らかの理由によって、イギリス空軍の司令官は、この船が〔元捕虜ではない〕約6000人の健康な兵士でいっぱいだったにもかかわらず、すべての元捕虜が何らかの警備勤務につくようにとの命令を出した。数少ない元捕虜のほとんどは、未だに健康状態がすぐれず、船上での食事をとることすらできない状態であった。数日のうちに、元捕虜の大半を船内の病室に収容しなくてはならず、旅の終わりまでずっと病室にいる必要があった。ビスケー湾〔フランス西岸とスペイン北岸との間の湾〕に到着すると、寒さと湿気でたまらなくなったが、それまで私は旅の間中ずっと船の甲板で寝ていた。船の下の状況がすさまじく、われわれが捕虜の時代に暮らした竹の小屋よりも不潔であるように思われたからである。季節は冬で、イギリスの西岸を通ってリバプールに向かう航路は深い霧と土砂降りの雨の中にあったものの、最後の2日間は、下に降りるよりも、雨宿りに使える場所ならどこでも使ってしのいだ。

波止場では、二人の将軍によって公式の歓迎の辞が読み上げられたが、それは茶番劇のようにしか見えなかった。一人は非常に背が高くやせていて、もう一人はとても太っていて背が低かった。それぞれ地面に届きそうな厚手のオーバーを身に着け、その姿は第一次大戦時の尊大なドイツ人将校を描いたジョージ・グロスの風刺画を連想させるものだった。笑いをこらえるのはとても難しく、その退屈そうな声は彼らの無関心さを示していた。その後一時収容所に連れていかれ、われわれの小さなグループは婦人義勇隊と救世軍の素晴らしい女性たちの真心の込もった温かな出迎えを受けた。彼女たちは素晴らしいごちそうでもてなしてくれ、軍服の上着にメダルのリボンを縫い付けてくれたり、われわれの要請に応えてくれたりなど、長い戦争期間を通して一貫して与え続けてきた優しさでもって接してくれた。われわれはとてもありがたく思い、彼女たちが心温まる歓迎をしてくれたことを、これからも決して忘れないであろう。

その夜は、コンクリートの床に水が流れ、凍えるような寒さのかまぼこ兵舎で断続的な睡眠をとった。朝早くに起こされて、温かい朝食を受け取り、大型トラックに乗せられてリバプール駅に向かった。船出のためにリバプール駅に到着してから優に4年以上経っており、興奮と緊張が入り混じり、間近に迫った家族との再会のことを考えると、不思議と自分がよそ者のような感じがしたのだった。妻と近親者たちに電話をして、ロンドン到着の予定時間を伝えると、自分に似合わない新しい軍隊用の防寒オーバーを羽織ってよれよれのブッシュハットをかぶり、震えながら腰をかけて、家路に向かう最後の列車を待った。

訳者あとがき

本書の「手記――英国人捕虜が描いた収容所の真実」は、ジャック・チョーカー著『Burma Railway: Images of War』（「ビルマ鉄道――戦争のイメージ」、Mercer Books, 2007）を翻訳したものです。

翻訳に際しては、原書にあったエドワード・ダンロップ氏による序文とチョーカー氏による謝辞とあとがきを割愛し、各章に小見出しを適宜設け、〔 〕で訳注を付しました。訳注では、日本人読者になじみの薄い語を補足し、チョーカー氏自身による補足説明を紹介しました。

記録画のキャプションは、原書に加えて、原書の旧版であるチョーカー著『Burma Railway Artist: The War Drawings of Jack Chalker』（Leo Cooper, 1994）、並びに同『Images as a Japanese Prisoner of War』（「日本軍の捕虜となって――英軍捕虜のイメージ」、ジャック・チョーカー支援会、１９９８）、さらにチョーカー氏自身の説明を参考にして作成しました。

歴史用語の翻訳にはさまざまな問題が伴うものですが、特にお断りしておきたいのは、収容所の呼称についてです。捕虜のための収容所は、イギリス人元捕虜の間では「労働収容所」や「病院収容所」といった具合にしばしば分類されていましたが、日本軍はこのような区別を特にしていません。本書では、元捕虜たちの認識を日本の読者に紹介するために、そういった区別を活かして翻訳しました。

また、日本軍は泰緬鉄道の捕虜収容所を「分所」や「分遣所」などに分類しています。原書の「commander」は「分所長」や「分遣所長」にあたる場合もあるでしょうが、本書では原則として「所長」ないしは「指揮官」と訳しました。

地名の表記については、英語読みではなく現地音での読みを採用しました。タイの地名に関しては吉川利治著『泰緬鉄道――機密文書が明かすアジア太平洋戦争』を参考にしました。マレーシアとシンガポールについては、慶應義塾大学の野村亨教授にご教示いただきました。ビルマについては、夫の根本敬の助言に拠りました。

翻訳に際しての省略・加筆・配慮はすべて、小菅信子氏による本書の企画方針にそって、同氏とチョーカー氏の知己であり、長年にわたって日英文化交流に貢献してこられた「リンクス・ジャパン」のフィリダ・パーヴィス氏の助力を受けながら、チョーカー氏の承諾と同意を得て進めました。各位の助力と厚意に心から感謝いたします。

本書が出版される少し前の2008年秋にタイを旅行し、訳者として「泰緬鉄道」をこの眼で見るため、カーンチャナブリーを訪れました。映画『戦場にかける橋』で有名な鉄橋は、手記にも書かれている通り、旅行者で賑わう一大観光拠点です。かつて多くの命が失われた凄惨な現場であったことを思い出させるものは、「橋」だけになっていました。その「橋」でさえ、その上を行ったり来たりする黄色の観光列車に乗った人びとの楽しそうな顔つき、記念撮影をする大勢の観光客を見ていると、悲惨な戦争を連想させるものではなくなっているようにも思えます。

「ここで、枕木一本につき一人の命が失われたんです……」

バンコクからタクシーに乗って2時間半、道中ずっと陽気に話をしてくれた東北タイ出身の運転手が、メークローン川の鉄橋に着くと神妙な面持ちで言いました。過去を風化させたくないというタイの人びとの想いが伝わってきた瞬間でした。

カーンチャナブリーでは、泰緬鉄道博物館（Thailand-Burma Railway Centre）も見学しました。収容所や鉄道建設現場を再現したジオラマ、アジア人労働者を含めた生存者へのインタビュー映像、切通し現場を復元した3メートルの深さの模型など、数々の印象的な展示を見ることができます。本書で紹介されているチョーカー氏の記録画も、この博物館の数カ所で展示されています。チョーカー氏の記録画の史料的価値の高さ、ここを訪れる観光客たちへのインパクトの強さを改めて実感しました。

博物館の隣には連合軍の戦争墓地があり、広々とした、手入れの行き届いた美しい芝生に整然と墓碑が並んでいます。それぞれの墓碑の横には花が植えられていて、墓地が大切に管理されているのがよくわかりました。泰緬鉄道で命を落とした捕虜たちは、当時、本書の記録画にもあるような粗末な十字架の下に埋葬されましたが、今はこの美しい墓地に眠っているのかと思うと、せめてもの救いであるかのように感じられるのです。

泰緬鉄道で犠牲になった方々の冥福をお祈りして

２００８年11月5日

根本尚美

鼎談

泰緬鉄道とアジア

小菅信子
朴裕河
根本敬

映画『戦場にかける橋』の影響

小菅　この鼎談は、日本近代文学の専門家で、『和解のために』などで日韓和解について論じてこられた朴裕河さんと、ビルマ歴史研究の専門家で、戦争体験者への聞き取り調査などもなさっておられる根本敬さん、そして『戦後和解』や『ポピーと桜』などで、日英を中心に、戦後和解や植民地後の和解について論じてきた私、小菅信子とで、泰緬鉄道と歴史和解について考えていきます。

特に、ここでは、「アジアの視点」から、この問題に取り組みます。なぜ「アジアの視点」なのかといえば、泰緬鉄道を、例えばイギリスやオランダといったヨーロッパの国々との間の歴史問題として見た場合、いうまでもなく、そこで焦点になるのは、日本軍による戦争捕虜の酷使、捕虜虐待です。これは大変大きな問題でした。日本軍の捕虜処遇の問題は、第二次世界大戦以来、日本と欧米諸国の間に不協和音を響かせてきた歴史問題です。英語という現代のラテン語を通して議論され、欧米諸国で日本批判や対日不信の根拠になってきたテーマですから、その意味でも重要です。

この鼎談では、さらに踏み込んで、泰緬鉄道という歴史問題を、日本人がより主体的に、バランスよく克服していくために、問題をもっと広い視野から眺めたいと思います。泰緬鉄道と歴史和解について、欧米のみならず、アジアの視点からも取り組んでいこうとするとき、どのような問題意識が必要なのか、どんな点に留意すべきなのかということを、それぞれの専門分野の立場から話していただければと思います。

ちなみに、「歴史和解」とは、本書冒頭の「解説」にも述べていますが、船橋洋一さんが『歴史和解の旅』などで提案し、荒井信一さんが『歴史和解は可能か』で論じている歴史問題への取り組み方です。歴史和解というのは、一言でいえば、歴史問題の克服や解決を通して、対立の過去から共生の未来を拓く作業です。つまり、いかに困難であっても歴史問題に答えを出し、具体的に和解を提言し実現していこうとする態度です。

さっそく本題に入りたいと思うのですが、私たちは3人とも、戦後しばらくしてから生まれてきた世代ですよね。泰緬鉄道のことを最初に知ったのは何がきっかけでしたか？

根本　私は小学校のときから行進曲が好きで、中学校に入ってからはブラスバンドをやっていたほどですが、「ボギー大佐」という行進曲を通じて、泰緬鉄道を題材にしたアメリカ映画『戦場にかける橋』のことを知りました。あの映画の中で兵士たちが口笛で奏でる「クワイ河マーチ」の原曲がこの行進曲なのですね。その後、中学、高校と進む中で、捕虜の虐待の話を知り、大学に入ってからビルマの近現代史を学びながら、改めて泰緬鉄道建設工事の悲惨な事実を知識として知るようになりました。

日本軍による連合軍の捕虜虐待も大きな悲劇ですし、問題なのですが、数の上では、東南アジアの各地から連れてこられた現地の労務者の犠牲者のほうが多いのです。しかし、そういった人たちの証言や記録がなかなか公には出てきません。

その中で、ビルマ人の書いた記録が例外的に日本語に訳されています。『死の鉄路』という本で、著者は戦後に作家として活躍したリンヨン・ティッルウィンです。ビルマでは泰緬鉄道建設に強制的に動員された労務者のことを「汗の兵隊」と呼んでおり、独立運動の指導者アウンサンは戦後すぐの段階で「枕木1本につき一人が死んだ」旨の演説をしています。ビルマだけでなくインドネシア（特にジャワ）からも1万人以上が動員されていますので、インドネシア語で書かれた労務者の記録もあると思うのですが、それらは私の知る限り日本語には訳されていません。

一般日本人にとって日本軍による連合軍の捕虜虐待と泰緬鉄道建設工事はイメージとして結びついていると思いますが、東南アジアの労務者と泰緬鉄道建設工事となると、ほとんど結びつかないのではないでしょうか。

その中でも、おそらく日本で一番忘れられてしまっているのが、インドネシアから連れてこられた人たちのことです。ビルマ人労務者の場合は、タイと陸続きですから、逃げ帰ったりすることもできましたが、海を越えてインドネシアから連れてこられた労務者は、自分がどこにいるのか、そのことすらわからないわけですから、逃げようがなく、戦後になって、もう戦争は終わった、さあ自分で帰りなさいと放り出されても、帰れない人が数多く出てきてしまい、やむをえずタイに残ってタイ人女性と結婚して家庭を持つ人もいましたし、そういうことができずにその地で生涯を閉じた労務者もいたのです。

小菅　東南アジアでは、労務者は「ロームシャ」という言葉で今も残っていますね。

根本　はい、インドネシア語ではその通りです。ビルマ語では「汗の兵隊《チュウェー・タッ》」といいます。

小菅　映画『戦場にかける橋』は、泰緬鉄道が世界的に有名になるきっかけを作った映画ですね。この映画が、泰緬鉄道についてのグローバルな「公の記憶」を作り上げたといえます。１９５２年にフランスで原作が出されると、54年にはイギリスで翻訳が出され、57年にアメリカで映画化されました。映画の原題は「The Bridge on the River Kwai」（クワイ河にかかる橋）といいます。根本さんは、ちょうど57年のお生まれでしたよね。私が生まれたのは、その3年後です。

映画《リール》と現実《リアル》の間には、いろいろなギャップがあります。ロケはタイでもビルマでもなく、スリランカで行われましたし、映画のクライマックスにあるような橋の爆破は、現実には起きていないようです。登場人物のモデルはいても、物語自体はフィクションです。

日本でも翻訳のある、イギリス人元捕虜アーネスト・ゴードンの回想録『クワイ河収容所』には、「イギリス軍将校が自ら進んで架橋工事に一役買っていたのみならず、敵軍に対して俘虜（捕虜）たち西洋人の能力がいかに優秀かを誇示するため記録的短期間のうちに完成して見せたかのような印象を与えている。もっともあれは興味を本位にした娯楽小説である」とあります。『戦場にかける橋』のイメージに対抗するように、元捕虜は多くの手記や回想録を出しています。しかし、映画『戦場にかける橋』は、一般の人びとの泰緬鉄道のイメージを作る上で、最も大きな影響を果たしたといえるでしょう。

根本　かなり前になりますが、1985年の夏に、オランダ国営放送の依頼でインタビュアーをやり、日本国内で泰緬鉄道建設に関わった鉄道建設隊関係者の生存者を4人ほど訪ねたことがあります。オランダ国営放送側の意向に沿って質問をし、そのとき、旧日本軍関係者が映画『戦場にかける橋』へ強い反発を抱いているのを感じました。

小菅　映画への強い反発というと、元鉄道隊の人たちはどんな話をしたのですか。

根本　発言に共通していたのは二つあって、一つは、難所の多い鉄道工事を自分たちが記録的短期間でやり遂げたことへの誇りです。もちろん、連合軍の捕虜や東南アジアの労務者から多大の犠牲が出たことへの遺憾の感情は持っていて、それについて私が質問すれば「彼らには申し訳ないことをした」と語るのですが、自分たちが「世紀の鉄道建設」に関わったことへの誇りについては、質問と関係なく強調していました。戦後、鉄九戦友会という旧鉄道建設隊関係者が中心となって、泰緬鉄道で実際に走ったC56型蒸気機関車90両のうち31号機（C5631）をタイ国鉄から買い上げ、1979年8月に靖国神社に奉納しているのですが、その目的も、C56を「戦友」ととらえ、その「代表である一両」を日本へ帰還させ、かつての戦友たちの慰霊と「真の永久平和を祈念する」ことにありました(『C5631機関車靖国神社奉納経過報告書』)。その文脈には連合軍捕虜や東南アジア労務者のことは含まれていません。

発言で共通していたもう一つは、当時の日本の鉄道建設や橋梁技術が国際的にも遜色なかったのに、映画『戦場にかける橋』の中でそれが著しく低く描かれたことへの反発です。あれは事実に反するというわけです。そこには自分たちがやった鉄道建設の偉業について、きちんとした歴史的評価がなされていないという不満があるんですね。

小菅　根本さんのインタビュー番組に、どんな反響があったのでしょうね。とても興味があります。というのは、「対日戦勝50周年」の翌年、96年8月14日付のイギリスの新聞『タイムズ』が、けっこう大きな記事なんですが、その、靖国神社に奉納されたC56の写真入りで、菅野廉一さんという元鉄道第九連隊中隊長のコメントを紹介しているんです。この記事の中で、菅野さんは、自分は日本政府の謝罪に反発を感じている、自分はすまないとは思っていない、嫌がる捕虜に労働を強制したのだから彼らが恨むのは当然だ、だから戦犯裁判をやって日本軍の関係者を裁いたのだ、でも自分や元鉄道隊員に恨みはないし、連合軍捕虜のことも追悼する、彼らは鉄道建設という大義《グッド・コーズ》のために死んだのだ、とコメントしています。関連記事を読んだり、このあたりの事情を知る方から話を聞いたりした限りでは、掲載後、イギリス内から批判や抗議の投書が送られてきたようでした。

菅野さんは、この記事が出る数カ月前に、自分のことを「泰緬馬鹿」と呼びながら——彼にとって、泰緬鉄道建設というのは、自分の「青春」を捧げた大事業だったんですね——こんなふうに書いています。

「捕虜虐待とは何であろうか。給与困難な山の中に俘虜収容所を設け、作戦鉄道敷設に使役したことが虐待なら、確かにそのとおりでしょう。しかしそれは、その方針を打ち出した大本営の問題であって、現場とは全く関係のないことです。……決してお客様扱いしたとは言いませんが、虐待のための虐待はありえないのです。

　密林に散った多くの連合軍捕虜及び労務者の人々に対し衷心からご冥福を祈ると共に、此悲劇を生んだ戦争が二度と起こらないように、平和を願う気持は体験した我々が一番知っているのです」（石原忠雄『私の青春は密林の中にあった』）。

　明らかに認識のギャップはありますが、『タイムズ』の記事に関する限り、人的被害より建設業績を誇る元日本軍人というイメージを、ことさらに強調した記事に仕立てられていたようにも思います。

　この記事は、菅野さんの「鉄道はいまも操業しているんです」というコメントでしめくくられていますが、現在の泰緬鉄道はどうなっているのでしょうか。

根本　タイ側のナムトクまでしか線路は残っていません。私自身、鉄道が好きなので、1993年1月にタイに行ったとき、実際に乗ってみました。朝8時前にバンコク東駅を出るナムトク行き普通列車に乗り、泰緬鉄道の実質的起点といえるノーンプラードゥクを経てカーンチャナブリーまでは普通のスピードで走ります。そこから先は20キロ以下ののろのろ運転になり、終点のナムトクに着くのは午後1時過ぎです。

　途中のカーンチャナブリー駅から西洋人の観光客が老若男女を問わずどっと列車に乗ってきたのが印象的でした。おそらくお年寄りは戦争の思い出と重ね合わせて風景を見ただろうし、若い世代は自分の両親や親戚から聞かされている泰緬鉄道の話を思い出しながら乗っていたのではないでしょうか。

　終点でゆっくりしようと思ったら、20分ほどで列車がバンコク東駅に向かって引き返してしまうので、途切れたレールの向こう側を見に行くことができませんでした。

　ナムトクに近づけば近づくほど、写真資料でおなじみの当時の面影が残っていて、木で造った橋がそのままあるし、さぞや大変な工事だったろうと容易に思わせる切通しを、実にのろのろと走るんですよ。木橋は構造が弱く、乗っている私も恐怖を感じるぐらい揺れました。

小菅　そうなんですか、すごいですね。ケビン・ブラックバーンという研究者がオーストラリア戦争博物館から出ている雑誌に書いているのですが、１９７０年代から90年代になると、タイやシンガポールの、第二次世界大戦中の日本軍の捕虜体験に関わるような史跡に、この問題に関心を持つ観光客がぞくぞくと訪れるようになったと。

　その結果、泰緬鉄道についていえば、現地に、１９７７年にＪＥＡＴＨ博物館が、１９９８年にはヘルファイア・パス博物館が建てられます――ちなみに、ＪＥＡＴＨ博物館の「ＪＥＡＴＨ」は、Japan England Australia/America Thailand Hollandの略で、この博物館はカーンチャナブリーにあります。「ヘルファイア・パス」（Hellfire Pass）というのは、この本のチョーカーさんのイラストや手記にも出てきますが、建設工事の難所だったカンユーの切通しに捕虜たちがつけたあだ名です。日本語に訳すと、何といえばいいでしょう――「地獄の業火峠」と訳す人もいます（吉田一法『地獄のかがり火』）。昼夜ぶっ続けの工事、夜間は火を燃やして捕虜たちに労働させたので、まるで地獄の炎さながらだったというエピソードからきています。

　すでに70年代に入る頃には、映画『戦場にかける橋』の影響で、「本物の橋を見てみたい」「クワイ河を見たい」という観光客がカーンチャナブリーを訪ねるようになったのです。こうした観光客の期待に応えるために、現地の人たちが、メークローン川の支流を「クワイ河」に名前を変えたり、メークローン川にかかる鉄橋を「戦場にかける橋」だと説明したりするようになったのだそうです。観光客と映画のインパクトが歴史や地理まで変えてしまった、とブラックバーンは説明しています。

　朴さんは、どういういきさつで泰緬鉄道を初めてお知りになりましたか。

朴　私も根本さんと同じく57年の生まれで、小さい頃に映画を見て知りました。「The Bridge on the River Kwai」は、韓国では「クワイ河の橋」というタイトルで公開され、口笛のテーマソングがはやっていました。

　改めて今見てみると、確かに捕虜たちが働かされてはいるけれど、むしろイギリスが主体的になって橋を造ったかのような話になっていますね。橋の立て看板に、イギリス軍が設計し、造ったと書いたりもしています。病気の捕虜たちを働かせるのもイギリス軍将校という設定でした。あれは捕虜になっていながらもイギリス軍は仕事にかける情熱と能力は立派だったという話になっていて、むしろ他の手記などから見える惨めな記憶を打ち消したい欲望があって作られたのではないかとさえ思われました。もちろん最後には同じイギリス軍によって爆破され、関わった人たちが「狂気」と言われて死ぬような反戦的メッセージもありましたが。

根本　『戦場にかける橋』を見ると、１９５７年製作という「時代」の限界を感じさせられますね。泰緬鉄道建設工事という歴史的事実に基づいているとはいえ、ストーリーはまったくのフィクションですし、タイとビルマは単なるエキゾティックな背景というか、風景だけにとどまっていて、登場する現地の人間も、女性の描かれ方を中心に極めて不自然です。戦場の荷物運びを若く細身の女性が嬉々として行うことはありえませんし、映画の中ではタイ女性という設定でしたが、アメリカ軍やイギリス軍の将校たちと川で一緒に水浴びをして将校たちの背中や頭を喜んで洗ってやるなどということは、まったく現地の文化を無視した描写だといえます。西洋人男性が抱く東南アジアの女性に対する幻想のようなものを感じました。この映画を今作り直すとしたら、現地の人びとをこのようには描かないはずです。

泰緬鉄道の記憶

小菅　映画『戦場にかける橋』は、泰緬鉄道についての公の記憶を形づくる上で極めて大きな意味を持ってきましたが、泰緬鉄道の記憶を語る上でもう一つ特徴的なのは、何といっても、おびただしい数の欧米人元捕虜の手記が出版されてきたことです。今回、ジャック・チョーカーさんという元イギリス軍捕虜で画家のイラストと手記を、このような形で、日本で出版することにしたわけです。出版に際して、チョーカーさんとイギリスの版元から、格別の厚意をいただきました。翻訳を進める際には、チョーカーさんはもとより、彼の友人や日本軍の捕虜だった人たちが、いろいろなことを教えて助けてくれました。

彼の作品をご覧になった感想を聞かせてくださいますか?

根本　被害に遭った当事者が書いている手記であるにもかかわらず、自分の受けた仕打ちや、自分の置かれた状況を描きながら、どうしてそういうふうになったのかという背景についても冷静に触れていて、とてもフェアなものを感じました。

日本軍の残虐さだけを特筆して告発するとか、もしくは単にすべて戦争が悪いんだというような突き放した書き方ではなくて、自分を客体化するような分析がよく含まれていると感じました。そこにはイギリス人に特徴的なユーモアや自嘲もあって興味深く思いました。もちろん、基盤にはチョーカーさんの優れた記憶力と現実に対する認識力があったからこそだといえます。

また、絵というものは、写真よりも訴えるものがあると思いました。写真ももちろん現実の一部にすぎませんから、写した人の主観が入りますが、写真機を通すと、あとから意図的にぼかしたりしない限りは一定の枠内にすべてのものがとりあえずは写りますよね。しかし絵の場合は、やはり絵を描く人が自分で対象を意図的に選んで描きますから、自分が一番訴えたいとその瞬間思ったものが、正直に描かれる。絵だからこそ持つ、写真よりも深い迫力といいますか、訴えというものを感じました。

朴　まずはショックを受けました。映画ではここまでの凄惨な話は描かれていませんし、東南アジアでの日本軍の捕虜虐待の話を聞いたことはあっても、捕虜本人による手記や絵を見たのは初めてだったからです。非常に精緻《せいち》で美しい絵だと思いましたが、そのような美しい表現手段が描いているのは暴力の痕跡《こんせき》であるんですね。

特にコリアンガードの話にはいろんな意味で複雑な思いをしました。スケッチでも手記でも、わりあい最初のところにコリアンガードが出てきます。それだけ、チョーカーさんにとってはコリアンガードの記憶が強いということでしょう。これまでは、日本軍の中に韓国人がいるというふうに考えていましたが、捕虜たちの記憶は逆かもしれない。

小菅 コリアンガードというのは、朝鮮人の捕虜監視員のことですね。内海愛子さんが優れた研究をなさっていますよね。軍属傭人、つまり軍に徴用された民間人という扱いで、日本軍の組織の最下級で、さらにその下の捕虜を監視して、日常生活一切の面倒を見た人びとですね。

朴 はい、内海愛子さんが『朝鮮人BC級戦犯の記録』という本に捕虜監視員として働いたために戦犯になって死刑になったり、服役したりした朝鮮人たちのことを書いて、日本の戦争責任を問うていらっしゃいます。私としては、日本人に向けられているはずのチョーカーさんの本から浮かび上がってくる別のディテールの問題を、どのように受け止めるべきかということを考えさせられました。つまり、この本は、単に戦争の悲惨さを語るものとして片付けられないものをたくさん含んでいるのです。

チョーカーさんの本には、根本さんもおっしゃったように、捕虜たちが持っていた資質というか、美質がよく描かれているように思いました。そのために、悲惨な話でありながら救われるような気分にもなれました。あのような過酷な状況の中でも、それぞれ何か人のためになるようなことをしている。それは絵だったり、ユーモアだったり、料理だったり、ものを作ることだったりとさまざまですが、人のためにしているけれど結果的に自分のためになっている。それは、労働以外にはすることがない中で、そのようなことをすることで自分や人を精神的に救うような、サバイバルの手段でもあったのでしょう。そのことに大変感心させられ、感銘を受けました。等しく極限状況の中に置かれたとき、誰が死んで誰が生き残るのか。それは、ほんのちょっとしたことで決まるのかもしれません。人が生き残る、生き続けられる条件とは何だろうかということを改めて考えさせられました。そういう意味ではチョーカーさんの手記は人間の持つ強靭な精神を垣間見せてくれるものでもあります。

　チョーカーさんの手記の部分は、戦争中に書いた「日記」と「走り書き」を元に、戦後になってから、一部については文献などを参考にしながら、まとめあげたそうですね。でも、初版は１９９４年、戦争が終わって、何十年も経ってから出版されています。そのせいかもしれませんが、恨みとか憎悪という感情はあまり感じられなくて、淡々とした書き方であるのもよかったです。

　それにしても、捕虜たちの中にこれだけ強く残っているコリアンガードに関する記憶が、韓国の中ではまったくゼロ。朝鮮人ＢＣ級戦犯の話は韓国では以前はあまり知られていないか、触れられていなかったのですが、盧武鉉《ノムヒョン》政権時代、日本の植民地支配による「被害者」を認定していく作業の中で２００６年に韓国政府によって被害者として認定され、それと前後して韓国のテレビ番組でも取り上げられています。日本帝国主義に対する協力者と見なされてきたのが変わったわけです。このことについてはあとでまた話しますが、いずれにしろチョーカーさんが書いているような加害者としての具体的イメージは、韓国の一般認識の中にはほとんどありません。

コリアンガード

小菅　１９９８年の春、天皇訪英に先駆けてロンドンでチョーカーさんの個展が開かれました。初日の会場で、作品を鑑賞しながら多くの人びとが、先ほど朴さんがおっしゃったように、「生き残る」とはどういうことなのか、熱心に議論をしていたのが印象に残っています。もう一つ、お二人が今おっしゃったように、確かに、チョーカーさんの作品は、戦争が悪かっただけでは済まされない側面や、戦争という説明だけで片付けられない問題を提起していますね。
　朴さん、先ほど韓国人の記憶の中に泰緬鉄道や捕虜監視員についてはほとんど残っていないとおっしゃいましたが――。

朴　そうです。泰緬鉄道のみならず、日本の戦争の話を具体的に知る機会はあまりないように思います。日本軍と戦争といえばもっぱら慰安婦や南京事件や七三一部隊の話ぐらいしか思い起こさないように思います。朝鮮人志願兵や徴兵された人たちの話は知っていても、3000人の朝鮮人軍属がいて、捕虜監視員になり、日本の敗戦後、その一部がBC級戦犯として裁かれたということは、あまり知られていないのです。

私自身が朝鮮人BC級戦犯のことに関心を持ち始めたのは、先ほど話した、盧武鉉政権が日帝時代における被害者たちを新たに認定していくようになったときです。慰安婦の認定と同じような過程だったかと思うのですが、ある程度期間を決めて、申請を受けて、事情聴取をして認定していくような過程がありました。その記録集も出ています。彼らは日本との関係で被害者であることは間違いないし、国民を守れなかった国家として当然すべきことではあったと思いますが、問題もある。チョーカーさんも「日本の読者の皆様へ」で、まずは「知る」ということが大事だということをおっしゃっていますが、私も、歴史和解はまずは事実を正確に知ることから始まると考えているので、コリアンガードについての総体を知ること自体がないような状況の中で、韓国人を単なる被害者として認めてしまうということが生ずる問題点について考えざるをえなかったのです。

内海さんの本では、元BC級戦犯の一人が韓国政府に被害者として認められたとき、「民族への（心の）負い目」があると言っています。また、元コリアンガードで戦犯になり、今は亡くなっている文泰福さんは、捕虜たちに「できたら一度、みんなを代表して彼らに謝りたい」と言っています（内海愛子、韓国・朝鮮人BC級戦犯を支える会編『死刑台から見えた二つの国』）。そのような姿勢は、錯綜《さくそう》した加害と被害の関係と和解の問題を考える上においてとても大事ですが、韓国人は被害者だという枠組みだけだと見えてこない可能性があるのです。

小菅　泰緬鉄道を強行建設したのは日本軍ですから、加害の責任はもともと日本人にあります。そのことを踏まえた上で、コリアンガードという、いわば加害と被害の歴史のひだに織り込まれた存在を見つめると、確かに加害と被害の複雑な重層性という問題が浮かび上がってきますね。

朴　歴史上の出来事は、単なる民族の問題だけでなく、ジェンダーや階級の問題、それとそれぞれの内部が関わっているがために、日韓の対話や和解を難しくしている側面があります。チョーカーさんの本は、対立や暴力をめぐる関係性の複雑さを改めて認識させてくれるものでもありました。

小菅　泰緬鉄道建設には朝鮮人軍属８００人が動員され、そのうち35人が捕虜虐待のかどで起訴され、33人が有罪となり、そのうち9人が死刑になりました。泰緬鉄道は、日本の戦争指導者を裁いた東京裁判でも扱われていますが、そこでも朝鮮人監視員の話が出てきます。元捕虜の手記の中にも、例えばミリオン・セラーとなったオーストラリア人元捕虜ラッセル・ブラッドンの『The Naked Island』（丸裸／丸腰の島）には、日本人と同様に、あるいは日本人以上に暴力的な朝鮮人監視員のことが描かれています。日本で翻訳も出ているイギリス軍医療将校ロバート・ハーディの収容所日誌にも、日本兵と共にアジア人労務者に暴力を振るう朝鮮人監視員の話が出てきます。『Encyclopedia of Prisoners of War and Internment』（戦争捕虜抑留百科事典）という、アメリカの出版社から出された本の「ビルマ－タイ（死の）鉄道」という項目には、「捕虜たちが労働した状況は信じられないほど残虐であった。監視員の多くが臨時に雇われたコリアンたちで、監督者のほとんどが無能者で日本軍の落伍者だった」という解説がなされています。

イギリス人元捕虜に話を聞く機会がありましたが、人によって差はあるものの、加害者としてのコリアンガードのイメージは、一部の元捕虜や関係者の間にまだ残っていると思います。ただ、細かいことをいえば、個人の内面の感情は客観的に扱うのには難しい問題が常につきまといます。まったく同じ人物が、一番残酷だったのはコリアンだったと言うこともあれば、別の日には、日本兵くらい残虐な者はいないと言うこともままあります。しかし、いずれにしても、それがイギリスを始め関係諸国で韓国批判という形で盛り上がるということはなかったですし、朝鮮半島が日本の植民地下にあったということは、こういう問題に興味がある人であれば誰もが知っています。

根本　コリアンのほうが残酷という証言に対しては、実は拭《ぬぐ》えない疑問を感じています。

　私は今、アングロ・バーミーズという、イギリス人（及び英語母語化したヨーロッパ人）とビルマ人（少数民族を含む）との間に生まれたハーフの人たちの歴史を追っていて、特に日本軍がビルマを占領した時代（1942―45）に彼らがどういう苦難を経験したかということを、オーラルヒストリー（聞き取りによる歴史調査）の手法で解明しようと取り組んでいます。

　彼らの話を聞くと、日本占領期にビルマに残って大変な目に遭ったということを共通して語るのですが、私が日本人であることを意識してか、より残酷で悪かったのはコリアンだったと強調するのです。聞き取りをしたほとんどの人は当時まだ子供か、せいぜい青年期の入口で、日本語ができたわけでもなく、ネイティブの日本語発音とコリアンの日本語発音が聞き分けられるはずなどありません。そこで、「どうやってコリアンとジャパニーズを区別できたのですか」と聞くと、それに対して説得力のある答えをしてくれた人は一人もいません。「見ていて自然にわかった」と言うのです。

　アングロ・バーミーズは親英的と見なされ、日本占領下において日本軍の厳しい監視下に置かれていました。中には収容所に入れられていた人びともいます。そのような状況下で彼らが接触したコリアンも、おそらく日本人と同じような服を着ていただろうし、片言の英語でいろいろなことをアングロ・バーミーズに命じたりしていたに違いないと思います。では、どうして区別がついたのか。私が拭えない疑問はこの点にあります。

　もしかしたらアングロ・バーミーズの人びとが戦後になって、コリアンのほうが残虐だったということをどこからか伝え聞き、そういえばコリアは日本の植民地だったから、そこの人間が戦場に無理やり行かされれば、普段抑圧されてきた鬱憤《うっぷん》を晴らすべく、捕虜に対して日本人以上に残酷になったのだろうと頭の中で理解し、自分に残虐だった人間もコリアンに違いないというふうに、記憶を再構成させていったのではないかと私は思うのです。

チョーカーさんの本を読んででも、悪いコリアンが出てきて、しかし一方で、ごく少数のよい日本兵が出てきますが、そのよい日本兵が本当に日本人なのかどうか、証明は難しいですよね。チョーカーさんだって日本語ができたわけじゃないですから、コリアンとジャパニーズをどうやって区別できたのか。よい日本兵はもしかしたらコリアンだったかもしれないわけです。

戦後、より残虐なのはコリアンだった、なぜならコリアは日本の植民地だったから、という理由付けができあがって、それによって関係者たちの記憶が再構成されたのではないかと思うのです。これはビルマ人相手に聞き取り調査をするときにも出会う現象で、戦時中、日本軍に嫌なことをされたと語るビルマ人の中には、「より悪かったのは日本人よりコリアンだ」と説明する人がときどきいます。ここでも「日本人とコリアンの違いがどうしてわかったんですか」と私が聞くと、「それは自然にわかった」と答えるのです。私はそこに、戦後の言説の「作為」を感じてしまうのですが、思い過ごしでしょうか。

小菅　おっしゃる通り、「下村通達」というのがありまして、これは戦後間もない時期に、陸軍大臣の下村定《さだむ》が出したものなのですが、連合軍から捕虜取り扱いについての訊問をされるようなことがあった場合には、捕虜収容所の監視員は資質の劣る朝鮮人や台湾人から編成されていて、教育も不十分だったことを説明するように、と指導しているんです。捕虜監視員の件については、事実の問題とは別に、少なくとも日本の側にも、欧米諸国に対して、「悪かったのは朝鮮人や台湾人だった」というイメージを与えようとする意図があったわけです。

チョーカーさんの場合は、監視員本人から自分はコリアンだと聞いたと言っていました。日本人とコリアンを区別するもう一つの根拠は、日本軍の組織の中で、明らかに彼らが下に置かれているのがわかったからだとも言っていました。もう一つ、日本兵から、あいつはコリアンだと聞かされたこともあったと。

コリアンガードと日本兵では、服装の違いもあったかもしれないですね。

朴　先ほど根本さんがおっしゃったようなことは、韓国人としては救われる思いのするお話です。実際にチョーカーさんも、親切な仏教徒朝鮮人や音楽好きの朝鮮人監視員の話も書いていて、悪い朝鮮人の話ばかりが書かれているわけではありません。

ただ、チョーカーさんは、朝鮮人の残虐行為は植民地にされた鬱憤晴らしだというふうに好意的に書いていて、それはその通りの側面があると思いますが、やはりそれだけでは、一面しか見ていないことになるのではないか。

植民地人として連れていかれたのはもちろん露骨な強制の下でのことですが、そういった気持ちにさせるような巧妙な、結果的には自発的に行く形をとらせるようなところもあってのことでした。例えば当時において日本人になる、兵士や軍属に志望して日本に忠誠を示すということは、身分上昇を期待しうることでした。言葉も奪われて「日本人」になることを強要されていた朝鮮人たちが、本物の「日本人」になったことを証明する最後のハードルだった忠誠心を示そうとして捕虜たちに必要以上にひどい仕打ちをした可能性もあると思います。

ビルマの視点から

小菅　ビルマの歴史研究を専門とされている根本さんは、チョーカーさんの本をどのように読まれましたか？　ビルマは3年半、日本軍に占領されていましたよね。植民地主義の問題についても、いかがお考えでしょうか？　それと基本的なことなのですが、「ミャンマー」ではなく「ビルマ」という国名を使う理由について説明していただけますか。

根本　確かに今の若い世代は「ビルマ」ではなく「ミャンマー」と呼ばないとこの国のイメージが湧かないかもしれませんね。「ビルマ」か「ミャンマー」か、国名をめぐる問題については、きちんと説明しようとするととても長くなるので、ここでは省かせてもらいますが、簡潔にいえば、国名をめぐるビルマ独自の歴史的経緯があって、歴史研究者としてはその経緯を尊重したいという思いがあるのと、もう一つ、これは従属的な理由にすぎませんが、「ミャンマー」という国名には、この国に圧制を強いている現在の軍事政権の負のイメージがついてまわるので、個人的に使いたくないという思いもあります。

チョーカーさんの本から学ぶことはいっぱいあって、まずその自然観察力の鋭さに驚かされました。絵の中に花とか鳥もライトモチーフとして出てきますし、手記の中に詳しく動物の名前が出てきます。手記は一部戦後になって調べて書いた部分もあるのでしょうが、極限状態に置かれていたにもかかわらず、鳥とか花とかサルとかリスのことが鮮やかに記録されているという点に関し、非常に感銘を受けました。

また、サバイバルの問題でいえば、フランクルの名著『夜と霧』を思い出しました。ユダヤ人強制収容所という極限状態における経験を記した記録ですが、あれも、著者が非常に前向きな姿勢を持っていたからこそ、あのような最悪の極限状況でも生き抜くことができたということが伝わってくる本ですよね。それと通じるものをチョーカーさんの本を読んで感じました。

ただ、そういう中であえて自分の専門を踏まえて建設的な批判を言わせてもらえば、アジア人労務者に関する記述を、たとえ元の日記にはほとんど書いてなくても、戦後に手記としてまとめ直すとき、もっと多めに書き加えることができなかったのかと残念に思います。本書はあくまでも著者の個人的経験を書いているので、自分が置かれた厳しい状況以外のことは基本的に対象外でしょうから、この批判はないものねだりではありますが。

小菅　シンガポールでの華僑に対する日本軍の暴行については、かなり触れられていますが……。東南アジアの現地労働者の中で、鉄道建設の主力になったのはビルマ人ですか。

根本　そうです。戦後、ビルマ国家がまとめた歴史書では、10万人死んだと書いてあり、動員総数も17万人とか18万人などと書かれています。しかし、ビルマはタイと陸続きということもあって、ビルマ人労務者の場合、建設現場に着く前や、着いたあとに、かなりの数が逃亡していることも事実です。おそらく半分くらいは逃亡して、実際の工事従事者数は10万人程度、そのうちの約半数の5万人程度が劣悪な状況下で命を失ったものと推定できます。労務者の集められ方が自由意思ではなく、村レベルで日本軍とバモオ政府（日本軍政下のビルマ人行政府）の命令による強制割り当てだったので、数えきれない悲劇があったことは確かでしょう。

ところで、チョーカーさんの本は、原題が『Burma Railway』（ビルマ鉄道）ですよね。地図を見てわかるように、この鉄道のビルマの部分というのは全体の3分の1ぐらいで、日本では「泰緬鉄道」、英語でも正式には「タイ・バーマ・レールウェイ」もしくは「バーマ・タイ・レールウェイ」です。しかし、イギリス人が書いた手記は、チョーカーさんの本が象徴的なのですが、ほとんどがこの鉄道を「バーマ・レールウェイ」と呼び、そこではタイが省略されています。長い名称を省略することはままあることですが、「タイ・レールウェイ」とは決して呼ばないのはなぜなのか、そこが気になります。

イギリス人にとってバーマ（ビルマ）はブリティッシュ・バーマ（英領ビルマ）だという当然の前提があって、自分たちが植民地として持っていた英領ビルマの存在が無意識のうちに「誇り」として受け止められ、そのビルマを日本帝国主義によって奪われて壊され、さらに地獄のような鉄道建設工事に動員されて大変な目に遭ったという理解がそこにはあるのではないでしょうか。

私が言いたいことは、最近の言葉でいえば「植民地責任」ということにつながります。なぜイギリスがビルマを自分たちの国家として支配することができたのかということへの問いかけや批判が一切なく、そこにあるのは、英領ビルマがあり、同じく英領マラヤとシンガポールがあって、その関係でイギリス人が当然のように東南アジアに存在し、それを悪しき日本帝国主義によって破壊され、捕虜として強制労働までさせられ、そうさせられた自分たちは被害者に尽きるという論理でしょう。

　自分たちがなぜここに植民地を持っていたのかということへ思いをはせる、そこまでの思考的余裕や自己批判は、このチョーカーさんの本を読んでも感じられません。さらに、最初に言いましたように、数の面でいえば連合軍の捕虜よりもずっと多かった東南アジア各地から連れてこられた労務者に関する記述も、彼らのほうが自分たちよりももっとひどい目に遭っていたということを指摘していますが、それほど詳しくは書いていません。この本がもし、チョーカーさんがキャンプにいるときに書いた文章をただそのまま出版したものであれば、この批評は的外れになりますが、戦後になって自身の手記を読み直し、その他の資料も参考にして、一部を書き改めたり加筆したりして書いているわけですから、そのとき、なぜビルマが自国の植民地だったことへの問題意識が芽生えなかったのか、その点だけ残念に思います。

小菅　日本軍による欧米人捕虜虐待は非常に問題だった、しかし、そもそもなぜ彼らが東南アジアにいたのか、という問題ですね。ちょっと押さえておきたいのですが、鉄道建設工事に伴う日本軍の問題行為と、ビルマ支配についてのイギリスの植民地責任は、次元の違う問題ですね。これら二つの問題は、確かに、泰緬鉄道という歴史事件の中に交錯し、重なり合ってはいますが、まったく同一次元で因果関係を論じられる問題ではないと思います。

　もう一つ、イギリスで、泰緬鉄道が、「タイ鉄道」でなくしばしば「ビルマ鉄道」と略されるのは、日本軍が当時ビルマからタイに向けてではなく、タイからビルマに向けて補給路を確保するために敷いた鉄道だったという、日本軍の側の戦略的重点の置き方を反映したものだと説明することもできます。

　チョーカーさんが手記やイラストで、自分自身の捕虜としての苦難の体験を労務者の悲惨さよりも集中的に描いたことに、私はさほど違和感は覚えません。それは、先ほど根本さんが紹介なさったティッルウィンが、『死の鉄路』で、労務者の苦難のほうが重点的に書かれていたのと同じ性格のものでしょう。

植民地責任は、政治的にも経済的にも文化的にも、それに責任のある集団と、植民地政策に対して指導的な地位にあった者や組織が、まず問われなくてはいけません。これは戦争責任でも同じことだと思います。アジアで3年半の間、日本軍の捕虜となって苦汁を嘗《な》めたイギリス人が、アジア人の苦難を彼の手記に十分描かなかったからといって、彼にイギリスのアジア植民地支配への責任感が欠如しているということにはなりません。チョーカーさんという個人は日本との和解に尽力するイギリス人で、対日和解を語るイギリス人がとりたてて自国の植民地責任への問題意識が希薄であるとは、話の筋道からも、実際の問題としてもいえないのです。

私は、和解というのは、常に自己を主体とする課題としてとらえたほうがよいと思っています。捕虜問題は日本人が主体となって和解を促せる課題、イギリスの植民地責任はイギリスが主体となって和解を促せる課題。日本人が主体となって問いうる植民地責任は、日本の植民地支配をめぐる責任でしょう。

泰緬鉄道に話を戻しますが、問題の立て方を、日英和解とか日蘭和解とか、そういう国家と国家の枠組みではなく、泰緬鉄道という一つの歴史事件を中心に置いてみると、違った問題が見えてきますね。

根本　泰緬鉄道をめぐる和解ということになれば、一番の基本は泰緬鉄道の舞台になったビルマやタイ、それからもちろんマラヤ、シンガポールが、それぞれ単なる「風景」ではなくて、そこに人がいて、タイを除けばそこが列強の植民地だったこと、そこに日本軍が入っていったこと、そこに人が住み、その人たちがどうなったのかということを考えないといけないと思うのです。泰緬鉄道をめぐって、いくら日本とイギリスの関係者だけが和解に努力をしても、実は大事なものを忘れてしまっているのではないかと私には感じられます。

朴　共感します。捕虜たちの悲惨さを知ることも大事ですし、日本人BC級戦犯たちへの処罰が一種の復讐の形になっていた側面があることも知るべきだと思いますが、植民地化されたり占領されたりした立場から見ると加害者同士の剝《む》き出しの欲望が生じたことでしかない、ともいえますから。コリアンガードたちは加害者にさせられた被害者ですが、やはり日本に協力した加害者としての側面を一度は直視すべきですし、そのとき、現地の人たちに対して何をしたかということももっと知っていかねばならないと思います。

内海さんの本にはコリアンガードが収容所に入れられていたオランダの女性たちに暴力を振るったことも出てきます。そのことについて暴力を振るった本人が「女子と小人は養い難し」と言っていることから、まずは家父長制の強かった男性としてのことと考えられますが、それだけでなく一種の逆レイシズムが発動してのことではないかと思います。東洋の男性が白人女性を憧憬《しょうけい》することはよくあることですが、それが征服欲として現れることがあり、服従させることはその一環のこととして考えられます。もちろん、これは日本人男性にも共通する問題であり、そこでは日本人も韓国人もまったく同じ位置にいたといえるでしょう。つまり、性差別や植民地主義やレイシズムが幾重にも複合された形で、こうした暴力や虐待が行われていたと思うのです。

小菅 泰緬鉄道と歴史和解という問題について普遍的に考えようとすると、そこには戦後和解の側面もある、植民地支配後の和解という側面もある、さらにレイシズムやフェミニズム、階級に関わる問題も見えてくる——。国家の政治や外交、あるいはマスメディアというレベルでいえば、歴史のひだにここまで踏み込んで議論することを期待するのは当面はまだ無理でしょうが、学問的な取り組みならばすでに可能ですよね。

私としては、レイシズムと戦争、それからメディアの問題に大変興味があるんです。日本軍が「白人」捕虜を酷使したことは事実ですが、それをイギリスのメディアがどう扱ったかという問題です。日本軍の捕虜虐待は事実ですが、欧米メディアがそもそもそれをどう扱ったかを見ることで、植民地主義という問題の根深さが見えてきます。戦時中、日本軍の「白人」捕虜虐待についての報道が、植民地支配下にある人びとを、むしろ喜ばせてしまうのではないかという危惧《きぐ》が、欧米諸国とりわけイギリス政府の中にありました。そこで、メディア対策として、欧米人捕虜虐待について報道するときには、できる限り日本軍のアジア人への暴虐とセットにして行うよう政府が指導しているのです。

裏を返せば、イギリス政府は、捕虜の安全を気遣いながらも植民地の反応を配慮しないわけにいかなかったということですし、その意味では、木畑洋一さんの言葉を借りれば、捕虜たちは植民地「支配の代償」とされたともいえるでしょう（『支配の代償』）。ですから、アジア人労務者が、イギリス人捕虜3万と共に酷使された泰緬鉄道は、イギリスのメディアにとっては格好の題材だったわけです。

〈歴史和解〉へのアプローチ

小菅　泰緬鉄道をめぐって、さまざまな問題があぶり出されてきたので、次に、「和解」という問題について考えていきましょう。

和解は、いろいろなレベルで論じることができますよね。個人の内面、個人と個人、個人と集団、あるいは集団と集団のレベルといったように。ただ、和解にせよ赦《ゆる》しにせよ、この鼎談で議論の対象になりうるのは、何らかの意味で集団レベルの問題あるいはそれに関わる個人の問題です。ここでいう集団というのは、一義的には国家のことです。国家単位の集団的和解、集団的赦し、そこに至るための政策。その前提には、国家の責任という問題があります。

この点について、少し説明します。そもそも、憎悪や怨恨などの個人の内面のあり方を中心に「和解する」ということを最優先に考えるのであれば、先ほど挙げたような諸問題が未解決のままでも、泰緬鉄道で虐待された側と虐待した側、つまり当事者同士が、再会して赦し合えたとするなら、それはそれで素晴らしいことでしょう。というのも、こういう言い方をすると冷淡に聞こえるかもしれませんが、あれほどの悲惨と残虐とがあったあとに、すべての人びとを和解させせるということは不可能だと私は思うからです。

虐《しいた》げた者と虐げられた者、そして彼らがそれぞれに属する集団の構成員、そのすべての人間の気持ちを満足させるような和解のあり方は、奇跡でも起こらない限り、この世にはないでしょう。

重要なことは、たとえいかにそれが困難であっても、集団として、そして特に戦後生まれの個人として、われわれは0点よりは40点、40点よりは60点を目指して和解を進めていくのだということです。40点しかとれなかったから和解のためにならなかった、60点しかとれなかったら何もしなかったほうがましだった、ということにはなりません。100点をとることはできないからこそ、息の長い、双方向の、多様な取り組みをしていくことが必須なのです。

戦争は、人間一人ひとりの多様性を否定し、個人というものを均一的で画一的な全体にしていくことによって可能になります。だとすれば、戦後和解のプロセスは、個々のレベルで見れば、その逆であるはずです。

とはいえ、この鼎談の主たる課題は、個人の内面や心のあり方を、集中的に論じることではありません。むしろ、ここでは、根本さんや朴さんが問題提起をなさったように、和解を、集団と集団、あるいは個人と集団の問題として考えていくことにしたいと思います。

さらに、泰緬鉄道を、日英和解という二者間の課題としてではなく、日韓英さらにはビルマを始めとする泰緬鉄道建設に巻き込まれた東南アジアの国々を含めての課題として、多層的に、重層的に、複眼的に見ていくことにしたいと思います。泰緬鉄道が現代の私たちに提起する、和解をめぐるさまざまな問題を発見あるいは再発見することを第一の目的としたいと思います。特に「アジアの視点」から泰緬鉄道を見たとき、どんな問題がそこに浮かび上がってくるのか――それぞれのご専門の立場から、さらにお話をしていただければと思います。

根本　私がこの泰緬鉄道をめぐる和解という話で最初に思い出すのは、永瀬隆さん（1918〜）という方です。ある時期まで岡山県の倉敷市で英語学校の先生をしながら、人生の後半を泰緬鉄道で苦しんだ連合軍の捕虜や東南アジアの労務者及び犠牲者の遺族との和解にすべてを捧げてきた方です。本人は戦争中、陸軍憲兵隊の通訳として連合軍の捕虜と日本軍将兵との間に立ち、捕虜たちに対する拷問などにも立ち会ってきたため、戦後、その記憶に苛《さいな》まれ、悩みに悩んだ末、1960年代の初め、残りの人生を、被害者との和解のために行動しようと決心するに至りました。

小菅　日本の一般の読者には、泰緬鉄道の捕虜だったレオ・ローリングズの『イラスト　クワイ河捕虜収容所』などの訳者としても知られていますね。

根本　朴さんはご著書の『和解のために』の中で、「被害者の示すべき度量と、加害者の身につけるべき慎みが出会うとき、はじめて和解は可能になる」と大変に印象に残ることを書いていらっしゃいますが、永瀬さんの場合、自らを加害者とはっきり認識した上で、被害者に対し、積極的に赦しを請うという行動をとり続けています。永瀬さんのそうした行動は、すぐには成果を出しませんでしたが、徐々に彼の行動に応じるイギリス側の元捕虜の人たちが現れました。もちろん、すべてではありません。しかし、応じた元捕虜の側は、被害者として、加害者の日本人を赦すようになっていきます。彼らの多くは今でも戦後補償に応じない日本国家（政府）を赦してはいませんが、日本人については赦そうという気持ちを抱いています。とりわけ、戦後世代の日本人と前向きの関係を作った上で人生を終えたいと思うようになっています。

　元捕虜たちが「国家」としての日本と「人間」としての日本人を分けて考えるようになった点、そして何よりも戦後世代の両国の人間交流を建設的なものにしようと願うようになった点において、永瀬さんは素晴らしい成果を導き出した和解の貢献者だと思います。永瀬さんはまた、東南アジアの労務者たちの犠牲や被害についても日本の加害者性を十分に認識し、その赦しを求めるべく、元労務者の子供や孫たちに奨学金を長期にわたって出しています。泰緬鉄道と和解という言葉を聞くと、こうした永瀬さんの生き方を私は思い起こすわけです。

　永瀬さんの行動は、そのスタートは個人的な動機によるものでした。戦後、千葉県で高校の英語の先生をされているときに、体調を崩してしまう。夜、泰緬鉄道建設工事の通訳としてあたっていたときの悪夢がよみがえり、眠れない。耐えられなくなって仕事を辞め、故郷の倉敷に戻り、自分で英語学校を作って、そこで地元の中高生たちに英語を教えます。自分が何をしなければいけないのかを考え続け、そこから和解に向けた行動が始まります。私は今から20年前に1回、そして4年前にもう1回、永瀬さんに聞き取りをしましたが、個人的な宗教的体験も含めてご自身の歩みを真摯に話してくださいました。しかし、個人的動機からスタートした赦しを求める積極的な歩みが、だんだん国家、国民というレベルにまで拡大していったのではないかと思います。

チョーカーさんも基本的に個人の立場でこの本を書いていると思います。しかし、これを書くことによって、チョーカーさん個人の体験が多くの読者に共有されるようになり、それが「国家と国家」「国民と国民」、さらにそれを超えた「市民と市民」という関係の中で、過去の出来事ではあるけれども、そこでねじれてしまった問題を解きほぐし、和解に向かって歩み出していくことを可能ならしめるのではないかと私は考えています。

小菅　永瀬さんとは、電話でお話をしたことがあって、いつのことかといいますと、ちょうどチョーカーさんの個展を初めて日本で開いた頃です。このとき、関西で、いわゆる自腹を切ってチョーカーさんの個展の準備を進めたのが、永瀬さんだったんです。

今も私の印象に残っている永瀬さんの言葉があって、それは、要するに、自分のような和解家は、同じ泰緬鉄道のことをやっていても、いわゆる学者とはアジア人労務者に対する態度が違うと。永瀬さんは、自分はアジア人労務者だった人びとが今どんなに悲惨な境遇にいるかを知ったら、もう彼らを放ってはおけない、何とかしてあげたいと思うし、自分のできることは何でもする、そう言っていました。私は、日英和解ということになると、学者と和解家の二足の草鞋《わらじ》なので、共感を込めて、永瀬さんがなさった苦労を思うことがあります。

　永瀬さんの良き理解者でもあった故・斎藤和明さんも書いているのですが、1995年の8月15日に、永瀬さんたちが7000名の捕虜が埋葬されているカーンチャナブリーの戦争墓地の記念碑に花輪を捧げるんです。でも、その花輪をイギリス人らしき者が放り投げて、足で踏みつけてしまう。永瀬さんたちがまだそばにいるのに。では日本人はどうだったかといえば、やはり必ずしも永瀬さんを常に支持してきたわけではありません。でも、永瀬さんは、それで挫折してしまうようなことはないんです。

　チョーカーさんは、日本政府に対する戦後補償運動には距離をとってきた人です。日本政府よりも、自分たち捕虜を守れなかったイギリス政府に対する批判の意識のほうが、チョーカーさんには強いのです。対日戦後補償運動に彼が加わらなかったのは、日本軍の捕虜だったなら加わるべしといわんばかりの推進者への反発もあったようです。

　もう一つ、イギリス人元捕虜にとって、対日戦後補償運動を支持するということはイコール金銭的な支援をするということでもあったのです。このあたりのことは、まだ詳細をここでお話しするには時が熟していないようにも思います。

　いずれにせよ、チョーカーさんが望んでいることは、日本人に歴史を知ってもらいたいということだけです。彼が私たちにと捧げてくれたものを、すぐさま放り投げたり、踏みつけにしたりするのではなく、まずはしっかりと受け止める。その上で、視線や対象を広げて、歴史和解ということに取り組んでいけたらいいですよね。

根本　本当にそうですね。和解の対象を考えるとき、小菅さんもおっしゃったように、今ここで日本とイギリスと韓国というように三つに制限するのではなくて、東南アジアの国々と人びとを入れなければいけないと思います。特に泰緬鉄道でいえば、ビルマとタイ、そしてマレーシアとインドネシアですね。実際、そういうところから多くの人たちが労務者として連れてこられたわけですから。そういった人たちや、泰緬鉄道を建設した場所としてのビルマとタイが、単なる背後の「風景」になってしまわないようにしなければいけません。彼らも主体や対象に含めた和解をどう模索していくのかということが大切です。それは、日本の戦争責任や植民地責任を本当の意味で理解するためにも必要なことだと私は思います。

朴　根本さんが市民のレベルに開いていくことが必要とおっしゃいましたが、まずは国家レベルでなされてしまったことであるので、形式にこだわるわけではありませんが、やはり国家レベル、あるいは民族レベルでの何らかの形が必要だとは思います。しかし同時に、市民レベルにまで持っていくというのは、経験者同士のレベルにとどまらず、普遍的な観点から出来事を見ることができるという意味を持つことになりますね。

国家間同士の問題があったとき、和解の主体は個人なのか国民なのか市民なのか。個人の赦しや和解への試みというのはもちろん大事ですが、個人の試みを国家が邪魔したり、逆に国家の試みを個人が受け入れなかったりすることもあります。個人や国家の取り組みが、どのように接点を作れるかは、今後の課題だと思います。

根本さんは私の著書の言葉を引用してくださいましたが、この言葉だけではまだ十分ではないでしょう。どのように赦しが可能か。単に赦しの心を持てと言われても、それは無理だと思うのです。どういったときに赦しが可能なのか。それにはやはりまずは、出来事の全体像を正確に、細部まで「知ること」だと思います。そして、「なぜ」を聞くこと。つまり、なぜそういったことが行われたのか、なぜそのような暴力がそこで行われたのか。

文明化とは洗練されることでもありますが、洗練されていくということが必ずしも暴力から遠のくかというと、そうではない。むしろ、見えない形でより残虐になりうることももちろんある。文明化とは、考え方のズレともいえますね。人間に行われた暴力を知り、それを反省し、処罰や赦しも必要ですが、そこでとどまってしまうと反復を免《まぬか》れない。また相手に対する憎悪も消えにくいと思うのです。しかし、「人間」の問題として、考え方の問題として考えていくと暴力の背景について理解できるようになるし、最終的には赦すこともできると思うのです。

泰緬鉄道のコリアンガードについていえば、彼らがやった行為が植民地化された被支配者の鬱憤からだというのは、まずは真実だと思います。そうした意味では行為は加害でも、彼らは紛れもない被害者ですし、そのような立場にさせた日本の責任は重いと思います。1942年8月、朝鮮に捕虜たち約1000人が連れてこられ、「見世物」にされるようなことがありましたが（前掲、内海愛子『朝鮮人BC級戦犯の記録』）、そのとき、朝鮮民衆は日本の「戦果」を目にして日本を信頼するようになります。そのように日本の意図通りに動員されて結果的に加害者になったとしたら、そして彼らが「戦争に加担した自らの責任を考えようとする姿勢を守ってきた」（『朝鮮人BC級戦犯の記録』の韓国語版「あとがきに代えて」より、日本語訳は朴）としたら、そのようなことを韓国の人たちがもっと知り、その認識を共有するべきだと思います。

歴史学習の場で和解を考える

小菅　今、朴さんがおっしゃった、どういったときに赦しが可能になるのか、というのは、和解をめぐる核心的な問いですね。そこから波及して、歴史和解における赦しとは何か、今や圧倒的多数を占める戦後生まれの世代は、そもそも何について赦しを求め、また与えることができるのか、という問題が浮かんできます。こうした問いの答えを見つけていく上でも、私たちのような戦後世代、当事者ではない世代は、まず、歴史を学ぶ必要があると思います。まさにチョーカーさんが私たちへのメッセージの中で触れていたように、戦後世代は、和解のためには「まず歴史を知ること」から始めないとならないですよね。

根本　われわれ研究者は、歴史問題に関心を持ち、関連する資料を集め、可能であれば聞き取り調査をして事実に迫ろうとします。でも、そういう動機付けが必ずしも強くない一般の人たち、特に高校生や大学生にどうやって歴史を知ってもらえばいいのか。これとこれとこれを覚えなかったら単位をあげませんというような、脅しで勉強をさせる方法がありますけれども、本当にその人の生き方にまで影響を与えるような知識は、その人に何らかの動機付けがないと理解してもらえないと思うのです。その点でいつも悩んでいます。

小菅　「こんなことがあったんだぞ。知らなかっただろう」とばかり、ショッキングな事件やイメージを若い世代に突き付けると、驚きや感動というよりもショックや恐怖を与えてしまうことがありますよね。

実は、以前、ビルマ戦従軍者を夫に持つイギリスの老婦人から、こんな話を聞かされたことがあるんです。彼女が、夫と共にローマを旅行していたときのこと、市内の大闘技場《コロセウム》で、日本人の若い女性旅行者と話をする機会があったそうです。その日本人女性はまだ大学生で、流暢な英語でこう言ったそうです。「ヨーロッパ人は残酷ですね。この闘技場で、奴隷が殺し合うのを観戦して楽しんでいたなんて」。イギリスの老婦人は、すぐさま、「そうね、確かに残酷ね。でも、それは古代ローマの話よ。日本人は、ヨーロッパ人やアジア人を何十万人も奴隷にして、たくさんの人たちを死なせたでしょ。つい最近のことよ」と言い返したそうです。すると、その女子大生は、「そんなこと、ありっこない」と言い張ったそうです。そこでイギリスの老婦人は彼女に、泰緬鉄道の話を詳しく聞かせてやって、鉄道建設に際して日本軍が強いた「奴隷労働」を生き延びた元捕虜たちが、今もなおどれだけ日本に恨みと憎しみを抱いているかを説明したそうです。すると、その若い日本人女性は非常にショックを受けて、「日本人がそんなに憎まれているなんて……」と泣き出してしまったと。

イギリスの老婦人はこの話をしながら、「日本人には歴史の知識がない」としきりに嘆いていました。ようするに、「歴史の知識がないから、過去に根差した憎悪がどのようなものだか知らされると、ひたすらショックを受けてしまう。ドイツ人がナチスのユダヤ人迫害を知らないなんてことはありえない。歴史を知っているから、過去と冷静に向き合うことができる」と。何かが音を立てて軋《きし》んでいるような、重苦しいエピソードですが、これによく似た話をイギリスの新聞でも何度か読みました。いずれにせよ、ショッキングな話や写真というのは諸刃《もろは》の剣で、学習教材としては難しい場合があります。

根本　おっしゃる通りです。原爆にしても、被爆直後の悲惨な写真や絵や証言だけをいくら若い世代に伝えても、「もう嫌だ」で終わってしまうかもしれません。しかしもっと多面的に広島や長崎の様子を伝えることができれば、なぜああいうことになったのか、避けることはできなかったのか、もっと歴史的背景を知りたい、という動機を与えることができるかもしれません。

　泰緬鉄道のイラストでいえば、チョーカーさんの絵と手記は多面的な要素が含まれているので、若い世代には適切な動機付けの教材になるかもしれません。心温まる花や鳥の絵も含まれるチョーカーさんの本は、泰緬鉄道に関して、残酷でショッキングなことについては知りたくないと生理的に拒絶させるような本では決してないと思うのです。

朴　考えるための素材とどのように出会ってもらえるかということが大事ですよね。もちろん民族レベルで行われたり、階級やそれぞれの枠組みの中で行われたことではあるけれども、なぜそうだったのかを考えることによって、私たちもそういった状況の中にいればいくらでもやりうることだということを理解してもらう。現代を生きるわれわれにも、未来にもありうることというふうに考える視点が必要です。自分とは関係ない、遠い昔のことや、隣の国のことと考えてしまうと、それは確かに退屈でしょう。

　もう一つ、こういうことをしたから日本は反省しろとか、韓国は反省しろということになるだけでは、直接関係のないことと感じる若い人たちはそこで嫌になってしまうこともあると思うんです。ある枠組みの中で行われたことについては、その枠組み単位の何らかの行動は当然必要ですが、それと同時に、常にそれを崩して枠組みの外から考えたり、逆に自分のことに引きつけて考える視点が必要だと思うのです。それによって、自分とは関係ないように見えることでも自分のこと、あるいはわれわれのこととして考えられるのではないかと思います。

小菅　自分だったらどうするかという視点ですね。特に戦後生まれのわれわれにとって、非常に大切だと思います。自分が収容所の所長だったら、鉄道隊員だったら、コリアンガードだったら、一体どうしただろうという問いかけですね。

根本　それから、先ほどの話でいえば「個人」から始まって「国民」「国家」そして「市民」へと進む認識の過程の重要性ですね。スタートとしての「個人」、到達点としての「市民」、そこまでどのように進んでいくのか、いきなり「個人」から「市民」には飛躍できないわけで、その過程を苦しみながら歩み、最後、「市民」へたどり着くという、まさにその過程を大切にしていくべきだと思います。

植民地主義と「組織」と個人

小菅　「自分だったら」の仮定を泰緬鉄道の問題に引きつけて考えてみると、どうしても出てくる問題が、組織といかに向き合うか、ということでしょう。組織の中でどうやって理不尽で非人道的な命令に抵抗していくのか、あるいは、していけないのか。

今生きているこの社会にも組織があって、われわれはそれに所属しています。組織にはいろいろな単位があって、常にいろいろな局面でわれわれは「選択」を迫られています。何を選んでいくのか。冒頭で紹介した元鉄道隊員の菅野さんも書いていたように、日本軍という組織の中では、上官の命令は絶対的なものでした。これに対して、今、何らかの圧力の下に自分が置かれたときに、不当な命令を受け入れるか、それともノーと言えるか。あるいは、自分が正義と信じること、大義名分をひたすら他人にふりかざし、選択を強要してはいないだろうか。こういうことに転換していかないと、なかなか自分のことに引きつけては考えられない。行為者を批判あるいは擁護することで泰緬鉄道の問題をわかった気になっても、なかなかそれを現在につなげていくことは難しいでしょう。

朴　韓国では今でも兵役の義務がありますし、そのような問題は現実の問題として存在しています。愛国心の名前で暴力さえも許されてしまうのが戦争ですが、そのような愛国教育を批判していくことで組織に対抗することができると思います。

　例えば、日本軍が捕虜を軽蔑した理由は捕虜になるより死ぬほうがいいと考えたからだ、と言われています。それは、国家（天皇）のために死ねることを日本民族だけにできる優れたことと考える思考があってのことでした。チョーカーさんは「日本の読者の皆様へ」に、好きだった、美しい国・日本が残忍な行為をしたことを矛盾だとしていて理解できなかったとしていますが、これは一見矛盾しているように見えても、実は裏表の関係にあることです。

　兵士たちは、死ぬことが日本民族「精神」の存在を証明することと思って、本当は死にたくないけれども、死んでいきました。例えば『きけ　わだつみのこえ』からは反戦思想の書でありながら、そのような考えがうかがえます。実際には日本も文明の力である技術力があるのに、西洋は物質しかないが日本には精神があると考え、西洋を科学（物質）だけのところと考えて軽蔑するというようなこともありました。おそらく、捕虜たちと接した日本軍や日本に同様の考え方を叩き込まれていた朝鮮人たちは、死なないで捕まった「西洋」の捕虜たちを「精神」を持たないものとして軽蔑したはずです。そういう意味では日本の芸術や文化と、ある極限状況で見られた暴力や自死といった現象は無関係ではありません。

小菅　捕虜虐待というのは戦時にあってはどの軍隊でも起きうるのではないかということと、なぜ日本軍に捕虜虐待が起きたのかという、その二つの問いかけが同時にされる必要がありますね。そのいずれもが重要な問題意識で、歴史を学ぶ上では非常に重要ですね。

朴　先にもちょっと言いましたが、監視員は自分の責任をちゃんと果たしているんだということを見せつける必要があったんだと思うんです。ちゃんと役目を果たしているということを日本軍に認めてもらう必要があった。実際にやりたい、やりたくないは別として、構造的にそうする他ない。そういう構造こそが植民地主義の何たるかを表しています。強制の枠組みの中で自発的にそういうふうにさせてしまうわけです。朝鮮においても、例えば志願兵を集めたりするときに、日本が期待した以上にやってくるということがありましたが、そのようなこともやはりこの構造の中でのことなんですね。

小菅　植民地主義の構造と、日本軍の組織の両方が持つ問題ですね。

朴　さらにいえば、小菅さんに見せていただいた本『Lest We Forget』（私たちは忘れまい）にあった、慰安婦と思しき女性と捕虜、それから監視員の話のような例は、被害者としての「慰安婦」さえも、ある意味での加害性を持っていたことを教えてくれますが、このようなことの背景にあるものも見ていくべきだと思います。

小菅　それはこういう話です。泰緬鉄道のある収容所で起きた話で、フレッド・シーカーさんという元捕虜の画集の中に出てくるエピソードです。本の中では、慰安婦ではなくて「ナース」という表現が使われています。ナースが川で水浴しているところへ捕虜が呼ばれてきて、監視員からこのナースの背中を洗えと言われるんです。捕虜が言われた通りにすると、今度はその女性が、ちょっとした身振りをする。すると、捕虜が呼び戻される。そしてチェックされるのです。そのとき、彼の局部が性的に興奮していると、その部分を竹刀《しない》で叩くというのですね。

根本　日本軍からわざとセクシーに振舞えという命令を「ナース」が受けていた可能性はありませんか。

小菅　もちろん、ありえます。ただ、この本自体は、そこのところは問題にしていません。この本は、絵自体はあとから記憶で描かれたものですが、わりと安価な本で、イギリスでは一般向けに販売されています。

〈手記〉をめぐる記憶と忘却

小菅　ところで、戦争犠牲者が手記や回想録を書くということについてなのですが、これはよく言われることなんですけれど、それがある種の癒《いや》しになるというのですね。手記を書き上げることでトラウマ記憶を自己から切り離すことができると。トラウマ記憶というのはいわば腐り果てた記憶で、そのまま放置しておくと健全な部分まで腐敗させる、だから腐った身体の一部を切断して救命するように、トラウマ記憶も自己から切り離す必要がある。大事に自分の中にとっておくべき記憶ではまったくないのです。

実際、日本軍の捕虜だった欧米人たちの多くが手記や回想録を書いて出版しています。それに対して、東アジアの、中国や韓国の日本軍の犠牲者が、いわゆる個人の手記とか回想録を次々と出版しているという話は聞かないような気がするのですが、いかがでしょうか。

朴　植民地時代についてのものでしたら、たまに学徒兵の手記とか、それをフィクションにしたものなどがありますが、確かに少ないと思います。

小菅　慰安婦で手記を書いた人はいますか。

朴　証言集はたくさんあるので、彼女たちの話を元に小説にしたり漫画にしたりする人はいるのですが、自分で書いたものは私の知る限りないですね。証言集は詳細な聞き語りになっているので、手記といえるかもしれませんが。

日本の植民地時代は40年近い歳月だったので、いわゆる抵抗文学はたくさんありますが、普通の手記がジャンルとして欠落しています。等身大の日本や日本人はあまり描かれていない。

例外的に日本人の女性との恋愛の話のようなものは少しだけありますが、それは親日作品ということになっています。植民地時代の話を聞くとなると、まずは「慰安婦」や徴用された人などだけになりがちですが、普通の人の話も知られるべきだと思います。それは、過酷さとは違った面も見せてくれますし、同時に、植民地主義がどのように巧妙なものだったかも理解させてくれます。学生たちに、周りにおじいちゃんとかおばあちゃんがいれば聞き取りをさせようと試みたこともあるのですが。

小菅　それはおもしろそうですね。ただ、インタビューされて語るのと、自分で手記を書くのとでは、本人にとってかなり意味合いが違ってくるのではないかと思うんです。慰安婦の人たちは手記をお書きにならないですね。なぜでしょうか。さまざまな意味で書きたくても書けない状況もありますよね。その意味では、手記を書かなかったというよりも、書けなかったといったほうがいいのでしょうか。

朴　「慰安婦」の場合は記憶すること自体が辛いことだったからだと思いますが、一般的にいえば手記を書かないというのは、忘れてしまいたい気持ちの結果かもしれません。例えば引き揚げの記録が多くなかったのは、それが植民地支配や戦争の主体であったことを思い起こさせることだからだと思います。

日本植民地時代の朝鮮に生まれ育ち、自分にとっての朝鮮とは何かを問い続けた小林勝のような作家は、植民地支配に対する強い贖罪《しょくざい》意識を持っていましたし、生涯をかけて植民地問題を小説に書き続けました。しかし、戦後日本の文壇では彼の試みをまっとうに評価しなかった。同じことが韓国に関してもいえます。そのようなこともよくも悪くも忘却への欲求というような無意識、潜在意識の結果だと思います。

小菅　それはトラウマ記憶とアイデンティティについて考えるとき、かなり重要な問題のように思えるのです。元捕虜が書いた手記は、元捕虜個人が自分自身のために建てた記念碑のようなものですよ。なぜ記念碑を建てるのかといえば、要するに、忘れられたくないという欲求がそこにあるからですね。日本でもそうで、シベリア抑留者も、被爆者も、おびただしい数の手記を残していますね。

しかし、中国の南京虐殺事件の生存者、あるいは韓国の慰安婦の方々はどうでしょう。例えばオランダ人慰安婦として最初に名乗りを上げたオヘルネ夫人という方は、まず匿名で手記を回覧するということをしていました。いろいろな理由が考えられると思うのですが、いずれにせよ、大きな違いがありますね。識字率の問題もあったでしょうが、その他に、韓国人にしても中国人にしても、忘れられてしまいたいという欲望が潜んでいるということがあるでしょうか。あるいは記憶と忘却の文化の違いでしょうか。

根本　元イギリス軍捕虜の場合は、東南アジアで大変な目に遭って、戦後やっとイギリスへ帰ったのに、大陸ヨーロッパでドイツと戦った人たちの苦しい体験はみんなが熱心に受け止めるのに、東南アジアから帰ってきた自分たちのことはあまり讃えてくれないという現実と直面したわけです。それならば自分たちが経験したことをたくさん書いて知らせようじゃないかという、そういう心理が働いたのではないでしょうか。

小菅　イギリス人元捕虜の話をしますと、イギリスの日本について書かれた書籍類としては、数の上では第二次世界大戦中に日本軍の捕虜になったイギリス人が書いた本が圧倒的に多い、と言う人もいます。概して、非常に強い記憶への欲望、忘却への恐怖が、イギリス人元捕虜の間にはあったと思います。

根本　実際、自分たちのことがあまり記憶されていないということをはっきりと序言で書いている回想録もあります。

小菅　裏を返せば、自分たちは忘れられてきた、という意識が非常に強いということですよね。

朴　それは手記だけじゃなくて、証言についてもいえることなのでしょうね。

根本　イギリス人がビルマ戦線の戦記物に「Forgotten War」（忘れられた戦争）という題や副題をつけるのを見かけます。

小菅　「フォーゴトン・ウォー」、「フォーゴトン・アーミー」（Forgotten Army 忘れられた軍隊）、「フォーゴトン・メン」（Forgotten Men 忘れられた男たち）などなど。

根本　東南アジアから見れば「何がフォーゴトン・ウォーだ」と言いたくなりますが、イギリス国内では、ビルマにおける日本軍とイギリス軍の戦いは、ほとんど一般の人たちの記憶からは抜けていることは事実でしょう。したがって、関係者がそれを取り上げるときには、どうしても「フォーゴトン」という修飾語をつけたがるのだと思います。

朴　時代と共に考え方が変わってきたために、証言が増えたということはないでしょうか。昔は負けて捕虜になったということは恥だったけれど、時間が経って考え方が変わって伝えておきたくなった、あるいは話しやすくなったということではないでしょうか。

根本　イギリス人の場合、「捕虜になったから恥」というのはないでしょうね。

小菅　元捕虜の手記は、やはり時期ごとにある程度の共通点があると思います。対日謝罪・補償請求運動が盛んに行われているときには、運動を擁護するような手記が出ました。ただ、日本軍の捕虜収容所での生活は、イギリス人捕虜たちにとって、非常に特異な体験だったのですね。だから、語ることがはばかられたと少なからぬ人が言っています。終戦後、帰国してからも、元捕虜たちは概して口が重かったようです。ただ、手記については、終戦の翌年から出版されています。

根本　映画『戦場にかける橋』の原作が1952年に出版されていますから、書く気のあった人はすぐに書き出したといえるでしょう。あまりにも重い体験だったのと、国に帰ってみたら、自国の人たちはあまり自分たちを歓迎してくれなかったという、そのショックが大きく影響したことは事実だと思います。

小菅　もう本当に自分たちの生活を立て直すのに精いっぱいで、一般の人たちはそれどころではなかったんだと思いますね。捕虜だった人たちの話を聞いてやるなんてゆとりはなかったのでしょう。さまざまな折にメディアが日本軍の捕虜虐待を取り上げることがあっても、それは対日批判や日本人への憎悪をかきたてることはあったでしょうが、元捕虜自身への同情や支持、彼らのした体験ゆえの敬意や称賛ということには、少なくともイギリスの場合は直結しなかったように思います。だから「忘れられた」と感じたのでしょう。

チョーカーさんの記録画は、まずオーストラリアで評価されます。日本軍の収容所で医療活動をして、オーストラリアの国民的な英雄となった医師「ウェアリー（お疲れさま）」ダンロップを記録した絵が含まれているためですが、イギリスでは30年近く作品がずっとお蔵入りで、まったく注目を浴びていなかったのが、友だちが手配をしてくれて、ロンドンで展示したのがようやく1987年ということでした。今は、英国立追悼森林公園の中に建てられた泰緬鉄道のメモリアルに付属する記念館でも、チョーカーさんの絵が展示されています。

根本　今、泰緬鉄道のビルマ側の起点のタンビュザヤに行きますと、ここから泰緬鉄道が始まったという地点が記念として残されています。そこには当時使われた蒸気機関車1台と、銃を持った日本兵とやせ細ったビルマ人労務者の石膏の像が、わずかな廃線跡と共に、野外展示されてあります。

この展示は1990年代初めから始まったのですが、その目的は、犠牲になった人の霊を偲《しの》んでということよりも、ビルマの現在の軍事政権による自国のナショナリズム強化のために造ったと解釈できます。日本軍の残虐な行為の記憶を自国のナショナリズム強化のために使うことの是非をここで問う気はありません。しかし、ビルマを始めとする東南アジア各地で徴用された労務者には、動員された人数分の「苦しみの物語」があり、そのことを常に思い起こす必要があるということは強調しておきたいと思います。泰緬鉄道建設工事の悲劇は、決して連合軍の捕虜と日本軍、そして朝鮮から動員された人びととの三角の関係で収まる話ではなくて、10万を超える数の東南アジアの人びとの、10万を超える苦難のライフヒストリーと共に思い起こされるべき事柄だと考えるのです。

先ほど触れた永瀬隆さんは、ジャワ出身で戦後一度も故郷に戻ったことのない元労務者とタイで出会います。その人は、知らないうちにタイに連れてこられたので、自分はどこにいるかわからず、戦争が終わって、あとは自力で帰りなさいと言われても、ジャワの村には帰りようがなく、現地でタイ人の女性と結婚し、家族を作り、今は子供も孫もいるという状況にありました。

永瀬さんはその方に、じゃあ、自分がお金を出すからジャワの村に里帰りをしてみないかと持ちかけ、50年ぶりの里帰りが実現します。村は大きく変わっており、50年前の知り合いと再会しても、相手も年老いているのでなかなか誰だかわかりません。だんだん思い出してきて、涙、涙の再会になるのですが、ある老婦人がやってきて、私のことを覚えているかと元労務者に聞きます。彼はなかなか思い出せません。実はその人、元労務者がジャワから連れ出される前の婚約者だったのです。強制労働で将来の夫を連れていかれ、その後ずっと独身を通したのだそうです。

これはかなり劇的な部類に属するエピソードですが、このような悲劇が、東南アジアの人びとのライフヒストリーの中に何千、何万とあるのだと想像しても、行き過ぎとはいえないでしょう。私たちはそのような想像力を持ち続けないといけないのではないでしょうか。

朴 歴史的にやってしまったことをどのように受け止めるかについて、実際の責任の取り方と考え方は、たぶん違うし、違う他ないというふうに思っています。例えばコリアンガードに限っていえば、彼らは実際に処罰されているわけですし、責任意識も持っている。時代の限界もあって国家間の補償から抜け落ちてしまった存在として、日本が彼らを認めることが、まず必要です。同時に、彼らの責任意識や加害意識からまだ抜け落ちているものがあるとすれば、それを見ていくことも必要です。先ほども言いましたが、加害者から単に被害者にされるだけでは、その間に抜け落ちてしまうものがどうしても出てきてしまう。抜け落ちたものは何なのか、これは実際の補償や責任の問題とも関わってくるので、それをきちんと見ることによって、責任や補償の問題に関する答えも見つけられると思います。

靖国に合祀されている朝鮮人BC級戦犯の分祀が求められていながら、韓国にはまだ彼らを受け入れる心の準備がありません。韓国が最終的に彼らを受け止めるということは、簡単にいえば、彼らの加害性も被害性も理解するということです。なぜ受け止めることが必要かというと、彼らを送り出したのは国家だけでなく周りの人でもあったからです。彼らは戦争をしている日本を意識して「半島」(朝鮮)も何らかの貢献をすべきといった考え方も持っていました。もちろんそのように言って聞かせたのは周りの人たちで、言葉であおって送り出した人たちとして文化人などが糾弾されているのですが、実はその周りには見えない人たちもたくさんいる。でも目立たないがために、免罪されているのです。

根本　植民地の場合、植民地体制の中で当時喜んで送り出してしまったという、送り出す側の意識の問題があるということですね？

朴　喜びながらも、何しろ命をかけることだったので仕方なく、というのがほとんどでしょう。いずれにしろ、そういう考え方をすれば、われわれも彼らのうちの一人であるということになりますから、自由であるはずがない。そのような考え方を糸口にして、いまだに「親日派」問題など、植民地時代の負の遺産を抱えている韓国の内部和解もしていかなければならないと思っています。

　国家の名前で出ていった彼らを、国家に回収されない形で個人に返すということも必要であり、しかし送り出した側としての国民や国家の責任も問わなくてはなりません。難しいし、時間のかかることですが、その両方の形と考え方をうまくリンクさせて考えるということが必要だと思っています。

　ＮＨＫが91年に作ったドキュメンタリー番組『チョウ・ムンサンの遺書』は、京城帝国大学英文科に通っていたチョウ・ムンサン（趙文相）という青年が監視員となったがために、敗戦後ＢＣ級戦犯となって死刑にされたことを扱っていて、日本による被害者としての側面を浮き彫りにしています。また、ＢＣ級戦犯の手記を元に、安部公房の脚本で映画化された『壁あつき部屋』（１９５６）にも、敗戦後も日本人戦犯たちと一緒に服役していなければならなかった朝鮮人戦犯が登場します。死刑を宣告されて自殺を図った人もいましたが、「一番くやしいなあと思うのは、青春期をこういうふうに過ごさざるをえなかったこと」で「戦争に駆り出され、青春時代もなかった。結婚して、幼子を抱えて楽しかったときの思いが胸に疼きます。私の人生のあるべきものがみんな破壊状態になった」（『死刑台から見えた二つの国』）という洪鐘黙《ホン・ジョンムク》さんの叫びを、日本はいうまでもなく、彼らを守れなかった韓国も記憶すべきと思います。

小菅　歴史和解には、国際和解と同時に国内和解としての課題性もあるということですね。非常に重要な指摘だと思います。私も、最も深い歴史認識の溝は、「国境」ではなく「国内」にあると見ているんです。国境を越えて歴史対話を深めていくことも大切ですが、国内で歴史対話を進めていくことも、まさるとも劣らず大切です。対話とは相手に同調することでも、相手を論破することでもありません。なぜ歴史対話をするのか？　歴史をできる限り正確に知りたいと欲するからです。歴史対話を目指す者は誰でも、こういう問いかけを絶えず自らに対して行い、常に初心にかえる必要があります。集団の内部で、さらに突き詰めていえば個人の内面で、辛抱強く歴史対話を深めていくことこそ、今最も必要とされている課題の一つでしょう。

歴史和解に向けて主体的に行動するためには、日本人はまず、日本が何をしたのか、いかなる苦痛を、誰に対して、なにゆえに引き起こしたのか、できる限り正確に知る必要があります。歴史の知識を身に付けることで、過去に根差した憎悪や怨恨に過敏にならずに、冷静に過去と向き合うこともできます。歴史和解は、歴史の知識を得れば達成できるというものではありませんが、歴史の知識がなければ最初の一歩も踏み出すことはできません。

歴史を学び、その上で、「こうでなくてはいけない」ではなくて、「こんなことならできる」というポジティブな発想で、今、できるところから取り組んでいく。たとえ今は困難でも、次の世代や、次の次の世代であれば比較的容易に取り組める課題もあるはずです。実際、戦後間もない時期にはとても考えられなかったような交流が、さまざまなレベルで可能になってきました。戦争史と戦後和解についての日英の歴史学術交流や、チョーカーさんも「日本の読者の皆様へ」で紹介している恵子・ホームズさんらがしてきたような日英の民間の和解交流、あるいは日本人研究者による元捕虜への聞き取りなど、いずれも戦後間もない時期にはとても考えられなかったことでしょう。

一番まずいのは、そこに過去に根差した痛みがうずいているにもかかわらず、無為無策でいることです。苦痛の深刻な傷から、そして癒せる傷から癒していくことが肝要だと、私は思います。癒しは二重にあります。チョーカーさんは、私たちに、歴史を学ぶという和解のための提案をしてくれました。私たちは、歴史を学ぶことで、チョーカーさんの傷を癒し、加害者である日本人としての傷を癒していくことができるのだと、私は思います。

（２００８年７月19日に東京で行われた鼎談を元に構成、加筆修正しました。）

主な参考文献 （編著者の五十音順）

- 朝日新聞戦後補償問題取材班『戦後補償とは何か』朝日文庫，1999.
- 荒井信一『歴史和解は可能か―東アジアでの対話を求めて』岩波書店，2006.
- 石原忠雄『私の青春は密林の中にあった―兵站獣医部下級将校50年前の思いで』新風舎，1996.
- 岩井健『C56南方戦場を行く―ある鉄道隊長の記録』時事通信社，1978.
- 上羽修（写真），中原道子（文）『グラフィック・レポート　昭和史の消せない真実』岩波書店，1992.
- 内海愛子，村井吉敬『赤道下の朝鮮人叛乱』勁草書房，1980.
- 内海愛子『朝鮮人 BC 級戦犯の記録』勁草書房，1982.
- ――『証言昭和史の断面　朝鮮人〈皇軍〉兵士たちの戦争』岩波ブックレット，1991.
- ――，韓国・朝鮮人 BC 級戦犯を支える会編『シリーズ・問われる戦後補償②　韓国・朝鮮人 BC 級戦犯の証言　死刑台から見えた二つの国』梨の木舎，1992.
- ――他監修，〈ハンドブック戦後補償〉編集委員会編『シリーズ・問われる戦後補償　別冊　ハンドブック戦後補償』梨の木舎，1992.
- ――，G・マコーマック，H・ネルソン編著『泰緬鉄道と日本の戦争責任―捕虜とロームシャと朝鮮人と』明石書店，1994.
- ――『日本軍の捕虜政策』青木書店，2005.
- ――『キムはなぜ裁かれたのか―朝鮮人 BC 級戦犯の軌跡』朝日選書，2008.
- 海老坪勇，神谷尚佳訳『外国人の見た天皇』原書房，1972.
- 小田部雄次，林博史，山田朗『キーワード　日本の戦争犯罪』雄山閣出版，1995.
- 喜多義人「日本陸軍の国際法普及措置―将校に対する国際法教育の検討」『日本法学』第63巻第2号，1997.
- ――「日本軍による戦争犯罪の原因に関する一考察―太平洋戦争における捕虜の違法な取扱いの観点から」『日本法学』第64巻第3号，1998.
- ――「日本軍の国際法認識と捕虜の取扱い」平間洋一，イアン・ガウ，波多野澄雄編『日英交流史1600－2000　3　軍事』東京大学出版会，2001.
- ――「日本は連合軍の捕虜を虐待したか」秦郁彦編『昭和史20の争点―日本人の常識』文春文庫，2006.
- ――「日本軍人の捕虜に関する国際法知識」『法学紀要』第48巻，2007.
- 木畑洋一『支配の代償―英帝国の崩壊と「帝国意識」』東京大学出版会，1987.

- ――，小菅信子，フィリップ・トウル編『戦争の記憶と捕虜問題』東京大学出版会，2003.
- 極東国際軍事裁判所編『極東国際軍事裁判速記録』全10巻，雄松堂書店，1968.
- クリフォード・キンビグ［キンヴィック］著，服部實訳『戦場にかける橋―泰緬鉄道の栄光と悲劇』サンケイ新聞社出版局，1975.
- 越田稜編著『教科書に書かれなかった戦争 Part8 アジアの教科書に書かれた日本の戦争・東南アジア編』梨の木舎，1990.
- ――編著『教科書に書かれなかった戦争 Part15 ヨーロッパの教科書に書かれた日本の戦争』梨の木舎，1995.
- 小島新吾，西村清編『パゴダの鐘―特設鉄道隊の裸像』ビルマ会，1956.
- 小菅信子「泰緬鉄道の日本軍捕虜収容所における腐敗、即興、再生」小菅隼人編『腐敗と再生』慶應義塾大学出版会，2004.
- ――『戦後和解―日本は〈過去〉から解き放たれるのか』中公新書，2005.
- ――「特集・第二〇回国際歴史学会議シドニー大会　第二次世界大戦史国際委員会　二〇世紀における人種主義と戦争の残虐化」『歴史学研究』第815号，2006年6月号.
- ――「東京裁判と〈tu quoque〉の軛」『現代思想』2007年8月号.
- ――『ポピーと桜―日英和解を紡ぎなおす』岩波書店，2008.
- アーネスト・ゴードン著，斎藤和明訳『クワイ河収容所』ちくま学芸文庫，1995.
- 清水寥人『小説　泰緬鉄道』毎日新聞社，1968.
- 菅野廉一編『泰緬鉄道写真集―戦場に架けた橋』菅野廉一，2004.
- 第五特設鉄道工作隊行動記編集委員会編『第五特設鉄道工作隊―遥かなるパゴダに捧ぐ』原書房，1977.
- 泰緬鉄道建設記編纂委員会編『泰緬鉄道建設記』花園書房，1955.
- ――編集『密林の夜明け―泰緬鉄道建設記続』花園書房，1956.
- 立川京一「旧軍における捕虜の取扱い―太平洋戦争の状況を中心に」『防衛研究所紀要』第10巻第1号，2007.
- 樽本重治『ある戦犯の手記―泰緬鉄道建設と戦犯裁判』現代史料出版，1999.
- エドワード・E・ダンロップ著，河内賢隆，山口晃訳『ウェアリー・ダンロップの戦争日記―ジャワおよびビルマ－タイ鉄道1942－1945』而立書房，1997.
- オリーヴ・チェックランド著，工藤教和訳『天皇と赤十字―日本の人道主義100年』法政大学出版局，2002.
- ジャック・チョーカー『Images as a Japanese Prisoner of War［日本軍の捕虜となって―英軍捕虜のイメージ］』ジャック・チョーカー支援会，1998.
- リンヨン・ティッルウィン著，田辺寿夫訳『死の鉄路―泰緬鉄道　ビルマ人労務者の記録』毎日新聞社，1981.

■ 鉄道第五連隊戦友会慰霊団編集『栄光の鉄道部隊記録写真集』鉄道第五連隊戦友会，1981.
■ 中尾裕次「『泰緬連接鉄道』建設決定の経緯」『軍事史学』第25巻第 2 号，1989.
■ 永瀬隆『「戦場にかける橋」のウソと真実』岩波書店，1986.
■ ――『虎と十字架』青山英語学院，1987.
■ ――著訳『ドキュメント　クワイ河捕虜墓地捜索行―もうひとつの「戦場にかける橋」』社会思想社，1988.
■ ――，E・ロマックス『陸軍通訳の責任』青山英語学院，1997.
■ 中原道子「東南アジアの『ロームシャ』―泰緬鉄道で働いた人々」大江志乃夫他編『岩波講座　近代日本と植民地　5　膨張する帝国の人流』岩波書店，1993.
■ 日本の戦争責任を肩代わりさせられた韓国・朝鮮人 BC 級戦犯を支える会『韓国・朝鮮人 BC 級戦犯者の国家補償等請求事件　訴状』日本の戦争責任を肩代わりさせられた韓国・朝鮮人 BC 級戦犯を支える会発行，1991.
■ ねず・まさし『現代史の断面・死の泰緬鉄道』校倉書房，1999.
■ 根本敬「ビルマ（ミャンマー）」吉川利治編著『近現代史のなかの「日本と東南アジア」』東京書籍，1992.
■ ハンク・ネルソン著，杉本良夫監修，リック・タナカ訳『日本軍捕虜収容所の日々―オーストラリア兵士たちの証言』筑摩書房，1995.
■ リアム・ノーラン著，菅野和憲訳『「アンクル・ジョン」とよばれた男―香港捕虜収容所通訳・渡辺潔の半生』いのちのことば社フォレストブックス，2005.
■ 朴裕河著，佐藤久訳『和解のために―教科書・慰安婦・靖国・独島』平凡社，2006.
■ 秦郁彦「日本軍における捕虜観念の形成」『軍事史学』第28巻第 2 号，1992.
■ ――，佐瀬昌盛，常石敬一編『世界戦争犯罪事典』文藝春秋，2002.
■ ロバート・ハーディ著，河内賢隆，山口晃訳『ビルマ－タイ鉄道建設捕虜収容所―医療将校ロバート・ハーディ博士の日誌　1942～45』而立書房，1993.
■ 林博史『裁かれた戦争犯罪―イギリスの対日戦犯裁判』岩波書店，1998.
■ 兵藤俊郎『ケオノイの流れに―泰緬鉄道の光と影』日本アートセンター，1987.
■ ビルマ五八会「鉄道省ビルマ派遣第五特設鉄道管理隊史」編さん委員会編『鉄道省ビルマ派遣第五特設鉄道管理隊史』ビルマ五八会，1985.
■ 広池俊雄『泰緬鉄道―戦場に残る橋』読売新聞社，1971.
■ 船橋洋一編著『日本の戦争責任をどう考えるか―歴史和解ワークショップからの報告』朝日新聞社，2001.
■ ――編『いま、歴史問題にどう取り組むか』岩波書店，2001.

■ ——『歴史和解の旅—対立の過去から共生の未来へ』朝日選書，2004.
■ ジェイムズ・ブラッドリー著，小野木祥之訳『知日家イギリス人将校シリル・ワイルド—泰緬鉄道建設・東京裁判に携わった捕虜の記録』明石書店，2001.
■ ジェイン・フラワー著，小菅信子訳「日本軍と英軍捕虜—1941－1945」木畑洋一，イアン・ニッシュ，細谷千博，田中孝彦編『日英交流史1600－2000　2　政治・外交Ⅱ』東京大学出版会，2000.
■ ピエール・ブール著，関口英男訳『戦場にかける橋』ハヤカワ文庫，1975.
■ ミクール・ブルック著，小野木祥之訳『クワイ河の虜』新風書房，1996.
■ ジョーン・ブレア，クレイ・ブレア Jr.著，河合伸訳『クワイ河からの生還』ハヤカワ文庫，1987.
■ 恵子・ホームズ『アガペ　心の癒しと和解の旅』いのちのことば社フォレストブックス，2003.
■ 堀内龍三『戦い敗れて—ビルマ・鉄道連隊一兵士の手記』旺史社，1980.
■ 洪鐘黙著，金蓬洙訳『泰緬鉄道—ある朝鮮人捕虜監視員の手記』ぽんそんふぁ編集部，1991.
■ 谷津弘『戦場にかける橋　泰緬鉄道をゆく—六〇年ぶりの再訪の旅』朝文社，2003.
■ 柳井潔編『戦うビルマ鉄道隊』乙三ビルマ会本部，1962.
■ 油井大三郎「忘れられた戦争の記憶と日英対話」『東京大学　教養学部報』第471号，2004.
■ 吉川利治『泰緬鉄道—機密文書が明かすアジア太平洋戦争』同文館出版，1994.
■ 吉田一法『母と子でみる A25　地獄のかがり火—泰緬（タイ－ビルマ）鉄道』草の根出版会，2002.
■ 読売新聞大阪本社社会部編『新聞記者が語りつぐ戦争（6）（7）BC 級戦犯』上下，新風書房，1993.
■ エリック・ローマクス著，喜多迅鷹，喜多映介訳『泰緬鉄道　癒される時を求めて』角川書店，1996.
■ レオ・ローリングズ著，永瀬隆訳『イラスト　クワイ河捕虜収容所—地獄を見たイギリス兵の記録』社会思想社，1984.
■ 若宮啓文『和解とナショナリズム—新版・戦後保守のアジア観』朝日選書，2006.
■ C5631帰還推進期成会『C5631機関車靖国神社奉納経過報告書』1979（非売品）.

■ Alexander, Stephen (1995). *Sweet Kwai Run Softly.* Bristol: Merriotts Press.
■ Blackburn, Kevin (2000). ‘Commemorating and commodifying the prisoner

of war experience in south-east Asia: The creation of Changi Prison Museum,' *Journal on the Australian War Memorial*, Issue 33; http://www.awm.gov.au/journal/j33/blackburn.asp

- Braddon, Russell (1951; a paperback edition 1955). *The Naked Island.* Victoria, Middlesex, New York, Ontario and Aucland: Penguin Books.
- Davies, Peter N. (1991). *The Man Behind the Bridge: Colonel Toosey and the River Kwai.* London: Athlone Press.
- De Jong, L. (2002). *The Collapse of a Colonial Society: The Dutch in Indonesia During the Second World War.* Leiden: KITLV Press.
- Dobson, Hugo, and Kosuge, Nobuko (eds) (2009: forthcoming). *Japan and Britain at War and Peace.* London: Routledge.
- Kosuge, Nobuko Margaret, and Towle, Philip (eds) (2007). *Britain and Japan in the Twentieth Century: One Hundred Years of Trade and Prejudice.* London: I.B.Tauris.
- La Forte, Robert S., and Marcello, Ronald E. (eds) (1993). *Building the Death Railway: The Ordeal of American POWs in Burma, 1942-1945.* Wilmington, Delaware, USA: SR Books.
- Reminick, Gerald (2002). *Death's Railway: A Merchant Mariner on the River Kwai.* Palo Alto, CA, USA: Glencannon Press.
- Searle, Ronald (1986). *To the Kwai and Back: War Drawings, 1939-1945.* New York: Atlantic Monthly Press.
- Seiker, Fred (1995). *Lest We Forget: Life as a Japanese P.O.W.* Worcester: Bevere Vivis Gallery Books.
- Stewart, John (1988). *To the River Kwai: Two Journeys, 1943, 1979.* London: Bloomsbury.
- Tamayama, Kazuo (2005). *Railwaymen in the War: Tales by Japanese Railway Soldiers in Burma and Thailand, 1941-47.* Hampshire and New York: Palgrave Macmillan.
- Thompson, Kyle (1994). *A Thousand Cups of Rice: Surviving the Death Railway.* Austin, Tex, USA: Eakin Press.
- Vance, Jonathan F. (ed.) (2000). *Encyclopedia of Prisoners of War and Internment.* CA, USA: ABC-Clio.
- Velmans, Loet (2003). *Long Way Back to the River Kwai: Memories of World War II.* New York: Arcade Publishing.
- Webster, Donovan (2003). *The Burma Road: The Epic Story of the China-Burma-India Theater in World War II.* New York: Farrar, Straus & Giroux.

小菅信子（こすげ・のぶこ）

1960年生まれ。上智大学大学院文学研究科史学専攻博士課程修了満期退学（文学修士），ケンブリッジ大学国際研究センター客員研究員を経て，現在，山梨学院大学法学部教授。『戦後和解』（中公新書）で第27回石橋湛山賞受賞。その他の著書に『ポピーと桜』（岩波書店），『戦争の記憶と捕虜問題』（共編著，東京大学出版会），『Britain and Japan in the Twentieth Century』（共編著，I.B.Tauris）など。

朴　裕河（パク・ユハ）

1957年ソウル生まれ。慶應義塾大学文学部卒業，早稲田大学大学院日本近代文学専攻，博士号取得。韓国に帰国後，夏目漱石，大江健三郎，柄谷行人の翻訳など，日本近現代の文学・思想を紹介。現在，世宗大学日本文学科副教授。『和解のために』（平凡社）で第７回大佛次郎論壇賞受賞。その他の著書に『反日ナショナリズムを超えて』（河出書房新社），『ナショナル・アイデンティティとジェンダー　漱石・文学・近代』（クレイン）など。

根本　敬（ねもと・けい）

1957年生まれ。国際基督教大学教養学部社会科学科卒業，同大学院比較文化研究科博士後期課程中退（文学修士）。1985年から87年に文部省アジア諸国等派遣留学生としてビルマへ留学。東京外国語大学アジア・アフリカ言語文化研究所教授などを経て，現在，上智大学外国語学部教授。著書に『アウン・サン』（岩波書店），『東南アジアの歴史』（共著，有斐閣）など。